PERRUQUE jus vert & RUBAN ROSE

Éditions Kiwi romans
16, rue de Lancry, 75010 Paris

Direction : Édouard Frison-Roche
Direction éditoriale : Katia Kaloun
Édition : Anne Bianchin
Couverture et création graphique : Charlotte Thomas
Mise en pages : Coline Cayzac

ISBN : 978-2-492534-29-4

Nataëlle Delacroix

PERRUQUE jus vert & RUBAN ROSE

kiwi romans

Avertissement

Inspiré d'une histoire vraie, ce roman présente des soins de support pour accompagner les traitements liés au cancer. Ces méthodes ne convenant pas à tous, elles doivent faire l'objet d'une discussion avec un médecin avant d'être entreprises.

Mai 2018

Chapitre 1

Les mains de Mélissa sont posées sur ses seins, comme cela lui arrive parfois sans vraiment qu'elle s'en rende compte. Rien à voir avec une recherche de plaisir charnel. C'est qu'elle aime cet atout féminin et salue spontanément sa poitrine certains matins avant de s'habiller. Elle porte du 90B. Elle ne peut pas se plaindre. Parfois, elle place ses pouces sous les aisselles et tire la peau vers le haut, de manière à faire remonter les tétons affaissés. Elle simule ainsi une opération chirurgicale visant à lui offrir le maintien parfait ; du moins, c'est l'image éphémère que lui renvoie son miroir.

Son buste de femme s'est développé trop rapidement, donnant naissance à une poitrine aux volumes convenables, certes, mais prématurément fatiguée. Quand, adolescentes, ses amies arboraient fièrement leur première brassière au moindre signe de rondeur, Mélissa portait déjà des soutiens-gorge à armature, espérant dompter les bêtes précoces. À treize ans, elle jouait dans la cour des grands, et les garçons de son âge le lui faisaient malicieusement remarquer lorsque le professeur de sport ordonnait dix tours de terrain à petites foulées : « Eh ben, ça bouge là-dedans, dis donc ! » Ce souvenir humiliant provoque chez elle une moue blessée.

Alors que ses paumes encerclent ses seins, Mélissa sent une bosse sous ses doigts. Une petite boule à droite. Elle commence à se dandiner acrobatiquement devant son miroir, espérant apercevoir l'intrus, mais le trouble-fête reste invisible à l'œil nu. Mélissa use alors de toute sa dextérité pour approfondir son analyse. Les cinq doigts de sa main gauche y passent, tels des enquêteurs envoyés en mission spéciale. Après palpation en règle, l'auriculaire rejoint l'avis de ses comparses : il se trame quelque chose d'anormal. Un visiteur gênant a manifestement installé ses quartiers dans cette région mammaire sans qu'on l'ait invité.

Ce doit être un kyste. C'est bien comme cela que l'on nomme ce genre d'excroissance, n'est-ce pas ? Oui, c'est sûrement un kyste. Mélissa improvise les questions et les réponses. Elle devrait aller consulter. Comment se débarrasse-t-on d'une telle protubérance ? Est-ce que cela disparaît tout seul ? Doit-on se faire opérer ? Elle espère que non ; elle n'est jamais passée sous le bistouri et compte bien éviter toute opération jusqu'à la retraite, au plus tôt. Diverses préoccupations agitent ses pensées. Sa gynécologue saura probablement calmer ce tohu-bohu désordonné.

Mélissa attrape son téléphone en grimaçant. Elle déteste appeler des gens. Elle a toujours eu cela en horreur. Qui que ce soit, d'ailleurs… de ses parents à son mari, en passant par le coiffeur ou le garagiste, entamer une conversation à distance de son propre chef lui coûte autant que d'attaquer une vaisselle après un souper entre amis. Quand elle était enfant, c'était sa mère qui téléphonait à ses copines, voire sa petite sœur de quatre ans sa cadette, bien plus sociable qu'elle à l'époque. En revanche, fait étrange qu'elle ne s'explique pas, recevoir des appels ne la dérange aucunement. Elle compose le numéro et fixe un rendez-vous auprès de la secrétaire. La gynécologue peut la recevoir un mois plus tard. Cela lui convient. Elle n'est pas pressée.

Curieusement, Mélissa se montre peu inquiète face à cette masse indésirable. Le véritable moteur de sa prise de rendez-vous, ce jour-là, réside dans la perspective d'obtenir enfin une ordonnance pour aller rencontrer un psychologue. D'origine française, Mélissa vit en Suisse depuis quelques années, et continue à découvrir les us et coutumes de ce pays de droiture et de montagnes. Ici, le système médical exige que les patients obtiennent un bon de délégation de leur docteur pour consulter un spécialiste en psychologie. Ce document se révèle indispensable s'ils souhaitent que les séances soient remboursées par leur assurance. Mélissa n'a pas de médecin généraliste, mais sa gynécologue devrait bien faire l'affaire. C'est encore mieux, non ? C'est une spécialiste. Ce rendez-vous de contrôle représente l'occasion de décrocher ledit document, digne du Graal.

Depuis un certain temps, Mélissa songe à se confier à un thérapeute. Non pas qu'elle ait de gros soucis personnels, mais elle éprouve une envie de raconter sa vie de mère, de professionnelle et d'épouse de quarante ans, ses questionnements de milieu de vie. *Midlife crisis*, comme disent les anglophones. Quarante ans. Elle vient tout juste d'entrer dans cette nouvelle dizaine, synonyme pour elle d'extrême vieillesse. Elle éprouve une dualité étrange : celle d'avoir atteint une date de péremption sur le papier, mais de se sentir pourtant impertinemment jeune à l'intérieur. Par dépit, elle se qualifie depuis de « jeune vieille », ou de « vieille jeune ».

À son malaise s'ajoute la déplaisante constatation que sa vie ne lui a pas offert ce qu'elle espérait à vingt ans, lorsqu'on déborde de rêves, d'espoir, de folie… à l'âge où tout est encore possible. À quel moment son existence a-t-elle lentement, mais sournoisement bifurqué pour s'embarquer sur un chemin sinueux et contrariant ?

Juin 2018

Chapitre 2

En cette chaude matinée de juin, Mélissa exulte de soulagement : sa robe disco a enfin été livrée. Elle prépare la fête de ses quarante ans depuis des mois et a jeté son dévolu sur une robe à paillettes, qu'elle a commandée deux mois plus tôt sur un site internet douteux, basé on ne sait où ; probablement dans une contrée lointaine de Chine. Livraison assurée en trente à soixante jours. On est jour soixante et un. Un peu plus et elle se retrouvait nue comme un ver pour accueillir ses invités. Née en mai, elle a préféré organiser les festivités en juin, pour être certaine qu'il fasse beau. Certes, les réjouissances auront lieu dans son appartement, mais au moins les invités pourront profiter du balcon. Mélissa habite à la campagne, sur les hauteurs de Saint-Valex. Au loin, on devine Lausanne et le lac Léman.

Bien que cette nouvelle dizaine la rebute, Mélissa a décidé de la fêter en grand. Elle a besoin de célébrer cette étape déroutante. Elle a invité famille, amis, collègues, pour une soirée « disco-loco ». Les hôtes sont attendus parés de leurs plus beaux atours brillants et de leurs coiffures XXL les plus extravagantes. Pour la déco, Mélissa a épluché les sites spécial *party*, loué des mange-debout, acheté des nappes, gonflé une flopée de ballons « 40 ans », installé des fanions et des boules à facettes, et préparé un vin et fromages, rapide à mettre en place. Pour le dessert, elle s'est lancée dans la confection de quarante cannelés présentés en pyramide, œuvre laborieuse s'il en est. Mélissa fait rarement les choses à moitié.

En passant sa robe le jour J, Mélissa se trouve plus de ressemblance avec la reine des poissons qu'avec Gloria Gaynor, les sequins évoquant une multitude de petites écailles. Cela fera l'affaire ; ça brille, c'est le principal. Elle a assorti son vernis à ongles au bleu de sa robe. Pour Estéban, son mari, peu enclin aux soirées déguisées, elle a déniché une cravate à paillettes dorées qui clignote. C'est kitsch à souhait, les invités en prendront plein les yeux. Pour les enfants, sa sœur a promis d'apporter un sac entier de perruques multicolores et de lunettes géantes en plastique. La famille Vaillant se tient prête.

Les invités arrivent au compte-gouttes. Tous ont joué le jeu et se présentent qui en combinaison orange fluo et pattes d'éléphant, qui avec une coupe afro des plus délurées, qui en robe psychédélique courte et bottes blanches à talons. Les êtres chers à Mélissa ont répondu présent : Justine, son amie d'enfance, Suzie et Ludivine, ses deux collègues préférées, Irma, sa grande copine suisse, Gaëlle, sa sœur, et même des copains venus tout droit de Londres pour l'occasion. Il ne manque que Daphnée, expatriée à Singapour pour quelques années – c'est un peu loin pour un anniversaire costumé.

L'ambiance est bon enfant. Les fumeurs s'agglutinent sur le balcon. Estéban, qui aime jouer les disc-jockeys, lance un *blind test*. Tout le monde se regroupe dans le salon, et c'est parti pour les tubes de l'année 1978, année de naissance de

Mélissa. Suzie se révèle imbattable à ce jeu-là. Probablement son grand âge : quarante-huit ans déjà. On l'écarte de la joute, elle empêche tout le monde de participer ! Les tubes s'enchaînent, et les corps se déchaînent. Ça joue les Claudettes d'un soir, bras en l'air sur *Alexandrie, Alexandra*. Ça sautille sur *Ça plane pour moi* – les voisins du dessous doivent s'étonner de cette secousse sismique soudaine. Les Bee Gees et leur *Night Fever* font l'unanimité. Enfin, *Stayin' Alive* porte le coup de grâce au jeu : l'assemblée se détourne du DJ et part se dandiner sur une piste de danse improvisée au centre de l'habitation.

La soirée se termine tard et dans la bonne humeur. En quittant enfin ses talons après le départ des derniers fêtards, Mélissa se montre extatique. Quel succès que cette fiesta ! Cela valait la peine de marquer le coup. On ne pourra pas dire qu'elle n'assume pas ses quarante ans ; elle a arrosé dignement son passage dans cette nouvelle dizaine.

Chapitre 3

L'euphorie de la fête passée, Mélissa gamberge. Quarante ans, quand même… À l'approche de ce passage délicat, elle a épluché les sites de psychologie, s'est instruite, a lu des ouvrages sur le sujet. Elle vit cette étape comme une exécution. Quarante ans, c'est comme aller à l'enterrement de ce grand-oncle que vous avez vu trois fois dans votre vie, événement qui vous déprime d'avance, que vous ne savez absolument pas comment éviter et auquel vous finissez par vous rendre, résignée.

Mélissa a tellement appréhendé cet âge. Cette fois, elle y est. Physiquement cela ne change rien, on peut même dire qu'elle s'en sort plutôt bien : peu de rides ou autre relâchement de la peau ne viennent trahir son « extrême vieillesse ». C'est psychiquement qu'elle ne s'en remet pas. Elle a atteint la moitié de sa vie, au mieux. Accablée, elle établit un bilan démoralisant entre le temps écoulé et celui qu'il lui reste.

Sa vie est derrière elle, la suite est fichue. Trop tard. Date de validité dépassée. La mort n'est plus ce concept lointain, à qui on fait coucou de l'autre côté de la rive en pensant : « Tu ne m'auras pas ! » Cette réalité lui tombe dessus brutalement, comme la pomme sur la tête de Newton. C'est écrit dans un livre qu'elle a lu, *La Crise du milieu de la vie* (quel titre démoralisant !) : « Vers quarante ans, on prend conscience de sa propre mortalité. » Même si personne ne l'attend avec un revolver pour mettre fin à cette vie décevante, même si sa tombe peut encore l'attendre longtemps, c'est inexorable, elle mourra. Elle ne s'en était pas rendu compte avant. Qu'a-t-elle réalisé jusque-là ? Où avait-elle la tête ? Que faisait-elle ?

La cigale, ayant chanté tout l'été, se trouva fort dépourvue quand la bise fut venue…

Oui, elle s'est laissée porter par la vie. Sûrement trop. Cette prise de conscience la déprime. Elle d'habitude si enjouée – elle l'a d'ailleurs encore démontré lors de sa fête d'anniversaire –, son entrain s'essaime. Depuis ses quarante ans, elle a le moral en dents de scie. À la lecture de toute cette littérature spécialisée, un manichéisme gênant prend le dessus et elle n'entraperçoit plus que deux voies : se dire qu'il lui reste encore de belles années pour profiter de la vie, ou tout arrêter et attendre la dame en noir.

Pour se changer les idées, Mélissa se lance dans son activité favorite : l'organisation. Les vacances arrivent dans moins d'un mois, il est temps de réquisitionner le canapé-lit de la chambre d'amis et de commencer à y entasser les indispensables : maillots de bain, serviettes de plage, crème solaire… Et de monter une liste longue comme le bras, pour s'assurer de ne rien oublier.

La famille Vaillant part au camping. C'est un exploit ! Estéban n'en a jamais fait. En fait si, une fois, alors qu'ils n'étaient encore qu'un jeune couple. Mélissa avait emmené Estéban au bord de la Méditerranée. C'était en juillet, et pourtant, il avait fait un temps épouvantable : vent, orage, bourrasques, pluie incessante, températures avoisinant les dix degrés… Les amoureux n'avaient tenu que deux jours, malgré les quatre étoiles de l'établissement de loisirs, et Estéban avait décrété que plus jamais il ne remettrait les pieds dans un camping.

Cette année, c'est différent : Mélissa a trouvé un camping cinq étoiles, et a réussi à vendre le concept du cottage *deluxe* à son mari. Trente-deux mètres carrés de préfabriqué moderne, incluant deux chambres fermées et deux salles de bains. Une grande terrasse, des animations, un club enfants, des restaurants, une piscine… Le tout sous la pinède et à trois cents mètres de l'océan. Peut-on encore parler de camping ? Dans trois semaines, ils prendront la direction des Landes. Leur fils aîné souhaitant surfer, les parents ont réussi à concilier ce désir à leur envie de nature et de grands espaces. Ils attendent cette pause avec impatience pour recharger leurs batteries.

Après avoir vidé la moitié de son armoire de son contenu « été », sans parvenir à se décider entre une robe en lin beige ou une en coton rose pâle pour les soirées, Mélissa s'affale sur un fauteuil et se lance dans son activité favorite numéro deux : la création de tableaux Pinterest. Elle adore cette application qui permet de regrouper une multitude de photos sur un thème donné, sans avoir à se limiter dans le nombre de clichés. Mélissa crée des tableaux pour tout : « Décoration de Noël », « Week-end à la campagne », « Gâteau d'anniversaire »… Un nouveau tableau voit le jour : « Tenue de vacances océan ». Les images l'apaisent : c'est léger, c'est bleu, c'est à rayures, c'est du coton… Elle se redresse et déplie sa pile de T-shirts spéciale marinières. Elle en possède au moins cinq. Toutes légèrement différentes, bien entendu. Elle pose la pile entière sur le canapé-lit ; ce ne sont que des T-shirts, les cinq devraient rentrer dans sa valise. D'ailleurs, ces hauts conviendront aussi à leur séjour au Cap Ferret. Mélissa a insisté pour que la deuxième moitié des vacances lui fasse plaisir, à elle. Ils ont loué une maison en face d'Arcachon. Découvrir le Cap Ferret, c'est un vieux rêve. Elle s'imagine cette destination dans le même esprit que Cape Cod ou Nantucket Island, qu'elle a tant aimés lors d'une escapade alors qu'elle vivait au Canada. Elle visualise la nature, le calme, l'élégance des villas, le savoir-vivre des vacanciers… Un havre de paix.

Chapitre 4

Mélissa patiente dans la salle d'attente du cabinet gynécologique. Assise sur une chaise en bois inconfortable, probablement chinée il y a des siècles, elle observe le décor et constate que tout tourne ici autour de l'accouchement : photos de nouveau-nés, livres sur la grossesse, affiches informatives sur la péridurale, coin enfants dans un renfoncement de la pièce… En revanche, rien sur les seins. Machinalement, elle pose la main sur son ventre et se demande si elle n'est pas enceinte, par hasard. Un bébé à son âge, ce serait le pompon !

On vient la chercher. Classique dans son approche, la gynéco commence par le frottis : « Tant qu'à être là, madame, je vais contrôler votre utérus. » Évidemment. Moment désagréable à passer annuellement. Trifouillage de partie interne.

Puis elle ausculte la poitrine, palpe, presse, tire, masse.

– Ah oui, tiens, je sens une masse.

Ça, je le sais, pense Mélissa, c'est pour ça que je suis là.

– Je ne peux pas vous en dire plus, il va falloir passer une mammographie et probablement une échographie.

Mélissa se rhabille tout en bouillonnant. Quelle perte de temps ! Tout ça pour ça ? Elle déteste gaspiller de précieuses minutes qui pourraient servir à… s'occuper autrement. Elle qui pensait naïvement que la gynéco proposerait un remède miracle pour faire disparaître ce kyste, elle doit se résigner : l'affaire ne sera pas classée le soir même.

Mélissa aime classer les dossiers. Efficacement, rapidement. C'est d'ailleurs sa marque de fabrique professionnelle : organisation, planification, suivi. Elle occupe le poste de *project marketing manager* chez Schönheit, une entreprise de cosmétiques. Elle gère l'avancée des projets, toujours un rétroplanning à la main. Elle expose chaque semaine ses indicateurs colorés, vert, orange et rouge – tels des feux de circulation –, à son chef, Franck Hartmann, pour lui signaler les risques côté timing.

Là, c'est un drapeau orange pour la gynéco : projet enclenché, mais non terminé.

Un bref réflexe d'optimisation rappelle à Mélissa qu'elle peut encore rentabiliser une partie de cette rencontre :

– Ah, au fait, vous pouvez me donner un bon de délégation pour aller voir un psychologue ?

– Ah non, je ne fais pas ça.

Déception. Ce médecin fait montre de peu d'utilité. Le « projet gynéco » est sur le point de passer dans le rouge : aucune avancée notoire.

*

La mammographie est fixée deux jours plus tard. Après avoir pesté contre l'inutilité de sa gynéco, Mélissa doit bien admettre qu'à la prise de rendez-vous, elle est imbattable, bien qu'elle ne puisse pas comparer avec d'autres « preneurs de rendez-vous médicaux », n'ayant jamais eu de préoccupation de santé auparavant. Elle se prépare à subir sa toute première radiographie mammaire ; un truc de vieille. On lui a parlé d'une grosse machine en hauteur avec des plaques en plexiglas, qui viennent enserrer les seins. Sa collègue Suzie l'a prévenue : attention, ça pince.

Oui, ça pince, ça serre, ça fait mal. Pour ajouter au désagréable, la technicienne lui demande de prendre des positions tout à fait improbables, dignes d'un ballet de danse moderne. Elle revoit le sketch de Gad Elmaleh où il mime une chorégraphie contemporaine qui passerait sur Arte en pleine nuit… Oubliant temporairement sa douleur, elle esquisse un sourire. Malgré la raideur légendaire de son corps, Mélissa devient danseuse étoile d'un jour.

– Levez le bras. Tournez-vous légèrement, un peu plus, non, un peu moins, sur la droite… voilà, comme ça. Mettez-vous sur la pointe des pieds, décalez un peu votre jambe… Voilà, ne bougez plus !

La technicienne est prête à prendre les clichés. Mélissa arrête de respirer. C'est long. Ça fait mal. Cette torture corporelle passée, elle passe à l'examen suivant : l'échographie. Après deux grossesses, Mélissa connaît ; elle sait que ce n'est pas douloureux, juste un peu froid à cause du gel que le médecin applique sur la peau. L'écran est à portée « d'yeux », cependant, elle n'a jamais réussi à discerner quoi que ce soit sur une image échographique. Même enceinte, elle n'osait pas l'avouer, mais non, elle ne repérait pas le cœur du bébé, ni son pied… Juste une image floue en noir et blanc. Même constatation pour le kyste. Elle ne voit qu'une image monochrome, du gris très clair au gris très foncé.

Le radiologue s'attarde, passe, repasse sur son sein, dessous, sur le côté.

– Ah oui, je vois une masse.

On est tous d'accord sur ce point, docteur, pense Mélissa.

– Ce n'est pas très net, il va falloir qu'on vous fasse une biopsie pour compléter l'analyse.

Comment ça, une biopsie ? Ce n'était pas prévu. Décidément, cette histoire de kyste est vraiment vouée à tester sa patience. Un léger vent de panique l'emporte. Mélissa, dont le verre est d'ordinaire à moitié plein, commence à déchanter.

– Madame, je vais voir si on peut faire cela maintenant.

– Oui, tant qu'à y être, finissons-en… Au moins, je n'aurai pas à revenir à l'hôpital de sitôt, dit-elle, morose.

Le radiologue revient avec une grosse aiguille qui lui apparaît monstrueuse. Il effectue son prélèvement. C'est rapide et finalement sans douleur.

Mélissa se rhabille et prend le chemin du bureau. Heureusement, à Saint-Valex, le nécessaire vital se trouve dans un rayon de trois kilomètres : l'hôpital, les locaux de Schönheit, les commerces, la gare, et même un centre historique avec des rues pavées pittoresques à souhait, et des quais fleuris qui invitent à la *dolce vita* au bord du lac Léman.

Chapitre 5

Mélissa alterne entre deux jobs. Non, en fait trois : elle est *project marketing manager* dans une entreprise de cosmétiques, décoratrice d'intérieur à son compte, et maman de Hugo et Bastien, sept et dix ans. Ce qu'elle aimerait le plus au monde ? Que son activité en décoration lui permette de subvenir à tous ses besoins. Cependant, la réalité est tout autre. Cela fait maintenant deux années qu'elle jongle entre un mi-temps en entreprise et l'autre en déco. Le fichier comptable de son activité indépendante parle de lui-même : sa passion ne lui permet pas de payer toutes ses factures. Son poste de salariée est essentiel. Elle doit vivre avec ce compromis.

Certes, de bonnes clientes la contactent régulièrement, qui pour dresser la liste d'achats déco d'un futur appartement à la mer, qui pour un shopping accompagné, incluant le test de l'assise de différents canapés. Cependant, Mélissa s'applique tellement qu'elle passe des heures sur chaque projet. Bien consciente que cela impacte la rentabilité de ses mandats, c'est plus fort qu'elle. C'est son talon d'Achille, son syndrome de première de la classe, qui la suit depuis toujours et commence à lui taper sur le système : elle veut trop bien faire. Les clientes, toujours ravies, en obtiennent bien plus que pour leur argent. Mélissa en a pris son parti. C'est sa nature. Ne faut-il pas simplement l'accepter ?

Voilà quelques semaines qu'elle questionne cette formule double qui ne fonctionne pas. Elle se donne à fond partout, que ce soit au bureau ou la tête dans un catalogue d'ameublement, et commence à s'essouffler. Son esprit carbure sans cesse entre ses préoccupations de planning marketing et ses réflexions sur la meilleure couleur à appliquer chez madame Alphonse, ou encore le choix des rideaux les plus adaptés pour l'appartement de madame Charvine. Sans compter que les garçons, encore jeunes, requièrent beaucoup d'énergie. Son mari Estéban rentre tard, le soir. Devraient-ils avoir une discussion franche sur la charge mentale ?

À bien y réfléchir, ne serait-il pas temps de trouver un emploi à temps plein, et le salaire qui va avec ? Bien sûr, Estéban travaille. Il occupe un poste confortable dans le domaine bancaire, mais l'équilibre financier du couple repose sur deux salaires. Mélissa constate amèrement que, dans ce monde capitaliste, l'argent se volatilise à vitesse grand V. Ou peut-être le couple est-il trop dépensier ? À vingt ans, s'imaginait-elle deux décennies plus tard courir comme une poule sans tête entre deux emplois, et scruter son compte en banque à chaque fin de mois ? Non.

Comme dirait Mamie Marguerite, sa grand-mère, et ses quatre-vingt-quinze ans de sagesse : « L'argent, plus on en a, plus on le dépense ! »

Chapitre 6

Récemment, Mélissa a dû se replonger dans ses souvenirs. Justine, sa meilleure amie, l'a elle aussi conviée à une soirée costumée de quarante ans – laquelle avait eu cette idée de déguisement en premier, déjà… ? Le thème la perturbe : « Ce que vous rêviez de devenir, jeune. » Un voyage dans le passé s'impose. Mais son cerveau cartésien et garant d'une vie stable empêche l'accès à cette période de sa vie. Quel métier rêvait-elle d'exercer, déjà ? Celui qui vous anime à dix ans, mais que vous oubliez vite, que vous reléguez dans un coin de votre tête, car trop farfelu, pas assez rémunérateur ou tout simplement inexistant. Hugo, son fils cadet, traverse justement cette période d'innocence jubilatoire. Mais comment lui expliquer que dompteur de dragons, c'est difficile à pratiquer ?

Heureusement, feuilleter de vieux albums photos l'a remise sur la voie : fillette, elle jouait avec allégresse les Marie-Antoinette. Et cela lui est revenu tout d'un coup. Bien sûr ! À dix ans, elle rêvait de devenir styliste de mode pour les princesses. Accoutrée de son déguisement de Cendrillon, elle dessinait sans cesse des robes gonflantes, dont les drapés, les nœuds et les corsets rivalisaient de couleurs pour se faire remarquer.

Mélissa s'est présentée à la soirée de Justine déguisée en styliste : jean slim, chaussures à talons rouges, T-shirt noir

portant la mention *Forty and Fabulous* en doré – elle a d'ailleurs offert le même à son amie –, blaser rouge et une casquette gavroche à sequins de même couleur, empruntée à sa sœur Gaëlle lors de sa soirée disco.

Son aspiration d'enfant s'est définitivement muée en fantôme. Aujourd'hui, Mélissa est simplement la moitié de deux jobs. Elle ne sait plus quoi répondre à la question, totalement surfaite, mais omniprésente en société : « Que faites-vous dans la vie ? » Quelle désillusion ! Elle qui a toujours pensé « réussir » sa vie, triste constat aujourd'hui. Elle a pourtant suivi un cursus de commerce dans une prestigieuse université canadienne, ce qui laissait présager un bel avenir. Elle a même occupé un poste de responsable marketing pendant quelques années. Puis, à trente-cinq ans, elle a repris des études pour se former en décoration d'intérieur, sa passion de toujours. Elle possède plusieurs cordes à son arc, mais tire dans toutes les directions de manière dispersée. Elle n'a rien d'une Katniss Everdeen, héroïne d'*Hunger Games* et archère émérite, si ce n'est la même incertitude face à son avenir.

Chapitre 7

Prise d'une intuition soudaine, Mélissa demande à Estéban de l'accompagner chez sa gynécologue pour les résultats. On ne sait jamais. Dans le cabinet, le médecin les aborde avec le sourire. Un sourire, cela veut forcément dire que tout va bien. Le couple entre dans le bureau.

– Asseyez-vous.

Dociles, les époux s'asseyent sur un banc sombre et dur, un banc d'école ou d'église. La pièce est obscure, les fenêtres sont munies de persiennes, en position semi-fermée. Il fait chaud. Malgré l'accueil cordial du médecin, l'ambiance ressemble à celle d'un commissariat en plein inquisitoire, faisceau de lampe dirigé en plein visage : « Où étiez-vous hier, à 21 h 32 ? » Climat tendu. La gynécologue entame un monologue, sans l'ombre d'une émotion.

– Je n'ai pas de bonnes nouvelles.

– …

– C'est un cancer. La tumeur est petite, peut-être un centimètre, mais il faut opérer vite.

Stupeur.

C'est beaucoup, un centimètre, ou pas ? se demande Mélissa.

Et merde… Les traits du visage d'Estéban se figent, sa respiration s'accélère et ses mains se serrent.

Insensible à l'électrochoc qu'elle vient de provoquer, la gynéco se lève, place ses mains dans son dos et reprend de plus belle :

– À partir d'aujourd'hui, votre vie ne sera plus jamais pareille.

Mais pourquoi ? Mélissa se sent en pleine forme. Si les résultats cliniques lui collent l'étiquette de cancéreuse, elle s'estime pourtant en excellente santé. Comment est-ce possible ? Elle ne comprend pas cette affirmation : « Votre vie ne sera plus jamais pareille. » Quelle phrase violente. Ce médecin ne la connaît pas, comment peut-elle présager son futur ? Mélissa hurle secrètement de désespoir et d'incompréhension. Cette formule tournera ensuite en boucle dans sa tête pendant des jours entiers. Elle pensera à ce qu'elle aurait voulu entendre, à la place : « Ne vous inquiétez pas, votre vie peut redevenir normale, à quelques détails près. »

La gynécologue, imperturbable, poursuit son soliloque. Elle suit vraisemblablement un protocole préétabli.

– Je vais vous rédiger un arrêt maladie.

– Ah bon, mais pourquoi ? Si j'arrête de travailler, je meurs !

Mélissa comprend à ces mots que c'est probablement si elle n'arrête pas de travailler qu'elle va mourir. Quelle sensation étrange. Ce matin, elle jouissait d'une vie ordonnée, sans l'ombre d'un nuage dans le ciel, tout au plus quelques questionnements existentiels dissimulés derrière des formes blanches et cotonneuses.

– Vous allez avoir de nombreuses consultations à l'hôpital. Il va vous falloir du temps. Et nous allons programmer l'opération.

– Quand ?

Les vacances familiales sont prévues pour début juillet. Faites que ce soit après les vacances… après les vacances ! Mélissa croise ses doigts derrière son dos.

– Probablement d'ici quinze jours. Vous allez rencontrer votre chirurgien dans deux jours.

Déjà ? Et zut. Cela confirme au moins la promptitude de ce médecin à organiser des rendez-vous médicaux. Elle doit décrocher sans mal son téléphone pour appeler ses confrères, elle… songe Mélissa.

– C'est un cancer qui prolifère peut-être très rapidement, enchaîne le médecin, il ne faut pas tarder.

– Docteur, vous avez des statistiques ? Quelles sont les chances de guérison ? s'enquiert Estéban, lisant dans les pensées de Mélissa. Les deux se tiennent fermement la main.

La gynéco se lance, pleine de peurs et de projections personnelles :

– Vous ne vous rendez pas compte, ce qui arrive à votre femme est grave, personne ne connaît l'issue. Je ne peux pas donner de statistiques, c'est trop tôt. Je ne veux pas vous livrer de faux espoirs. Et n'allez surtout pas voir sur internet.

Mélissa est à deux doigts de lui sauter au cou pour l'étrangler. Trop sage pour laisser son instinct et sa douleur s'exprimer librement, elle imagine une scène digne d'un film, les mains enserrant la gorge du médecin, prêtes à provoquer l'asphyxie fatale si celle-ci ne lui révèle pas quelques statistiques, qu'elles soient salvatrices ou désastreuses. Même si ces chiffres ne s'appliquent pas à elle, même s'ils sont faux, même si elle finit par mourir, elle s'en fiche, elle a besoin de savoir. « Donnez-moi des statistiques, docteur, je vous en prieeeeeee ! Offrez-moi une perspective de m'en tirer ! », implore-t-elle en silence.

Hélas, la gynécologue manque cruellement de tact et du talent nécessaires pour préparer ses patients à la suite. Elle semble personnellement terrifiée par la maladie. Comment pourrait-elle l'annoncer avec recul ? Mélissa, dans un sursaut d'empathie, se surprend à vouloir la rassurer. Elle est à deux doigts de lui glisser : « Ne vous inquiétez pas, docteur, ça va bien se passer… » Cet élan ne dure que quelques secondes. Elle décide finalement qu'elle s'empressera de chercher un tutoriel sur « Comment présenter le pire à vos patients » dès son retour chez elle, et lui enverra anonymement. Un brin de psychologie ne lui fera pas de mal.

La gynéco reprend :

– Il faut arrêter la pilule, madame. Et vous, monsieur, il faudra mettre des préservatifs.

Mélissa reste stupéfaite. A-t-elle vraiment dit cela ? Comme s'ils avaient la tête à s'envoyer en l'air…

– L'arrêt de travail va durer combien de temps, docteur ? demande-t-elle finalement.

– Oh, plusieurs mois.

– Quoi ? Pas plus de six, j'espère ?

– Cela dépendra des traitements. La tumeur est petite, on va vous opérer et probablement vous prescrire de la radiothérapie. Il faudra faire une IRM et vérifier comment votre cancer répond aux hormones. Vous recevrez peut-être de la chimiothérapie et de l'hormonothérapie. Il est trop tôt pour dire. Vous verrez avec votre oncologue.

– Ah, je vais avoir de la chimio ?

– Peut-être…

Nouvelle douche froide. Réponse évasive et inquiétante du docteur. À l'image de l'entretien du jour, Mélissa erre dans le flou. Elle a entendu parler de chimiothérapie, bien sûr, avec toutes les idées qu'on s'en fait : perte de cheveux, fatigue, nausées… mais le reste lui est totalement inconnu.

Dans une dernière tentative pour tirer du positif de ce rendez-vous, elle articule :

– Au fait, docteur, vous vous souvenez, on avait parlé d'une ordonnance pour aller voir un psychologue. Là, je vais vraiment en avoir besoin !

– Non, je ne fais pas de bons de délégation.

Nouvelle désillusion. Elle ne sert vraiment à rien, à part terrifier ses patients sans sympathie aucune. Ce jour-là, Mélissa, bien qu'ordinairement peu rancunière, classe sa gynéco au sommet de sa liste noire des personnes toxiques à éviter. Triste trophée pour le médecin.

L'atmosphère devient étouffante.

– Viens, on s'en va, chuchote Estéban en lui donnant un léger coup de coude.

On dirait qu'il a échafaudé un plan d'évasion pour se sortir des griffes de la gynéco : « On déjoue l'attention du docteur, tu ouvres la porte, je te couvre, on sort en courant… » Oh oui, fuyons ! se dit Mélissa en imaginant la scène. Tétanisée, elle ne parvient cependant pas à faire le moindre mouvement. Respirer, se dire que, pour le moment, elle est en vie, c'est la seule chose dont elle soit capable.

Enfin, elle se ressaisit. Le couple sort du cabinet et déambule, hagard, dans les rues pavées de la vieille ville. Il fait beau, c'est une magnifique journée de printemps.

Chapitre 8

Assis sur un banc au bord du lac Léman, Mélissa et Estéban laissent couler les larmes retenues dans le cabinet. Des canards cancanent tout en se dandinant vers eux, réclamant leur dû : un bout de pain. Les acteurs du moment n'en ont cure. Ils mettent leur stratégie d'attaque sur pied. Le couple navigue de projet en projet, depuis toujours. C'est leur *modus operandi*. Aller d'un point A à un point B avec un objectif précis en tête ne les a jamais effrayés. Si Mélissa accuse le coup, ses neurones fonctionnent néanmoins à merveille. Déjà, la logistique familiale prend le dessus sur l'affect : comment gérer cette nouvelle avec les enfants ? Il faudra contacter les grands-parents pour qu'ils viennent aider. Les idées, problèmes et solutions se bousculent dans la tête des deux époux. Une fois la surprise, la tristesse et la colère passées, ils prennent le taureau par les cornes, ou plutôt le crabe par les pinces.

Mélissa se sent paradoxalement en pleine forme. La dichotomie entre son pronostic vital, probablement engagé, et son énergie du moment la laisse perplexe. Quel mal insidieux ! Quoi qu'il en soit, elle est décidée à se battre et sent naître en elle une audacieuse hardiesse jusqu'alors inconnue. Avant ses quarante ans, elle respirait l'optimisme. Cet état d'esprit, bien que mis à mal par l'œuvre du temps, reste latent au plus profond de son être.

Quels que soient les résultats des examens et prochaines rencontres médicales, Mélissa luttera de toutes ses forces. Lutter. Jusqu'au bout. Elle s'étonne du champ lexical de la guerre qui entoure inévitablement le combat contre une maladie grave : se battre, combattre, mettre en place une stratégie, s'armer, gagner la bataille, tuer les cellules cancéreuses, faire de la résistance, être forte, exterminer l'ennemi, détruire la maladie, passer en mode guerrière…

De retour chez elle, Mélissa se précipite sur internet. Mots-clés : « chance guérison cancer du sein ». Ce qu'elle découvre sur la toile allège son cœur : « Le taux de survie cinq ans après le diagnostic du cancer du sein varie de 80 % à 90 %, selon l'âge et le type de cancer, surtout s'il est pris tôt. » Cette information provient d'une page santé tout ce qu'il y a de plus fiable. Ouf ! Mélissa retrouve petit à petit son verre à moitié plein. Du champagne, s'il vous plaît, on va laisser l'eau pour les jours normaux. *Selon l'âge et le type de cancer.* À quarante ans, elle est jeune, non ? En tout cas bien trop jeune pour qu'on lui diagnostique un cancer.

Chapitre 9

Le moment est venu d'annoncer la nouvelle, à la famille, aux amis, au travail. Mélissa préfère se débarrasser rapidement de cette tâche délicate. Bien que timide étant enfant, elle est devenue une adulte extravertie ; famille et collègues savent déjà qu'elle a un kyste au sein, elle s'en est déjà ouverte autour d'un thé à la cafeteria ou auprès de ses parents. La suite de l'histoire se révèle donc facile à dérouler : « Oyez, oyez, bonnes gens, c'est un cancer ! » Appels et textos fusent. La famille se montre supportrice, les collègues les plus proches, empathiques. Les compagnes de bureau avec lesquelles elle traverse les aléas quotidiens chez Schönheit s'empressent de proposer leur aide. Mélissa songe qu'à leur place, elle aurait pris ses jambes à son cou. Soutenir une personne de son entourage gravement malade ? Côtoyer la mort de si près ? Non merci. Mode autruche activé : je ne vois rien, je n'entends rien, j'ignore ce qui se passe autour de moi. Mais non, ses collègues sont bel et bien là. Saisie par l'attention dont elle fait l'objet, Mélissa s'étonne de mériter autant de sollicitude.

La notification à son chef et au service des Ressources humaines de Schönheit se fait minimaliste :

Date : 19 juin 2018

À : Franck Hartmann, RH

De : Mélissa Vaillant

Objet : Arrêt maladie

Voilà, le couperet est tombé ce matin, c'est un cancer du sein. Je viens organiser mes dossiers demain matin au bureau et je vous tiens au courant pour la suite. Opération dans quinze jours. Vous trouverez ci-joint mon arrêt maladie.

Cordialement,

Mélissa Vaillant

S'il y a un point positif à cette catastrophe, c'est l'opportunité de faire une pause professionnelle. Et s'il était temps de tout remettre à plat ? En sortant de chez la gynéco, Estéban lui a glissé un mystérieux : « C'était peut-être ta dernière journée au bureau… » Insinuait-il qu'elle allait mourir ou parlait-il d'un futur professionnel différent ? Elle n'a pas osé demander. Depuis, Mélissa essaie de faire bonne figure, mais la mort rôde autour d'elle, ou du moins son ombre ; malgré ses angoisses sur la quarantaine, elle ne l'attendait pas si tôt. Effrayée à l'idée de cesser de vivre, Mélissa doit déjà accepter sa maladie. Encore tant d'examens à passer, de spécialistes à rencontrer… Elle aimerait pouvoir s'accrocher à des points de repère pour évaluer si la condamnation est irrévocable, mais elle ne détient pas toutes les clés de ce nouveau jeu.

Et si elle mourait ? Mélissa déteste penser à la mort. Elle évite sciemment les enterrements, et tourne les talons à l'évocation de tout décès. D'ailleurs, la simple présence de personnes malades la met mal à l'aise. En somme, elle fuit cette réalité. Sauf que la vie en a décidé autrement. Aujourd'hui, elle est forcée de se poser la question. Que se passera-t-il si elle meurt ? Bah, elle ne sera plus là pour le voir… Oui, mais ses proches seront tristes. Elle leur manquera. Cette pensée fait monter des larmes à ses yeux. Et puis, il y a beaucoup de choses qu'elle n'aura pas vécues. Ce ne sont pas tant les souffrances éventuelles qui l'attristent que le fait de ne pas avoir profité à fond. D'un autre côté, pragmatique et fataliste, elle se dit que si c'est ce qui doit arriver, rien ne sert de lutter contre le destin. Si on lui annonçait qu'il lui restait trois mois à vivre, comment voudrait-elle les passer ? Est-elle en train d'éviter le sujet de fond ? Peut-être, mais elle est comme cela : toujours en train d'aller de l'avant, même dans la mort.

Si ses jours étaient comptés, elle voudrait visiter l'Inde avec sa famille et montrer à ses enfants que, dans certaines cultures, la mort n'est pas un drame, au contraire. Les hindouistes considèrent la mort comme un passage, une transmigration de l'âme. Pour eux, elle libère le défunt en lui permettant d'accéder à un meilleur état que celui obtenu de son vivant. Mélissa aime se raccrocher à cette autre vision de la mort. C'est une philosophie à méditer.

Elle voudrait que ses enfants conservent le souvenir d'une maman heureuse et qu'ils comprennent que la mort fait partie du cycle de la vie. Elle voudrait avoir une belle cérémonie, où tout le monde serait vêtu de blanc, où des chansons porteuses d'espoir passeraient en boucle et où on honorerait de manière positive son passage dans l'autre monde. Voilà ce qu'elle aimerait si elle venait à décéder…

Comme souvent, Mélissa examine le problème avec sa tête, au lieu de le ressentir avec son cœur.

Chapitre 10

Irma est prévenue le jour même.

C'est la grande amie de Mélissa. L'amie que l'on découvre à trente-cinq ans, mais qu'on a l'impression d'avoir toujours connue. Mélissa et Irma se sont rencontrées lors d'une journée de développement personnel sur les constellations familiales. Mélissa devait jouer la demi-sœur presque jumelle d'Irma, une jeune femme dont celle-ci avait découvert l'existence à dix-huit ans seulement, lorsque son père avait avoué à sa mère avoir mis deux femmes enceintes la même année… De ce psychodrame est née une amitié sororale. Au début de la journée, chaque participant a tiré une carte de *L'Oracle du peuple animal* pour définir son énergie du jour. Mélissa s'est retrouvée avec la biche entre les mains, symbole de douceur et de sagesse. Irma s'est spontanément mise à l'appeler « Bichette ». Depuis, ce surnom perdure.

Valaisanne pure souche, la flamboyante Irma, dotée d'une chevelure rousse et bouclée à faire pâlir Mérida, l'héroïne du film *Rebelle*, fait honneur aux montagnes suisses. Elle a été élevée aux balades le long de bisses, aux infusions de grand-mère et aux raclettes traditionnelles faites à l'aide d'un vrai four à raclette, celui en fonte d'aluminium avec insert en pierre naturelle, qui permet de *racler* littéralement la demi-meule. Honte à qui l'inviterait à déguster une raclette au téflon !

Irma affiche une personnalité gaie, rassurante, pleine de vie et déstabilisante parfois. En accord avec ses valeurs humaines exubérantes, elle a ouvert un cabinet de chromatothérapie il y a quelques années : elle soigne à l'aide de la couleur. À ses heures perdues, elle écrit des articles en freelance pour un journal de santé naturelle. Irma possède une spontanéité agréable, une ouverture d'esprit et surtout une empathie qui manque hélas trop souvent aux médecins, et en premier lieu à la gynéco rencontrée ce matin, contre qui Mélissa ressent encore une certaine rancœur.

Irma s'empresse de rendre visite à Mélissa. C'est qu'on n'a pas tous les jours le cancer ! À peine sur le palier, son sac à main en tissage des Andes encore sur l'épaule et un bâton de feuilles séchées suspect aux faux airs de dynamite dans la main, elle lance un joyeux :

– Bichette ! Je t'ai apporté de la sauge blanche ! Il faut qu'on la fasse brûler dans tout l'appartement. Ça purifie les énergies.

Mélissa dépose son plateau de thé et de petits biscuits qu'elle a préparés pour l'occasion, en digne héritière spirituelle de la reine d'Angleterre.

– Apporte une petite assiette et des allumettes ! On va la faire fumer dans toutes les pièces.

Et c'est ainsi que débute un rituel de fumigation inattendu. À l'aide de gestes précis et délicats, Irma place le bâton séché sur l'assiette et allume son extrémité. Elle le laisse se consumer un peu, puis souffle dessus pour épaissir la fumée. La coupelle retient les débris de la combustion, que Mélissa est ravie de ne pas voir finir à terre. Son plancher en chêne brut huilé n'apprécierait pas. Une fumée commence à s'échapper. Irma dirige les volutes en direction de Mélissa et prononce une incantation : « En diffusant cette fumée, je purifie les lieux, je les lave et je lave mon amie Mélissa de tous les doutes, de toutes les douleurs qui ont marqué cet endroit. Par ce rituel, je réoxygène Mélissa et permets à son espace de respirer un nouvel air pur, afin que sa maladie s'éloigne à tout jamais. »

Elle se déplace ensuite dans toutes les pièces et dirige la fumée vers les murs, les coins, les recoins, tout en continuant à prononcer sa formule magique.

– La fumée doit pouvoir se promener partout et caresser toutes les parois, tu comprends ? D'ailleurs, je t'ai apporté de l'encens de sauge blanche aussi. C'est plus pratique. Tu pourras le faire brûler régulièrement.

Une fois le cérémonial accompli, Mélissa plisse le nez en sentant les relents de fumée sur ses vêtements. Puis elle retourne à son thé.

– Installe-toi sur le balcon, Irma, j'arrive ! lance-t-elle à son amie.

Si elle n'est toujours pas propriétaire d'une maison, mais seulement d'un appartement – c'est que le prix de l'immobilier en Suisse est exorbitant, même à la campagne ! –, elle jouit néanmoins d'un grand balcon avec vue sur le lac Léman.

Assises sur le canapé extérieur, qui deviendra le quartier général de Mélissa pour les prochains mois – au moins ici, elle sent le souffle du vent sur son visage et voit la nature environnante, indomptable et luxuriante –, elles esquissent le nouveau monde qui sera le sien dans les prochaines semaines. Abattue, le nez au-dessus de sa tasse fumante de thé vert aux fleurs de cerisier, Mélissa écoute son amie philosopher.

– Bichette, le cancer, c'est une épreuve, mais tu en sortiras grandie, tu verras ! Quarante ans, c'est un passage, il y a des choses à comprendre, peut-être un deuil à faire… Il faudrait que tu appelles mon astrologue. Elle te fera ton thème astral. Ça donne un éclairage différent sur la vie. Fais attention à ce que tu manges ! Bois beaucoup de thé vert, évite le sucre, repose-toi, prends du temps pour toi. Et surtout, mets tes plumes de canard.

– Mes quoi ?

– Tes plumes de canard : laisse glisser tous les conseils que tu recevras, comme l'eau qui glisse sur les plumes d'un canard et finit à terre ou dans une mare. Tu verras, tout le monde va vouloir t'aider et va y aller de son petit commentaire. Il faut faire attention aux bonnes intentions. C'est souvent le reflet de craintes ou de blessures personnelles. Essaie de ne garder que ce qui te parle. Au fond, tu sauras vite ce qui est bon pour toi. Fais-toi confiance !

Et Mélissa de fondre en larmes, larmes qu'elle retenait, mais qui, à la justesse de ces paroles, se sont frayé un chemin jusqu'aux coins des yeux.

– Et n'oublie pas que le bleu est la couleur apaisante par excellence !

Au départ de son amie, bien qu'encore embrumée et enfumée, Mélissa se questionne : que valent les conseils d'une personne qui recommande de ne pas écouter les conseils d'autrui ? Tout en divaguant, elle songe que cette première journée de maladie semble avoir duré une éternité.

Chapitre 11

Le lendemain du verdict, Mélissa fait montre d'un pragmatisme à toute épreuve. Elle passe rapidement au bureau pour remettre, par e-mail, ses projets entre les mains de personnes dignes de confiance. Elle laisse des directives carrées ; que personne ne vienne bousculer tout ce qu'elle a organisé cette dernière année !

Elle se présente tôt le matin, souhaitant éviter un face-à-face inopiné avec une collègue. Si envoyer la nouvelle par texto est aisé, devoir en discuter en personne ce matin-là serait une torture. Mais la vie en a décidé autrement et, au moment de repartir, courant déjà dans la cage d'escalier, Mélissa croise Suzie. Celle-ci lui tombe dans les bras.

– Oh non, Mélissa, quelle nouvelle, je suis désolée pour toi !

L'empathie au rendez-vous, des larmes commencent à apparaître, pour l'une comme pour l'autre. Mélissa ne voulait pas pleurer. Elle se libère prestement de l'étreinte de sa collègue et s'enfuit poliment.

Sortie du bureau, elle décide de faire un saut à la bibliothèque de Saint-Valex. S'il est probable que de nombreux médecins vont bientôt l'entourer, elle sait que son esprit aura besoin d'autant d'attention que son corps. Il est temps de découvrir la littérature portant sur le cancer, les médecines naturelles complémentaires et le développement personnel. On doit pouvoir faire plus qu'un rituel de sauge brûlée.

Un souvenir d'enfance lui revient : ce petit livre que lisait sa mère, à la couverture blanche, rouge et verte, intitulé *La Cure de raisin*, et qui racontait l'histoire d'une femme guérie d'un cancer généralisé en ne consommant que du raisin pendant plusieurs mois. Quelle histoire ! Mélissa ne cherche pas de méthode aussi drastique, mais s'intéresse aux approches existantes pour l'accompagner dans son futur parcours.

Bien sûr, il y a internet, mais Mélissa a toujours aimé l'atmosphère des bibliothèques : le calme, l'odeur poussiéreuse des livres, les lecteurs studieux assis dans un coin, et la découverte de trésors littéraires connus et moins connus. Elle se précipite au rayon santé, prête à le dévaliser. Si elle s'était imaginé repartir avec de lourds sacs remplis de chefs-d'œuvre médicaux, elle s'aperçoit que *dévaliser* reste un bien grand mot. Dans cette bibliothèque familiale de petite ville suisse – quinze mille habitants, tout au plus –, on est loin de la Bibliothèque nationale de France. Mélissa compte en tout et pour tout… cinq livres sur le cancer. *Anticancer*, de David Servan-Schreiber, *Les Aliments contre le cancer*, de Richard Béliveau et Denis Gingras, *Comprendre le cancer du sein*, de Mike Dixon, *Guérir*, de Guy Corneau et *Vivre le cancer du sein… autrement*, de Thierry Janssen. Elle se saisit fiévreusement des cinq ouvrages et se présente au comptoir pour finaliser l'emprunt. Gênée, elle demande au bibliothécaire si le règlement l'autorise à prendre autant de livres sur un même sujet. Il regarde les différents titres, stoïque, et répond :

– Oui, bien sûr.

Cet homme lui rappelle quelqu'un… À bien le regarder, il affiche un visage étonnant. Cela doit être sa moustache et sa barbichette. Bien que probablement jeune – trente ans environ –, il ressemble à un vieux mousquetaire. Il ne lui manque plus que la cape et l'épée. En fait, il lui fait penser au personnage de Puig Pujols dans *Globalia*, de Jean-Christophe Ruffin. Mélissa adore lire et son esprit divague souvent suite à la lecture d'un roman. C'est exactement comme ce bibliothécaire mince qu'elle s'est représenté le personnage de Puig. Ce sera le surnom qu'elle donnera à cet homme, dorénavant. Elle a peut-être un petit crabe dans le sein, mais encore toute sa tête et beaucoup d'imagination, dont elle compte bien se servir pour se divertir de l'épreuve qui l'attend !

Profitant de son escapade en zone commerçante, Mélissa savoure ces quelques heures de liberté au grand air et joue les chalandes, comme si de rien n'était. Au moment présent, elle se sent bien, et rien ne laisse deviner ses déboires médicaux. Flânant devant la devanture d'une papeterie joliment apprêtée, elle ressent soudain le besoin de coucher sur papier son expérience malchanceuse. Elle pénètre dans la boutique, à la recherche d'un cahier d'écriture. Un vaste choix s'offre à elle : petits, grands, lignés, à pages blanches, à couverture souple, affichant crânement Minnie Mouse ou Spiderman… Après une étude approfondie du rayon, un grand cahier l'interpelle : rigide, ligné et à larges spirales. Sur la couverture enfantine, les sept jours de la semaine cohabitent joyeusement avec de petits personnages en mouvement qui semblent aller de l'avant. Ce dessin l'invite à prendre un jour à la fois, tout en continuant à avancer. Ce support d'écriture promet de devenir son fidèle compagnon dans les semaines à venir.

*

De retour chez elle, Mélissa s'empresse de saisir sa plume, un magnifique stylo blanc irisé, offert par Estéban pour ses trente-neuf ans, et ouvre la première page d'un nouveau chapitre. Investie d'un sentiment d'urgence, elle établit la liste de ses besoins essentiels, comme ils se présentent dans son esprit.

- De la Biafine pour les brûlures de la radiothérapie (elle ne sait pas quand cette étape médicale aura lieu, mais elle sera équipée).
- Du ~~chocolat~~ ! Du Lindor rouge.
- Du thé vert (il paraît que cela aide à lutter contre le cancer).
- Une pierre semi-précieuse, pour l'accompagner dans tous les moments difficiles.
- Un bracelet en cuir bleu clair, avec une pampille poisson en argent. Elle l'a remarqué depuis longtemps dans une vitrine de la Grand-Rue, sans avoir encore franchi le cap de l'acheter. Si elle meurt, qu'elle meure avec !
- La collection des CD de jazz de Georges Lang. Elle les entend parfois, tard le soir à la radio lorsqu'elle conduit. C'est tout à fait vieux jeu, mais elle adore.

Chapitre 12

Deux jours après le diagnostic, Mélissa et Estéban se rendent à l'hôpital de Saint-Valex pour y rencontrer le gynécologue chargé des cancers du sein. Le docteur Sonrisa, grand et mince, jeune cinquantaine, souriant et avenant – à l'inverse de la gynécologue qui leur a fait l'annonce fatidique quelques jours plus tôt – accueille le couple dans son bureau. La pièce se trouve au dernier étage de l'hôpital, avec vue sur les vignes. Joli paysage. On pourrait se croire dans la chambre lumineuse d'un hôtel de luxe. La rencontre avec ce spécialiste diffère en tout point de l'atmosphère de commissariat des jours précédents. « Deux salles, deux ambiances… », comme dirait Ludivine, la collègue préférée de Mélissa. Ce pseudo Dr Grey, juste un peu moins chevelu, n'a que des choses plaisantes à dire. À commencer par la plus importante :

– Je ne connais aucune femme qui soit morte du cancer du sein.

Voilà la phrase que Mélissa voulait entendre ! Merci docteur ! Elle a envie de lui sauter au cou et de l'embrasser. C'est la phrase la plus gentille qu'on lui ait dite dernièrement. Ce n'est peut-être pas vrai, elle émet d'ailleurs une certaine réserve, mais cela fait tellement plaisir à entendre qu'elle s'en fiche.

– Vous avez des enfants, vous allez vous battre. Vous avez toutes les chances de votre côté. Et puis, vous êtes jeune.

Ah oui ? Jeune ? Mais quelle jubilation d'entendre cela. Jeune…

Après avoir rassuré le couple et montré quelques traits d'humour, le docteur Sonrisa entre dans le vif du sujet.

– Votre cancer est localisé. La tumeur est petite. Nous allons pouvoir la retirer sans enlever le sein.

Mélissa tombe des nues. On enlève parfois les seins ? Elle n'a jamais entendu parler d'une telle opération. À vrai dire, elle s'y connaît peu en cancer et avoue volontiers son ignorance.

– Oui, nous allons pouvoir procéder à une tumorectomie, et non une mastectomie.

Mots suspects auxquels Mélissa reste imperméable.

– Votre cancer est un cancer de grade III qui prolifère à quatre-vingts pour cent. C'est une prolifération rapide. Il est petit, mais dynamique.

– Comme ma femme… ne peut s'empêcher de commenter Estéban.

Le docteur sourit.

– Heureusement, il est pris tôt. Cela augmente les chances de guérison. Autre bonne nouvelle, c'est un cancer hormonodépendant.

– Hormonoquoi ?

– Hormonodépendant : vos cellules malades se nourrissent d'hormones, donc si on coupe les hormones, elles meurent de faim. Cela veut dire qu'après les traitements lourds, on peut passer à l'hormonothérapie, ou plutôt hormonosuppression, étant donné que le traitement diminue la fabrication des hormones. L'hormonothérapie dure en général cinq ans, voire dix ans.

Sentence prononcée, Mélissa vient d'en prendre pour au moins cinq ans.

Le docteur reprend :

– Nous allons rapidement enlever la tumeur, et ensuite, en fonction des résultats des prochains examens, vous recevrez de la radiothérapie, de l'hormonothérapie, et peut-être de la chimiothérapie.

– Ah oui ?

D'un geste mécanique, Mélissa passe la main dans ses cheveux. Elle imagine avec effroi qu'elle va peut-être les perdre. Chimiothérapie, radiothérapie, hormonothérapie… Encore ces mots… Elle ne peut s'empêcher de penser qu'elle va découvrir toute une série de pratiques inconnues, désagréables et inquiétantes se terminant en « pie ». Telle une pie, ces thérapies lui voleront du temps, de l'énergie, de la joie… Le combat ne fait que commencer. Soupir.

Le docteur Sonrisa ausculte ensuite Mélissa sous toutes ses coutures humaines, avec délicatesse. Il commente en déplaçant son doigt sur le sein :

– Je vais ouvrir ici, je vais opérer là, j'inciserai à cet endroit et je refermerai en faisant le tour de l'aréole, comme cela, la cicatrice se fondra dans le décor.

– Ah, mais c'est vous qui allez m'opérer ? Mais je croyais que vous étiez gynéco…

– Oui, gynécologue-chirurgien.

– Ah…

– Je vais vous faire cela le plus proprement possible, sinon vous allez revenir me voir pour que je refasse le travail, plaisante le docteur.

Ce médecin lui inspire totalement confiance. Il a les yeux brillants d'excitation, tel un enfant devant la vitrine d'une boulangerie, les papilles en alerte devant un pain au chocolat. Ludivine résumerait probablement ainsi la chose : « Il kiffe les opérations du sein, ton doc. Un truc de ouf… » Mélissa aime l'entendre employer ces expressions de jeunes, cela rend les situations moins pesantes.

Avant de quitter le charmant docteur Sonrisa, Mélissa aborde le fameux sujet de son ordonnance pour aller voir un psy, chose que le médecin accepte immédiatement.

– Oui, vous allez en avoir besoin, vous avez raison de faire cette démarche.

Deux salles, deux ambiances, qu'on vous disait ! Mélissa ressent la même joie que si on lui offrait un tête-à-tête avec Sophie Ferjani, sa décoratrice préférée. Elle va finir par aller le voir, ce psy ! Mais en passant par la case cancer. Léger détour.

– Prochaine étape avant votre opération : le PET-scan pour voir si des cellules cancéreuses gravitent en dehors de votre sein. Je vous appellerai pour vous donner les résultats.

C'est le début d'une longue série de mots barbares… Mélissa découvre le jargon médical qui entoure le cancer, sans vraiment vouloir l'intégrer. Elle qui n'a jamais, ô grand jamais, eu la fibre scientifique, voilà que la vie l'oblige à assimiler ce qui se trame dans son corps au niveau de ses cellules. Elle se revoit à dix-sept ans, essayant de comprendre péniblement comment fonctionne une mitochondrie en vue d'un contrôle de biologie. Elle n'y entendait rien. Son ami Joaquim avait passé toutes les vacances de Pâques à tenter de lui expliquer. Résultat des courses : elle avait scolairement répété ce qu'elle avait appris et avait obtenu un 14/20 à l'examen. Joaquim, qui se laissait généralement porter par le vent, avait récolté un 8/20. Quelle ironie !

Monde nouveau, nous voici : globules blancs, mammographie, échographie mammaire, biopsie, scintigraphie, PET-scan, IRM, harponnage, tumorectomie, chimiothérapie, radiothérapie, hormonothérapie. Bienvenue dans l'univers du cancer.

Mélissa et Estéban quittent l'hôpital, sonnés par le lot d'informations que leur cerveau vient de recevoir. Que penser de tout cela ? La situation est-elle positive ? Ou au contraire préoccupante ? Difficile de faire la part des choses. Et si le cancer était généralisé ?

Chapitre 13

Estéban se voit désormais affublé du titre « d'accompagnant ».

Son rôle dans les mois à venir : soutenir Mélissa dans toutes les étapes de la maladie. A-t-il l'étoffe d'un accompagnant ? Certainement. Il écoute, se montre présent et comprend les choses de la médecine ou, du moins, s'y intéresse. Il interroge, cherche et garde espoir. Il assistera Mélissa autant que nécessaire, tout en préservant les enfants. Du genre papa poule, il va devoir partager habilement son temps entre son emploi, sa femme et ses enfants.

Il lui tient à cœur de veiller au bien-être de Mélissa. Il a toujours voulu le meilleur pour sa femme ; une relation riche en communication, en projets, en échanges, mais aussi en cadeaux. Il aime gâter son épouse. C'est sa manière à lui de montrer son amour. Il la comble régulièrement de bijoux, de sacs à main griffés, de montres suisses ou encore d'objets high-tech dernier cri quand ceux-ci l'intéressent. Elle se lance en déco ? Estéban lui offre un Mac Book Pro. Elle vient de faire tomber son iPhone, aussitôt fendu ? Excellente raison pour lui offrir le tout dernier modèle. Elle souhaite un casque pour écouter de la musique ? Ce sera un Bose pour son anniversaire. Estéban apprécie les objets de qualité.

Pendant cette épreuve, il imagine déjà mille escapades pour alléger les tourments du moment. À commencer par ce week-end en amoureux à Leukerbad, pour une cure thermale, prévu pour la fin du mois de juillet. Ils ont réservé ce séjour en hôtel Relais & Château depuis des mois. Pourront-ils en profiter ? Pourvu que oui.

Chapitre 14

Assis sous un arbre, dans un parc au bord du lac, Mélissa et Estéban ont la difficile tâche d'informer les enfants. Ils ont choisi un coin où la nature s'épanouit, afin qu'elle les accompagne de son énergie apaisante.

– Nous avons quelque chose à vous dire… entame Mélissa, lasse.

Estéban poursuit, habitué à exprimer sa pensée de manière claire et ordonnée :

– Maman a une petite boule dans le sein droit, qui peut la rendre très malade. On doit lui enlever. C'est comme un petit bonbon Dragibus, à peu près la même taille. Maman va donc se faire opérer. Une fois que ce sera fait, cela ira mieux, mais elle devra sûrement encore subir des traitements pour être sûre de guérir entièrement. On va lui donner des médicaments et elle va être très fatiguée dans les prochaines semaines. L'opération a lieu bientôt, nous devons annuler nos vacances.

– Mais Papa s'occupera de vous ici, il vous emmènera vous baigner au lac, rassure Mélissa.

Le jeune Hugo reste de marbre. Est-il sous le choc de cette nouvelle ou est-ce tout simplement trop conceptuel pour lui ?

En revanche, Bastien, l'aîné, fond en larmes et se montre furieux :

– Oh, mais non ! On doit annuler nos vacances ? Je ne pourrai pas aller surfer ? Non ! C'est nul ! C'est pas juste ! Mais pourquoi ?

De grosses gouttes roulent sur ses joues. Il se faisait une joie à la perspective de ces vacances sur la côte atlantique française. Pour ce garçon de dix ans, avide de nouvelles sensations et déjà soucieux de son image, commencer le surf représente le summum de la coolitude. C'est comme un rêve qui part en fumée. Stupeur et déception. Puis il se redresse, sèche ses larmes et dit :

– C'est un cancer ?

Cela ressemble à une question, mais pourrait tout aussi bien être une affirmation. Il ajoute :

– La maman de Victor, elle travaille pour une entreprise qui construit des machines contre le cancer. On a visité son entreprise avec l'école. Tu sais, Maman, ça se guérit.

Un ange passe. Comment ne pas être à la fois touché et admiratif devant cet enfant, déjà si rationnel, qui semble avoir compris l'enjeu de la situation et qui veut consoler sa maman, tout en se rassurant lui-même ?

Si les deux garçons sont frères, ils n'en possèdent pas moins leur propre personnalité. Hugo est douceur, rêverie, art et musique. Il vit dans sa bulle. Bastien est logique, appliqué, concentré. Il est terre à terre.

Mélissa fulmine. Ces vacances, ils les avaient méritées. Ils en avaient besoin. Ils devaient explorer un coin qu'ils ne connaissaient pas. Ces grandes étendues de sable blanc dans les Landes les appelaient. Elles les auraient ressourcés. Ils devaient louer des vélos. Mélissa adore le vélo. Ils avaient inscrit Bastien à l'école de surf. Puis ils devaient jouer les touristes au Cap Ferret.

Ce sera la Riviera suisse.

Tout bien réfléchi, cela pourrait être pire. De grands noms du cinéma ou de la chanson ont élu domicile sur les bords du lac Léman : Charlie Chaplin, Audrey Hepburn… Cela reste une destination prisée, que ce soit pour des vacances ou pour y résider. C'est l'occasion pour cette famille écorchée de profiter de sa propre région.

Chapitre 15

Au bureau, les commérages vont bon train depuis l'annonce de ce destin soudainement accidenté. Telles des déesses grecques rassemblées en urgence pour débattre d'une nouvelle menace, les filles de l'équipe marketing de Schönheit sont agglutinées autour de la machine à café.

– Vous avez appris pour Mélissa ?

– Oui, c'est terrible !

– Un cancer du sein à son âge, ça craint !

– Non, mais ça va, le cancer du sein, c'est le bon, ça se soigne.

Regards médusés dans l'assistance.

– Elle doit se faire opérer d'ici quinze jours.

– La pauvre…

– Moi, ma tante a eu un double cancer du sein. Ils lui ont enlevé les deux seins.

Moues dégoûtées.

– Ma belle-sœur est morte d'un lymphome l'an dernier.

Sourires crispés.

– Comment est-ce que cela a pu lui tomber dessus ? Elle qui ne boit pas, ne fume pas, bouge tout le temps et ne mange que du tofu…

– Ça peut arriver à n'importe qui. Dans ma famille, il y a des antécédents familiaux, je me fais contrôler tous les ans. Pour Mélissa, c'est peut-être génétique.

Introspection individuelle, chacune se demande si elle a une famille à risques et si elle pose les bons actes pour éviter un tel verdict.

– Et dire qu'elle pensait que c'était juste un kyste…

– T'imagines si elle meurt…

– En plus, elle a deux enfants…

Quelques yeux s'embuent.

– Mais arrêtez, c'est une battante, Mélissa, elle va lutter, elle a toujours le moral, ça peut bien se passer, aussi. Le mental, c'est hyper important dans ce genre de situation.

– Oui, mais si elle a de la chimio, elle va perdre ses cheveux…

– Ça repousse, les cheveux.

– Oui, mais quand même…

Suzie caresse sa longue crinière brune.

– On devrait lui faire un cadeau ! propose Ludivine. Pour qu'elle sache qu'on pense à elle et qu'on la soutient.

– Oui, bonne idée !

Déjà, mille et un présents prennent vie dans l'assemblée.

– Des crèmes ?

– Oh non, elle doit en voir plein ses armoires, comme nous toutes…

– Des fleurs ?

– Trop tard, intervient Mireille, l'assistante marketing. Je lui en ai fait livrer hier, et je crois que les Ressources humaines ont eu la même idée. Elle va recevoir deux bouquets.

– Un bon pour un massage ?

– Après l'opération, elle ne sera peut-être pas à l'aise de se faire masser tout de suite…

– Un livre sur le cancer ?

Effarées, une dizaine de paires de cils pivotent en direction de la voix.

– Mais ça va pas, non ? gronde Ludivine. On veut lui faire plaisir, pas la faire flipper.

– Un parfum ?

– Des bijoux ?

– Un sac à main ?

Oui, un sac à main ! Tout le monde sait qu'elle adore la maroquinerie. Ludivine se réjouit. Proposition validée !

– Je m'occupe de collecter les fonds.

Et c'est ainsi qu'en cette journée de juin, la jeune et pétillante collègue montre plus d'entrain à faire grossir l'enveloppe « cadeau de Mélissa » qu'à ses tâches quotidiennes. Investie d'une mission philanthropique ô combien importante, elle frappe à toutes les portes susceptibles d'alimenter la cagnotte. Le lendemain, profitant de sa pause déjeuner, la collègue dévouée part en quête du sac. Dans cette petite ville suisse, les choix sont minces. Deux boutiques de cuir se disputent les élégantes clientes de la Grand-Rue. En possession d'un budget confortable – c'est que l'entreprise entière s'est prise de pitié pour la malade –, Ludivine jubile devant les multiples choix qui s'offrent à elle. Elle tergiverse entre un modèle Longchamp en cuir rouge, bien qu'il lui semble que Mélissa en possède déjà un similaire, et un modèle Lancaster blanc et jaune. Estival, audacieux, solaire, ce sac semble parfait pour offrir un instant de légèreté à leur collègue. Ludivine jette son dévolu sur cette jolie pièce de cuir portée main.

À l'instar des femmes modernes, Ludivine n'aime pas attendre. Elle se présente le soir même la bouche en cœur chez Mélissa, expliquant devoir lui remettre un cadeau d'une extrême urgence : on est presque fin juin, avec le look été de ce sac à main, il ne faudrait pas que Mélissa passe à côté de la saison !

Chapitre 16

Mélissa somnole sur son balcon, le regard perdu dans un bouquet de pivoines roses, douce attention de ses collègues. Le diagnostic digéré et l'annonce aux proches terminée, elle se pose un instant et se demande comment cela peut lui arriver, à elle. Elle pense à sa tante Claudine, diagnostiquée d'un cancer du sein à cinquante ans, il y a trente ans déjà. Aujourd'hui, Claudine est guérie. Cette information capitale mérite d'être soulignée. Mais si ce cancer est génétique, pourquoi elle ? Pourquoi pas sa cousine Marie, fille de Claudine, ou encore Gaëlle, sa sœur, voire les autres cousines ou tantes de la famille ? C'est un peu la roulette russe. Non pas qu'elle le leur souhaite, mais elle trouve légitime de se poser la question. À vrai dire, elle donne peu de crédit à l'argument héréditaire en ce qui concerne son cas.

Qu'a-t-il pu se passer pour que cela lui tombe dessus ? A-t-elle exagéré à un moment de sa vie ? Paie-t-elle pour un abus dont elle ne se rend pas compte ? Est-ce l'usage de déodorant avec aluminium ? Ses quelques années passées au Canada à ingurgiter de la nourriture génétiquement modifiée ? La pilule ? Ses séances en salon de bronzage vingt ans plus tôt ? Ses teintures capillaires commerciales, et donc chimiques, ou encore son épilation des demi-jambes au laser, aubaine achetée sur un site au rabais ? Son mode de vie pourrait-il expliquer cette maladie ?

Pourtant, elle mange sainement, alterne entre protéines animales et végétales, respecte les cinq portions de fruits et légumes par jour, boit beaucoup de thé, dort assez, bouge régulièrement. Si on ne peut pas dire que ce soit une grande sportive, elle parvient néanmoins à atteindre les dix mille pas par jour ; sa montre connectée en atteste. Elle court tout le temps, comme le lapin dans *Alice au pays des merveilles*, une horloge sous les yeux et cette formule récurrente à la bouche : « Je vais être en retard ! »

Installée sur le canapé extérieur, Mélissa recense les facteurs potentiels dans son carnet neuf. Cette longue liste lui donne le tournis. Et si elle décidait d'éradiquer tous ces éléments de sa vie ? Elle s'imagine une existence « *cancer-risk-free* ». Quel enfer ! Sa vie sociale s'en trouverait fortement perturbée.

Craignant pour sa vie, Mélissa décida un jour d'écarter tous les facteurs de risque. Elle s'installa dans un village reculé dans les montagnes, s'éloignant ainsi des particules fines. Laborieusement, elle convainquit l'opérateur téléphonique de lui installer une ligne fixe, mais de supprimer son abonnement mobile, ne souhaitant plus être exposée aux ondes téléphoniques. Il va sans dire qu'elle ne captait plus internet et avait donc remis en place des appels réguliers avec ses proches. Elle recevait le journal tous les matins pour se tenir informée de l'actualité. Les amis qui acceptaient de braver les routes caillouteuses menant à sa nouvelle demeure ne la reconnaissaient plus. Elle qui avait toujours été coquette, on la découvrait le cheveu gras et grisonnant (elle ne se faisait plus de teinture et fabriquait son shampoing), poitrine pendante (plus de soutien-gorge), vêtements amples. Si un effluve d'huile essentielle tentait d'embaumer le salon, on décelait en odeur de fond celle d'une transpiration âcre (elle fabriquait également son propre déodorant). Elle affichait dix ans de plus que son âge, se tartinant désormais le visage d'huile végétale. Enthousiastes, des rides profondes avaient élu domicile sur cette surface accueillante.

C'est non.

Redoutant de partir sur un échec, elle note un élément facile à mettre en place immédiatement : l'arrêt des contenants en plastique au micro-ondes. Tout ce qu'on lit sur le bisphénol A est alarmant. Rapidement, elle installe un Post-it portant l'inscription « *no plastic* » sur la porte de l'appareil. Pour bien faire, il faudrait aussi qu'elle aille acheter quelques contenants en verre. Excellente raison de passer chez IKEA.

En se replongeant dans son passé périlleux, elle admet que, même si c'était à refaire, elle garderait l'épilation définitive. Quel bonheur ! N'avoir jamais à s'épiler les jambes et les aisselles, pouvoir enfiler une robe ou un maillot de bain en tout temps, ça n'a quasiment pas de prix. Elle revoit l'esthéticienne qui lui prodiguait les soins, ne lésinant pas sur la puissance de l'engin. Mélissa recevait des décharges électriques pointues qui attaquaient sa chair à chaque séance. Elle souffrait, mais quel investissement ! Chaque année, au printemps, elle surprend les conversations de ses collègues discutant salon d'esthétique et poils indésirables. « Je dois prendre rendez-vous avec mon esthéticienne ! », s'affolent-elles soudain, passé le 1er mai. Comment peut-on occulter cette confortable avancée technologique qu'est l'épilation définitive ?

En revanche, la nourriture canadienne lui laisse un souvenir amer. Viande aux hormones, fruits et légumes génétiquement modifiés, tomates sans saveur… Elle se revoit, étudiante, au marché Atwater de Montréal, demandant au primeur du raisin avec pépins, convaincue que ce serait gage de qualité.

– Mais mademoiselle, nous n'en avons pas ! C'est que ce n'est pas très vendeur, le raisin avec pépins, rétorquait-il.

Et les choux-fleurs violets de l'étal d'à côté ? Étaient-ils également « plus vendeurs » que des choux-fleurs blancs traditionnels ?

Ayant passé en revue les grands moments de sa vie, Mélissa se fie à son intuition et décide de chercher à diminuer les sources de stress, notamment au niveau professionnel et financier. Les nombreux écrits sur stress et cancer ne démontrent aucun lien de cause à effet entre les deux, mais, après tout, elle ne perd rien à améliorer sa qualité de vie.

Chapitre 17

Elle a le cancer. Elle doit se rentrer cette vérité crue dans le crâne. Ça n'arrive pas qu'aux autres, pense-t-elle, consciente que cette phrase sonne comme une banalité désolante. Elle n'aime pas ce mot, « cancer », trop généraliste, trop vague, trop entendu. Il provoque irrémédiablement la peur. Il existe toutes sortes de cancers, on devrait créer des catégories, de « peu grave » à « très grave », songe-t-elle, en bonne marketeuse. Estéban et elle ont décidé de l'appeler le Dragibus rose. Dragibus, car c'est à peu près la taille et la forme de la tumeur, et rose, car c'est une couleur douce et réconfortante. Le fabricant de cette douceur sucrée s'offusquerait probablement qu'on associe son bonbon à cette maladie ; heureusement, on ne peut pas censurer la créativité spontanée.

Bien que les larmes aient coulé à quelques reprises, c'est surtout de manière éloignée qu'elle se regarde maintenant et continue à se questionner sans relâche. La maladie a-t-elle un sens ? Est-ce que cela arrive vraiment par hasard ? Elle n'y croit pas. La tête dans ses bouquins sur le cancer, cette phrase l'interpelle : « Certains ont la conviction que leur maladie vient d'un stress, d'une colère non exprimée. » Elle se reconnaît dans cette description.

À bien y réfléchir, stress et insatisfaction professionnelle jalonnent son quotidien. Un coaching d'équipe, organisé il y a quelques mois chez Schönheit, a mis en exergue plusieurs dysfonctionnements. Cet exercice l'a rendue malade – au sens figuré comme peut-être au sens propre. Il a réveillé chez Mélissa frustration, tristesse, colère. Le coach a souligné le fait qu'elle est probablement sous-employée. Depuis, elle bouillonne et se sent incomprise, notamment par la direction qui l'enterre dans la case « gestionnaire de planning ». Mélissa a besoin d'être utilisée à son plein potentiel. Elle évolue depuis des années dans cet environnement hostile, où manque de reconnaissance, irascibilité des patrons et changements de stratégie constants sont le lot quotidien des cent employés. Bien que ses collègues endurent cette réalité sans broncher, elle se sent sur le point d'abdiquer. Solitaire, elle est touchée dans ses valeurs profondes.

Se pourrait-il que sa maladie vienne de là ? Si oui, alors il n'y aurait qu'une solution, qu'elle quitte l'entreprise. Divagant soudain, elle se persuade qu'elle guérira lorsqu'elle aura claqué la porte et parviendra à visualiser sa nouvelle place dans la société. « Il paraît absurde de se battre si c'est pour vivre comme avant », une autre phrase tirée d'un de ses livres de chevet. C'est son nouveau leitmotiv. La vie lui offre quelques mois pour mettre le processus en route. Quelques mois, c'est à la fois long et court.

*

Les bureaux de l'entreprise Schönheit se trouvent à la sortie de l'autoroute de Saint-Valex. Depuis les bureaux, on parvient au lac ou au centre de la ville en onze minutes à pied. La présidente de Schönheit, souhaitant le meilleur pour ses employés, a embauché un maître Feng Shui pour superviser la construction des locaux. Cette philosophie permettrait aux occupants de se sentir bien dans leur espace de travail, de développer des relations harmonieuses avec leurs collègues et d'optimiser leur productivité. On retrouve donc dans l'entrée une majestueuse rotonde vitrée. Il paraît que les arrondis favorisent la circulation des énergies. Les couloirs sont également courbes, et peints en vert d'un côté, en bleu de l'autre – parti pris décoratif surprenant – pour absorber l'énergie négative. Tous les bureaux sont vitrés, pour plus de convivialité (à moins que ce ne soit pour surveiller à toute heure ce que font les employés). À chaque étage, une fontaine et de luxuriantes plantes vertes évoquent la nature. Si les meubles manquent d'originalité, les murs accueillent de nombreux tableaux psychédéliques, héritage d'un lointain oncle de la patronne, qui s'est fait connaître pour ses représentations abstraites du diable. Le contraste perturbe plus d'un visiteur. Pas sûr que cela respecte les préceptes du Feng Shui.

Dans ces lieux, où l'on murmure que le maître décorateur a fini en prison pour abus de confiance, le problème, c'est Franck Hartmann, le directeur marketing. Fils caché de Brad Pitt et de Cruella d'Enfer, la beauté de Franck Hartmann n'a d'égal que sa méchanceté. De prime abord, il séduit. Avec son sourire éclatant, sa coupe de jeune premier, et ses costumes sur mesure, il émoustille. Puis on se rend compte de sa profonde perversité. Il aime s'acharner en public sur son équipe, et notamment sur son adjointe.

« Ma chère Mireille, je pense que vous avez atteint les limites de vos capacités, mais comme vous ne me coûtez pas très cher, je vais vous garder. »

« Vous avez demandé les rapports ? Non, évidemment, vous n'êtes qu'une exécutante, il ne vous viendrait pas l'idée de réfléchir par vous-même. »

« Vivement qu'on fasse une croissance à deux chiffres, que je puisse embaucher une professionnelle pour vous remplacer. »

Mélissa côtoie Franck Hartmann quotidiennement et n'échappe pas aux sarcasmes de son boss. Il y a belle lurette qu'elle ne croit plus aux vertus du Feng Shui chez Schönheit. Dire qu'on lui avait vendu un environnement serein et positif…

Dernièrement, une intervention du sieur l'a particulièrement affectée :

– À quarante ans, si vous n'avez toujours pas de poste de management, il ne vous reste plus qu'à devenir consultant. Sinon, c'est votre vie entière que vous avez ratée…

Piquée au vif, elle s'est sentie directement visée.

Par la magie de son carnet d'adresses, Franck Hartmann a su s'attirer les bonnes grâces de la direction, et la patronne ne voudrait en aucun cas s'en séparer. En couple avec une parente de la famille royale de Suède, il fréquente la jet-set, à qui il vante les mérites de la marque suisse avec aisance. Que ce soit à Montreux ou à Gstaad, aucune fête royale n'échappe à son radar. Par la force des choses, Franck Hartmann peut se permettre d'être arrogant, agressif, impoli, exigeant, humiliant, colérique, caractériel, manipulateur, séducteur et égocentrique.

Heureusement, Mélissa a créé chez elle, à la campagne, loin de ce tumulte, une bulle de paix, harmonieuse et lumineuse. Elle se ressource à la vue du lac depuis son balcon, apprécie le tintement des cloches des vaches dans les prés, chausse ses baskets régulièrement pour faire des tours du champ en bas de chez elle avec Estéban, et se balade régulièrement à vélo dans la forêt derrière son village. Chez elle, elle oublie tout le reste.

Chapitre 18

Mélissa vérifie l'adresse sur son téléphone : 15, rue Alphonse Bernard, Lausanne. C'est bien ici. Un superbe bâtiment ancien, entièrement rénové, se dresse à ce numéro. La cage d'escalier est somptueuse : détails Art nouveau, luminaires en cristal années trente, dorures, bel escalier en pierre, main courante en chêne et carreaux de ciment au sol pour compléter ce décor cossu. Grandiose. Elle ne peut s'empêcher de prendre des photos et de les poster sur son compte Facebook déco. Est-elle encore décoratrice même si elle ne réalise plus de projets ? En son âme, certainement, même si elle a décidé de mettre son activité de côté le temps de ses traitements.

Elle vient rencontrer une psychologue. Ce moment tant attendu devient réalité. Une dame d'un certain âge l'accueille poliment et la conduit dans son bureau. L'appartement contraste de modernisme par rapport aux parties communes du bâtiment. La séance se déroule en douceur. Quel bonheur de se trouver en face d'une professionnelle de l'écoute ! La dame la comprend ; elle aussi a eu un cancer.

Mélissa est preneuse d'exercices de visualisation pour mettre la tumeur dans une bulle, et ainsi s'assurer qu'elle ne grossisse plus. Entre deux visualisations, les larmes abondent. Des larmes habituellement farouches. Là, elles ont toute la place pour se laisser apprivoiser. La boîte de mouchoirs taquine la main de Mélissa.

À l'issue de cette première rencontre, la psy résume :

– Votre tumeur va être enlevée. Dans la bulle, il restera le message. Il faudra le décrypter. Cela prendra peut-être du temps…

Du temps, du temps, tout prend du temps, peste Mélissa.

Au moment de partir, elle tend son ordonnance à la psy.

– Merci Mélissa, mais je ne fais pas partie de l'ordre des psychologues de Suisse romande, je suis psychothérapeute.

Coup de massue pour Mélissa, qui a tant donné de sa personne pour obtenir cette ordonnance, et qui ne sera finalement pas remboursée. Le prix de la séance est à l'image du décor : onéreux. Au stress de la maladie va donc s'ajouter un stress financier. Qu'à cela ne tienne ! Elle ne veut pas changer de thérapeute, elle n'a pas l'énergie d'en chercher une autre, et puis, celle-ci lui a déjà fait tellement de bien… Elle achètera moins de robes, c'est tout.

Chapitre 19

Mélissa cogite sur son lit, assise sur la couette, dos bien calé contre deux coussins. Cahier sur les genoux et plume à la main, elle liste les méthodes dont elle pourrait avoir besoin. En creusant bien, il y en a une multitude. Mélissa ne sait plus à quel saint se vouer.

Planificatrice dans l'âme, elle décide de les structurer.

- Méthodes classiques pour se relaxer : méditation, yoga, sophrologie, respiration, cohérence cardiaque.
- Soins du corps : acupuncture, massage, réflexologie, bains.
- Soins pour la tête : psychologue, visualisation, psychiatre.
- Approches surprenantes : chromatothérapie, écouter de la musique avec fréquence de guérison (notamment la fréquence 432 Hz), reiki, coupeur de feu, homéopathie, lithothérapie.

Cette catégorie l'intrigue particulièrement. Il faudra l'approfondir.

Maintenant qu'elle a du temps, Mélissa peut passer en mode Club Med : analyser en détail le programme des activités et se tourner vers celles qui lui feront le plus de bien. Ses finances étant impactées par son arrêt maladie, elle va devoir choisir. Elle peaufine sa stratégie d'accompagnement en veillant à bien lister celles qui sont prises en charge par les assurances.

Elle s'achètera un minéral, c'est certain. Ça ne la ruinera pas.

Homéopathe, au moins, c'est un médecin, c'est pris en charge. À considérer.

Psy, c'est fait… ou plutôt psychothérapeute. Mélissa repense avec dépit à son bon de délégation si durement obtenu, et qui agonise maintenant au fond d'un tiroir.

Psychiatre ? Elle y aurait droit, c'est aussi un médecin. Si elle espaçait les séances avec sa psychothérapeute toutes les deux semaines, cela lui coûterait deux fois moins cher… Semaines paires : thérapeute, semaines impaires : psychiatre, pris en charge. À considérer.

Chapitre 20

Depuis l'annonce de son cancer, Mélissa a développé une angoisse vis-à-vis de l'alimentation : elle ouvre son réfrigérateur et le referme aussitôt. Elle ne sait plus comment se sustenter. Elle fait une fixation sur toute nourriture en se disant qu'avec ce crabe dans le corps, elle doit surveiller ce qu'elle ingurgite. Il ne faudrait pas que la bestiole prenne de l'embonpoint. Elle redoute en particulier le sucre qui, paraît-il, nourrit les cellules cancéreuses. Elle décide de le bannir *illico presto* de son alimentation. Irma lui a fait peur…

Grâce au livre emprunté à la bibliothèque, *Les Aliments anti-cancer*, elle découvre les vertus antioxydantes de nombreux aliments : thé vert, chocolat noir, baies, brocoli, ail, gingembre, curcuma… De quoi cuisiner un savoureux plat indien, se dit-elle. En revanche, la perspective de passer au chocolat noir ne la réjouit guère. Elle est de la *team* Lindor rouge, tout le monde le sait ; un chocolat au lait bien sucré et crémeux à souhait. C'est son péché mignon. Pendant quelques mois, elle va devoir faire le deuil de cet aliment réconfort. Passer au chocolat noir à 70 %, quelle angoisse !

Internet recelant de pépites d'informations, elle découvre les bienfaits des jus verts faits maison à l'aide d'aliments… verts. C'est bourré de vitamines et d'antioxydants. Elle doit avant tout se procurer un extracteur de jus. La machine est ajoutée mentalement sur la liste des prochains achats, de même qu'une carafe à filtre. Plus question de boire l'eau du robinet, pourtant réputée pure dans son village.

Mélissa a toujours apprécié le thé, cette boisson chaude, légère et parfumée. Avec le cancer, elle s'est mise exclusivement au thé vert. Elle se surprend à en boire des litres à longueur de journée. Elle connaît déjà le thé Oolong et celui aux fleurs de cerisier. Elle aime aussi le thé vert au jasmin, celui que l'on sert dans les restaurants chinois. Elle se prend de passion pour le sujet, consciente que toute recherche bénéficiera à son état de santé, et découvre le Genmaicha, ce délicieux thé vert aux grains de riz soufflé. C'est de loin son préféré. Tel le Petit Poucet, elle sème maintenant des tasses fumantes à moitié vides ou trop infusées ici et là dans l'appartement.

Certains déconseillent cette boisson en période de chimio, car elle peut augmenter la toxicité des traitements et en réduire l'efficacité… Mais Mélissa évitera cet écueil, n'est-ce pas ? La vie ne serait quand même pas aussi cruelle.

Chapitre 21

– Alors, ma chérie, aujourd'hui, c'est journée Marie Curie ?

C'est ainsi qu'Estéban a baptisé le PET-scan, tentant de dédramatiser le fait que Mélissa va se faire injecter une substance radioactive dans le corps. Elle s'amuse à l'évocation de ce personnage. Elle a toujours admiré Marie Curie. Elle se revoit le soir dans sa chambre d'adolescente, assise sur la moquette épaisse bleue, dos contre le bois du lit, biographie à la main, et s'émouvant devant la vie à fois studieuse et complexe de cette scientifique d'origine polonaise, mère de la radioactivité. Travail acharné, sacrifice, dépassement de soi, atteindre son but… Tout cela lui a toujours parlé. Elle a lu cet ouvrage cent fois au moins.

Le PET-scan est le prochain gros examen sur la liste de Mélissa. Estéban travaille. Elle doit se rendre seule à l'hôpital. On l'attend en médecine nucléaire. Elle qui a recensé le champ lexical classique de la guerre, elle peut désormais ajouter un terme plus moderne à sa longue liste de mots : « médecine nucléaire ». Appellation inquiétante s'il en est.

On l'installe dans un box, puis on lui administre une solution radioactive. Elle doit patienter, le temps que le produit se répande entièrement sur tous ses organes. Au summum des moments parenthèses, celui-ci. Elle se retrouve plus d'une heure dans une toute petite salle laide, éclairée par un plafonnier sourd. Les ondes de son téléphone ne passent pas.

Lire ou faire la sieste s'avèrent les deux seules options pour tuer le temps. Elle feuillette des magazines sans intérêt, puis son esprit s'égare.

Elle ne s'y retrouve plus dans tous ces examens. Est-elle en train de passer un PET-scan, ou une scintigraphie ? Les deux mots ont été prononcés par les médecins. Tout ce qu'elle sait, c'est que le produit qui circule dans son corps va émettre un rayonnement qui sera capté par la machine, ce qui permettra de détecter… quoi déjà ? Elle n'a pas retenu. Elle préférerait que ce soit une scintigraphie, elle trouve ce terme beaucoup plus poétique. Elle a d'ailleurs cru, au début, qu'on disait « scintillographie ». Elle s'est imaginé scintiller, telle une fée, pleine de substance phosphorescente qui viendrait irradier son corps. Elle préfère s'imaginer au pays des elfes que sur le site du Tricastin.

On l'a prévenue : la radioactivité n'est éliminée qu'au bout de plusieurs heures, il y a donc des précautions à respecter avec son entourage. Aujourd'hui, elle doit éviter de prendre ses enfants dans ses bras.

*

Mélissa fait le pied de grue à la sortie de l'école. Elle se garde de trop s'approcher des enfants, radioactivité oblige. On est vendredi, c'est le début du week-end et les parents sont détendus. Mélissa donne le change. Elle n'a rien dit de ses déboires médicaux. Elle attend d'en savoir plus. D'ailleurs, elle reportera peut-être l'annonce à la rentrée. À quoi bon jeter un pavé dans la mare deux semaines avant la trêve estivale ?

Son téléphone sonne, c'est le docteur Sonrisa. Étrange.

– Bonjour madame, je voulais vous annoncer que le PET-scan de ce matin n'a rien révélé de grave. Tout va bien, la tumeur est localisée, vous n'avez aucune métastase. Je souhaitais vous en informer avant le week-end. Bonne soirée, madame !

Mélissa répète fidèlement ce qu'elle vient d'entendre à Estéban, qui vient juste de retrouver sa famille à l'école. Le visage de celui-ci s'éclaire comme jamais. Sourire, détente musculaire, yeux pétillants… La joie et le soulagement se devinent sur son visage. Pour un peu, il la prendrait dans ses bras et entamerait quelques pas de danse, alors qu'il n'est pas du tout danseur.

– Alors tu ne vas pas mourir !

– Tu croyais que j'allais mourir ?

La perplexité se lit sur le visage de Mélissa. Œillère au coin de l'œil, position de l'autruche activée, elle n'avait pas voulu comprendre l'enjeu de ce PET-scan. Et pourtant, il était décisif. S'il avait révélé des cellules cancéreuses décidées à se balader dans son corps, cela aurait rendu la situation plus grave et plus complexe. Maintenant, on ne parle plus que d'une tumeur localisée. Elle peut savourer le fait que le diagnostic final est posé, et que la stratégie de lutte va pouvoir se mettre en place.

– On va passer un excellent week-end ! se réjouit Estéban.

Chapitre 22

Mélissa s'est rarement rendue à l'hôpital par le passé. Cet univers la met mal à l'aise. Pourtant, elle va devoir s'y faire. Une IRM est programmée cet après-midi. Tout ce qu'elle sait, c'est que ça fait du bruit, beaucoup de bruit. On l'installe dans une salle d'attente individuelle, on lui demande de se déshabiller et de passer la fameuse blouse bleue de l'hôpital – celle qui laisse entrevoir vos fesses si vous ne faites pas attention à votre position – et on lui remet une vieille liste plastifiée, contenant le choix des morceaux de musique qu'elle pourra écouter pendant l'examen. Cette liste se révèle totalement hétéroclite : Johnny Halliday, Céline Dion, ACDC, Metallica, Aznavour, Renaud, Beethoven, Chopin… Elle inclut même quelques chanteurs suisses probablement inconnus au-delà de la douane de Bardonnex. Il y en a pour tous les goûts. Soulagée de pouvoir s'en remettre à des airs familiers, elle choisit Chopin. Ses huit années de piano lui confèrent des goûts arrêtés en matière de musique classique. Le compositeur romantique l'apaisera.

On place un casque sur ses oreilles et on l'installe dans la machine. Des mèches de cheveux se retrouvent malencontreusement entre le casque et ses oreilles. Le technicien aurait pu faire attention ! La machine se met en route et la symphonie de marteaux piqueurs débute. Chopin est là, lui aussi, mais presque inaudible. Le bruit acéré de la machine prend beaucoup de place. Le stress monte. Mélissa en deviendrait presque claustrophobe. Elle essaie de se raccrocher au rythme de la valse de Chopin, 1-2-3, 1-2-3, mais son cœur s'emballe. Trop serrée, trop de bruit. Elle entame alors une série de respirations profondes et se promet que, la prochaine fois, elle choisira ACDC. Le hard rock doit couvrir à merveille un tel vacarme, ou du moins se fondre avec les sons inquiétants et métalliques de l'engin. Pour un peu, elle se croirait dans une boîte techno.

La torture prend fin. « Les cancéreuses sont des guerrières », oui, sauf quand y a IRM. Mélissa se rhabille. Trottinant déjà dans le couloir pour rentrer chez elle, elle se fait rattraper par le radiologue, CD à la main.

– C'est bon, madame, tout est négatif, nous ne voyons aucune cellule suspecte autour du sein.

Soulagement ! Mélissa en avait presque oublié la raison de cet examen. Mais quel étrange vocabulaire, pourquoi dire « négatif » quand les nouvelles sont positives ?

Chapitre 23

Mélissa a vécu ces derniers jours recluse sur elle-même avec Estéban comme support principal. Les récentes nouvelles, relativement positives, l'ont ragaillardie. Elle ressent maintenant le besoin de les crier à la terre entière, et surtout de donner l'heure juste à ses collègues, qui s'imaginent probablement le pire.

Date : 26 juin 2018

À : Collègues sympas

De : Mélissa Vaillant

Objet : Absence Mélissa

Hello les filles,

Petit message, car vous avez peut-être remarqué mon absence… Alors avant que des rumeurs inexactes ne circulent, je préfère vous dire moi-même de quoi il retourne :-)

Âmes sensibles s'abstenir… Cancer du sein déclaré. Heureusement, cela se soigne bien, ça risque juste d'être un peu long… Alors à plus, Pollux !

Et surtout, tâtez-vous les seins ! Et allez voir votre gynéco si vous avez le moindre doute. Moi, j'ai senti un petit kyste il y a un mois. Heureusement on est au début, plus facile à éradiquer.

Comme vous l'aurez remarqué, mon moral est bon. C'est ça qui compte !

Des bises,

Mélissa

Mélissa se surprend à rédiger ce message somme toute joyeux, malgré la tempête qui s'abat sur elle.

Chapitre 24

L'opération, programmée dans quelques jours, requiert toute une préparation. Aujourd'hui, Mélissa rencontre l'anesthésiste. Après avoir patienté dans une nouvelle aile de l'hôpital qu'elle ne connaît pas, elle se retrouve dans une pièce sans âme, totalement aseptisée. On dirait un préfabriqué posé là rapidement, juste pour les besoins de ce rendez-vous, avec pour tout ameublement une table et deux chaises en métal, aux lignes simplistes. L'espace d'un instant, Mélissa s'imagine dans le *Truman Show*, ce film où Jim Carrey croit vivre une vie ordinaire, alors qu'il grandit sur un plateau de télévision. Dès ce rendez-vous passé, les scénaristes de l'hôpital retireront table et chaises, et démantèleront ce faux bureau, Mélissa en est certaine.

Le médecin anesthésiste, petite soixantaine d'années, jovial et bien conservé, inspire la sympathie dès les premières secondes. Mélissa lui annonce immédiatement la couleur :

– Je ne me suis jamais fait opérer, docteur, j'ai hyper peur de l'anesthésie !

Elle redoute de ne jamais se réveiller.

Mélissa est une grande trouillarde : elle a peur de sauter en parachute, d'être embarquée sur un grand huit, de perdre ses clés dans la rainure de l'ascenseur quand les portes s'ouvrent, de quitter son appartement en ayant laissé le fer allumé ou de recevoir une amende lorsqu'elle attend son tour à la caisse du parking pour payer son ticket de stationnement avant de le déposer derrière son pare-brise… En somme : crainte des sensations fortes, des petits accidents d'inattention, de sortir du cadre et de se faire gronder… Encore son « syndrome de première de la classe ».

Honteuse d'une telle couardise, elle tente de lutter, mais reste timorée.

L'anesthésiste la rassure :

– Ne craignez rien, l'équipe d'ici est super. Je me suis fait opérer de la hanche il y a un mois et mes collègues ont fait un travail fantastique ! J'ai même repris le tennis !

C'est vrai qu'il a l'air en forme.

– Bon O.K., mettons… Mais peut-on me relaxer avant de m'endormir ?

– Oui, on vous donnera un calmant et une équipe s'occupera de vous endormir en douceur. Et puis, vous êtes en pleine forme, ça va bien se passer.

En pleine forme ?! Cette formule secoue Mélissa, pour qui les mots bien choisis sont d'une importance capitale. Avec une tumeur de grade III, ce n'est pas l'expression « en pleine forme » qu'elle aurait employée pour se définir… Et le médecin de surenchérir :

– Vous êtes jeune, tout ira bien !

Nous y revoilà. Jeune, elle est tellement jeune. Elle ne se lasse plus désormais d'entendre ce qualificatif. Entre deux angoisses, cela lui met du baume au cœur.

Juillet 2018

Chapitre 25

Se faire opérer, quitter la maison quelques jours, se détacher de la vie familiale… Mélissa perd pied en imaginant qu'elle n'aura plus la mainmise sur son foyer. Comment vont-ils se débrouiller sans elle ? En fait, très bien. Estéban s'investit consciencieusement. Elle a du mal à l'admettre, mais comme le dit l'adage, « nul n'est pas irremplaçable ». Cependant, les choses risquent de ne pas être menées à sa manière. Planification, organisation, contrôle. Qui se fera l'ambassadeur de sa devise en son absence ? Si les enfants participent aux tâches domestiques, ils sont encore jeunes et peu dévoués. Certains diraient immatures. Elle pense à ses amis dont les chérubins mettent les assiettes au lave-vaisselle depuis l'âge de cinq ans. Quel exploit ! Chez elle, même pas en rêve.

Qu'à cela ne tienne ! Il est temps d'organiser la semaine de ses hommes avant d'embarquer dans l'aventure chirurgicale. Mélissa part en quête d'un tableau magnétique de planification hebdomadaire, afin de pouvoir s'adonner à l'un de ses petits plaisirs : l'art des listes. Pas le temps d'acheter en ligne ; ce serait tellement plus simple. Après maints allers-retours entre le grand magasin et la papeterie de Saint-Valex, elle jette son dévolu sur l'option la plus convenable parmi un maigre choix : un tableau blanc à l'effigie de Mickey. Les enfants lisent *Mickey Parade*, ils devraient bien accueillir la célèbre souris de Disney.

La veille de l'opération, le tableau trône dans la cuisine. Y sont inscrites les directives suivantes :

- plier le linge ;
- ranger les chambres ;
- arroser les plantes ;
- manger des légumes.

Mélissa peut s'absenter en paix.

Chapitre 26

– Alors, ma chérie, aujourd'hui, c'est pêche à la baleine ?

– Quoi ?

– C'est aujourd'hui qu'on te pose un harpon. C'est comme si le médecin partait à la pêche à la baleine, mais dans ton sein !

– Ah oui… J'avais pas vu ça comme ça.

Estéban ne manque pas d'imagination et possède dans son escarcelle tout un éventail d'expressions imagées. Aujourd'hui, Mélissa se rend à l'hôpital pour qu'on lui pose un harpon, ou hameçon. Encore un terme surprenant. Après la médecine nucléaire, elle va se faire *harponner*. Le radiologue va poser un petit repère métallique dans sa tumeur, pour que le chirurgien sache où viser le lendemain lors de l'opération. Décidément, il faut en passer des épreuves, avant l'opération ! Doit-elle se rassurer de cette étape ou au contraire s'inquiéter que le chirurgien ait besoin de cette indication ? Quoi qu'il en soit, sur le chemin qui la conduit au lieu de pêche, Mélissa rit toute seule en repensant à la blague de son mari. Est-ce un rire serein ou un rire exutoire ? Elle n'en sait rien.

Chapitre 27

C'est le grand jour. 7 h 30, Mélissa et Estéban roulent en direction du centre hospitalier de Saint-Valex. Mélissa se sent lasse et s'inquiète pour les enfants restés seuls à la maison le temps que son mari la dépose et s'en retourne.

Arrivée sur place, on l'installe dans une chambre avec deux lits. Deux couchages… Un voisin ou une voisine cohabitera avec elle pendant les quelques jours que durera son séjour à l'hôpital. Le stress augmente, accompagné d'un vague sentiment de rejet. A-t-elle envie de partager cet événement si personnel avec un inconnu ? Non. A-t-elle le choix ? Non plus. Son assurance « semi-privée » couvre les frais d'une chambre double. Elle peste, puis se rappelle que certaines chambres s'apparentent à des dortoirs. Elle n'est pas si mal lotie.

On lui demande de se vêtir de la tenue d'hôpital et on lui administre un relaxant. Puis c'est le trajet en lit roulant, la montée en ascenseur pour aller au bloc, les bribes de conversation qu'elle capte ici et là sans avoir l'image, car ses yeux n'entraperçoivent plus que le plafond et ses néons blafards. Elle s'est toujours demandé pourquoi si peu de soin était prodigué aux plafonds des centres médicaux. Que ce soit chez le dentiste ou à l'hôpital, il n'est pas rare de se retrouver le nez pointé en direction du ciel, avec pour seul horizon des rangées interminables de plaques de polystyrène. Ah, si seulement les architectes se montraient plus créatifs !

L'esprit commence à s'égarer, néanmoins Mélissa reste inquiète. Se faire endormir la tourmente.

On la conduit à l'entrée du bloc. Trois personnes de l'équipe d'anesthésistes s'affairent autour d'elle, telles des abeilles. Une jeune femme commence une séance d'hypnose et l'invite à se relaxer, à visualiser un endroit où elle se sente bien.

– Vous pouvez par exemple penser que vous êtes au bord de la mer, imaginer le sable, le soleil, les vagues…

Mélissa préfère la nature. C'est pieds nus au milieu d'une clairière d'herbe mi-haute d'un vert intense qu'elle se sent apaisée, avec les doux rayons du soleil caressant son visage et un léger vent dans ses cheveux. Au loin, l'air finit sa course en bruissement dans les feuilles d'un arbre. Un petit ruisseau coule à l'orée du bois. La scène est tout aussi stéréotypée qu'un bord de mer, mais c'est ce décor qui la rassure.

– Je vais maintenant vous injecter le produit pour vous préparer à l'endormissement.

Encore une préparation, encore une étape, encore un produit dans le bras. Elle n'en finira donc jamais. Impatiente, mais impuissante, elle souhaite simplement que ce mauvais rêve s'achève.

*

Mélissa se réveille dans les vapes. Elle ouvre un œil. Le docteur Sonrisa est là.

– Tout s'est bien passé, madame. Nous avons prévenu votre famille. Ils arrivent. Avez-vous mal ?

Embrumée, Mélissa comprend qu'elle se trouve en salle de réveil. Elle s'entend répondre un « non » à peine audible au docteur et retombe dans un état de somnolence. Quand elle s'éveille à nouveau, Estéban et les enfants se tiennent à ses côtés. Finalement, la préparation l'aura endormie en cinq secondes. Elle n'a rien vu venir. Ah, la petite maligne ! se dit Mélissa en repensant à l'anesthésiste qui faisait mine de « préparer » son sommeil artificiel. Elle qui attendait de pied ferme le franc « je vais vous endormir » de la soignante n'aura même pas eu le temps de paniquer. Elle ressent de la fatigue, mais aucune douleur. Ça y est, c'est fait ! Elle a survécu à cette tumorectomie. Ouf ! Une étape est franchie, et qui manifestement s'est bien passée. Elle n'est pas morte ! Elle se le répète en boucle, elle n'est pas morte !

Au moment du retour en chambre, une surprise l'attend : on l'a installée dans une chambre individuelle, que le hasard a laissée libre. Si la chambre du matin était tout ce qu'il y a de plus banal, celle-ci ressemble à la suite d'un hôtel quatre étoiles. Ou est-ce une soudaine joie retrouvée qui lui fait voir la vie en rose ? Munie de deux fenêtres s'ouvrant sur le jardin de l'hôpital, cette pièce lumineuse et refaite à neuf offre une vue plaisante sur le lac. Des chaises permettent à sa famille de s'installer et de lui tenir joyeusement compagnie.

Un fauteuil moelleux et inclinable devient l'objet de convoitise des deux frères, qui se le disputent bruyamment. Ah, la famille… sa famille. Mélissa se sent bien, entourée, pleine de gratitude après cette épreuve qu'elle redoutait.

Comme si sa bonne étoile avait décidé de se surpasser, un maître d'hôtel en livrée se présente avec la carte des menus pour les prochains jours.

– Je vous laisse choisir les mets qu'il vous siéra, je repasse dans un moment, madame.

Cet homme sort assurément d'une école hôtelière suisse : service impeccable, élégance discrète. Ce séjour pourrait finalement se révéler agréable.

Estéban et les enfants donnent leur congé. Le chirurgien passe faire son contrôle. La cicatrice est belle. Couverte de bandages au niveau de la poitrine, Mélissa pense à Milla Jovovich et à sa combinaison façon « bandelettes blanches » signée Jean-Paul Gaultier, dans *Le Cinquième Élément*. Autant se prendre pour une star l'espace d'un instant !

Les vacances officielles viennent de débuter. Estéban et les enfants passent voir Mélissa à l'hôpital quotidiennement. Le reste du temps, son mari se transforme en moniteur de colo. Il a élaboré un programme de rêve pour les deux loupiots : après-midi à la piscine, baignade dans le lac, jeux au parc, compétition de descente en toboggan au centre aquatique, marathon de films fantastiques, pizzas à volonté devant la télé… Et, par-dessus tout, aucun légume dans l'assiette ; sa réputation de bon père est en jeu.

Chapitre 28

Mélissa a quitté sa chambre d'hôpital après trois jours sous surveillance. Elle se sent libre. Estéban et les enfants sont venus la chercher. Si elle pense rentrer directement chez elle et se reposer, elle se fourvoie. Pourtant, elle ressent une fatigue latente, malgré ces quelques jours passés à ne rien faire, et attend avec impatience de retrouver son propre lit. Estéban, pragmatique, lui propose un autre programme : il l'emmène acheter des brassières.

– Avec ton opération, il va te falloir des modèles adaptés.

Il a raison. Fini les soutifs à armature. Elle n'a plus du tout envie d'en porter. Cela risque d'être douloureux après son opération. C'est ainsi qu'elle se retrouve, à moitié hagarde, dans une boutique de sous-vêtements, à la recherche d'un modèle confortable lui permettant de supporter ses douleurs postopératoires. En somme, une brassière en coton, pratique, et sans couture.

Brassière. Elle trouve ce mot tellement infantilisant. Elle se revoit à onze ans, quand sa poitrine pointait le bout de son nez, et se souvient de son premier modèle en coton, très sage, et qui ne retenait rien du tout. Aujourd'hui, elle cherche le confort avant tout, en espérant néanmoins pouvoir s'offrir un vêtement élégant. Au rayon brassières, elle ne voit que des modèles dignes du quatrième âge : couleur chair, couleur chair, couleur chair. De surcroît, elle découvre avec effroi que tous possèdent moult coutures.

– Mais qui a inventé la brassière ? C'est tellement moche, comment peut-on être assez con pour en plus y rajouter toutes ces coutures ? Du coup, ça va faire mal ! râle Mélissa.

Les brassières ont forcément été inventées par quelqu'un qui n'aimait pas les femmes. Dépitée, elle fait comprendre discrètement à la vendeuse qu'elle-vient-de-se-faire-opérer-du-cancer-du-sein-oui-c'est-terrible-z'auriez-pas-une-brassière-tout-confort-mais-jolie-quand-même ? Celle-ci lui apporte des modèles tout coton, au design simpliste et aux couleurs plus improbables les unes que les autres, notamment une à rayures. Évidemment, quand on porte une brassière, on veut que tout le monde la voie sous son T-shirt... songe Mélissa, narquoise.

Elle en essaie une, deux... levant péniblement son bras droit encore engourdi. Ça gratte, c'est moche. Après vingt minutes de lutte acharnée et de travail psychologique pour accepter ce déclassement « sous-vêtement-istique », elle admet finalement que ce toucher coton doux n'est pas si mal. Et, en toute honnêteté, cela retient presque les seins. Elle ressort avec deux déclinaisons du même modèle, un bleu délavé et un vert d'eau, histoire de s'ébahir devant le choix immense qui lui sera donné le matin au moment de s'habiller. Elle choisit audacieusement un troisième modèle, plein de coutures, mais pourvu de dentelle : ce demi-centimètre sur le haut des bonnets, quelle délicieuse fantaisie, c'est le détail qui fait toute la différence ! Elle se le promet, le jour où elle aura moins mal, elle prendra sur elle pour retrouver sa féminité, et portera ce modèle dignement, quand bien même elle devrait souffrir toute la journée. Cela l'aide à oublier combien les deux autres modèles ressemblent à la brassière de ses onze ans…

*

Le lendemain, Estéban emmène toute la famille prendre l'air au bord du lac, persuadé que Mélissa a besoin de s'aérer. Ou souhaite-t-il simplement se convaincre que sa femme est encore opérationnelle ? Mélissa, elle, rêve de rester sous la couette, mais elle capitule. C'est ainsi que la famille se retrouve en pleine manifestation lacustre : de magnifiques bateaux sont exposés au port et des T-shirts rayés pullulent dans tous les coins. C'est la tenue officielle de l'événement.

Des marinières ! Mélissa les adore. Soudain, sa lassitude disparaît, et elle s'empresse de pénétrer sur un stand dédié et de passer un modèle rayé en vente. Elle craque. Que c'est bon de faire du shopping ! Ça la fait se sentir vivante. Certes, elle a déjà plusieurs articles similaires dans sa garde-robe, mais a-t-on jamais trop de marinières ? Elle ne croit pas, et Cristina Cordula approuverait certainement son raisonnement. Estéban s'en offre une également, emporté par l'ambiance festive. Et voilà notre couple et sa panoplie de marins le temps d'une fête au bord du lac.

La bonne nouvelle, c'est que si, au sortir d'une opération comme celle-ci, Mélissa se montre d'humeur acheteuse, on devine que la forme n'est pas loin.

Chapitre 29

Mélissa met une semaine à se remettre de son opération. Cette chirurgie l'a crevée ! La famille instaure une « échelle d'énergie » : graduée de un à cinq, celle-ci indique chaque jour le niveau de forme de Mélissa au reste de la communauté. Un représente le niveau le plus bas, et cinq le plus élevé. Mélissa oscille entre un et deux. Elle lambine de son lit à la méridienne du salon, et regarde ses trois hommes s'activer au loin dans la cuisine. Encore sonnée par l'anesthésie, elle constate avec étonnement que la famille vit, cuisine, met le couvert… se débrouille très bien. Elle savoure le fait de mettre les pieds sous la table sans avoir eu à lever le petit doigt, même si elle trouve le trio trop sonore.

Dans un mois, les traitements reprendront. Elle ignore lesquels. Les médecins attendent les résultats des analyses qui ont suivi l'opération. À quelle sauce va-t-elle être mangée ? Chimio ? Pas chimio ? La radiothérapie en soi ne la dérange pas. Quelques semaines à cohabiter avec une machine, certes impressionnante, mais indolore, ne l'effraient pas. En revanche, la chimio… Elle s'imagine en zombie chauve, hébété, vomissant. Programme peu réjouissant.

Une accalmie se profile à l'horizon : les enfants partiront bientôt en vacances chez leurs grands-parents. Mélissa se retrouvera seule avec Estéban.

*

Pour fêter son énergie retrouvée, Estéban propose une croisière de quelques heures sur le lac Léman. De magnifiques bateaux à aube naviguent sur les eaux claires. Les enfants sont emballés. Mélissa décide de se pomponner. Elle sort avec enthousiasme son fer à lisser pour dompter son carré indiscipliné. L'avenir du lisseur est incertain. Il risque de côtoyer le fond d'un tiroir pendant plusieurs mois. Elle choisit scrupuleusement sa tenue : un pantalon blanc, assorti à sa nouvelle marinière rayée de blanc et de bleu. On sort « en mer », elle veut faire corps avec le décor. Elle se couvre d'un chapeau de paille dont l'intérieur est recouvert d'un tissu bleu marine à pois blancs. Elle porte pour la première fois son bracelet en cuir bleu, avec sa pampille poisson en argent, acheté sitôt le diagnostic reçu. Des ballerines en cuir complètent la tenue. Elle a le souci du détail.

Face au vent, Mélissa reçoit des gouttelettes qui finissent leur course sur son visage. Elle se sent vivante. Les instants de vie comme celui-ci prennent une dimension toute symbolique. La croisière se révèle un succès. Mélissa se délecte de ce moment de sérénité, elle se trouve en paix le temps d'une parenthèse. Les enfants, curieux, s'émerveillent devant la roue à aubes qui tourne sans relâche. Toute la famille semble avoir mis la maladie de côté le temps d'un instant.

Chapitre 30

Constatant que la fatigue de l'opération se dissipe et qu'elle cicatrise bien, Mélissa a retrouvé son entrain. Elle en profite pour tenir ses amis au courant de son état.

Date : 26 juillet 2018

À : Amis

De : Mélissa Vaillant

Objet : Nouvelles

Bonjour à tous,

Je tenais à vous remercier pour vos nombreux petits mots, vos appels, vos attentions… qui m'ont fait beaucoup de bien suite à mon opération la semaine dernière.

Comme vous le savez sûrement tous, l'opération s'est bien passée (tumeur au sein droit enlevée !), mais m'a beaucoup fatiguée… ça m'a mise à deux de tension. Je commence à peine à retrouver un peu d'énergie. Globalement, ce n'est pas douloureux, sauf quand l'un de mes fils décide de me faire un câlin d'un peu trop près. Comme une réjouissance chirurgicale n'arrive parfois pas seule… je rencontre un oncologue la semaine prochaine pour la suite. Probablement pour une « petite chimio ». Vais-je ne perdre qu'un cheveu sur deux, ah, ah, suspense !

La suite au prochain épisode !

Quoi qu'il en soit, je suis bien entourée (notamment par vous) et le moral est bon, même si la forme physique un peu moins. C'est ça qui compte !

Bonne journée à tous,

Mél

C'est un bon jour, Mélissa se montre pleine d'humour.

Chapitre 31

Le week-end du 14 juillet, Mélissa et Estéban conduisent les enfants chez les parents de Mélissa dans les Alpes françaises. Ils y passeront quinze jours. C'est un été exceptionnel : l'équipe de France de football s'est hissée en finale de la Coupe du monde. Les Bleus affrontent la Croatie. Toute la famille de Mélissa, habituellement peu encline à fêter le ballon, se réunit pour l'occasion. Gaëlle et son conjoint ont apporté de quoi se grimer, ils arboreront tous les couleurs de la France sur leur visage. Les traits de peinture dessinés à la va-vite rappellent le maquillage des footballeurs américains, en moins inquiétant. La famille décide de se vêtir aux couleurs du drapeau français. C'est donc une joyeuse palette de bleu, de blanc et de rouge qui prend place devant l'écran du salon. Galvanisés par cet épisode sportif, tous les Français revendiquent leur appartenance tricolore, à tel point que Mélissa a aperçu sur la route des vaches peintes en bleu, blanc, rouge. Les pauvres ! Est-ce bon pour une vache de se parer d'une robe de peinture, manifestement aérosol ?

Le match a lieu le jour des dix ans de Bastien, qui a promis de sauter dans la piscine tout habillé si la France gagne.

La France l'emporte. Bastien tient sa promesse, accompagné de son petit frère, trop heureux d'avoir le droit exceptionnel de se jeter à l'eau encore recouvert de tous ses vêtements. Heureuse scène de vie.

Sur la liste des envies de Mélissa se trouve une pierre. Si elle a éludé la question depuis le diagnostic, elle profite de ce week-end en France pour visiter un magasin de minéraux, réputé dans la région. Elle n'a jamais été portée sur la lithothérapie, mais là, c'est comme une évidence, un besoin intrinsèque. Depuis les tout premiers instants, elle ressent le besoin de porter sur elle un minéral qui l'accompagnera dans les prochaines étapes.

Dans la boutique, Mélissa est immédiatement attirée par les pierres turquoise, couleur qu'elle affectionne particulièrement. Elle en est même fana. Son intérieur complet est paré de déclinaisons de ce bleu vibrant, de l'aqua au bleu pétrole, en passant par un camaïeu varié de bleu-vert.

– Regarde comme elles sont belles ! s'exclame-t-elle à l'attention d'Estéban.

Mais son mari se concentre sur le rayon bracelets. On lui a parlé de la cyanite pour lutter contre le stress. Il en passe un autour de son poignet.

On dit le lithothérapeute de bon conseil. S'éloignant du choix premier de Mélissa, le spécialiste l'oriente vers une famille de pierres différente. En désignant les minéraux turquoise, il prononce cette phrase surprenante : « Oui, mais ça, c'est pour soigner un autre mal… », d'un ton entendu et en la regardant dans les yeux comme s'il lisait en elle. Il la guide vers une rhodonite. La taille des échantillons présentés rappelle étrangement la grosseur qu'elle imagine avoir eue en son sein. C'est une pierre aux reflets roses, avec des éclats noirs. Délicate, elle tient dans le creux de la main.

Un petit papier en présente les vertus :

- renforce le système immunitaire pour aider à mieux lutter contre les maladies ;
- aide à combattre les émotions négatives ;
- stimule les défenses immunitaires et la circulation sanguine ;
- active le chakra du cœur ;
- aide à dépasser les émotions négatives et leur donne un potentiel positif ;
- assure équilibre et protection à son propriétaire.

Voici des termes bien éloignés du jargon médical. Mélissa se demande ce que penseraient les médecins de cet achat. Peu importe. Ce n'est qu'un complément aux traitements qu'elle va recevoir. Le lithothérapeute lui recommande de l'avoir toujours en sa possession, et notamment lors des moments médicaux importants. Il la charge en énergie en l'entourant de ses mains, puis Mélissa quitte la boutique.

Le week-end touche à sa fin. Mélissa et Estéban reprennent la route, laissant les enfants entre de bonnes mains, et dans une ambiance plus légère que ce qu'ils ont pu vivre ces dernières semaines. Mélissa se réjouit qu'un juste répit leur soit accordé. Ils sont si jeunes pour passer à travers tout cela…

Chapitre 32

La rencontre avec le docteur Henri, nouveau spécialiste sur la liste de l'équipe médicale dédiée à Mélissa, apporte des nouvelles fâcheuses. La tumeur enlevée mesurait 1,7 centimètre. Un sacré gros Dragibus, pense Mélissa. La virulence décelée lors des analyses laisse peu de doute : des micro-cellules cancéreuses ont probablement commencé à se promener dans le sein. S'il est vrai que rien de suspect n'a été repéré au niveau du ganglion sentinelle, sous l'aisselle, les risques que ces micro-cellules ne se soient mises à migrer représentent 40 %.

40 %. Estéban, en bon financier, aime à dire que ce sont juste des chiffres dans un tableau, mais là…

L'oncologue recommande la chimiothérapie.

Coup de massue. Tant que tout cela restait une éventualité, Mélissa s'en souciait peu. Des pensées angoissées surgissaient par moment, mais elle les chassait rapidement. La réalité brutale la nargue. Elle va subir du lourd. Le docteur énumère la liste des effets secondaires potentiels. Mélissa en est groggy. Perte de cheveux quasiment certaine, nausée, fatigue extrême, ongles cassants, bouche sèche sujette aux aphtes, bouffées de chaleur…

– Le traitement que vous allez recevoir tue les cellules à reproduction rapide. C'est pour mieux éliminer les cellules cancéreuses. En contrepartie, cela tue les bulbes des cheveux, fait chuter le taux de globules blancs et rend les ongles fragiles.

Mélissa ne retient pas tout. Elle préfère constater l'ampleur des désagréments en temps réel. Pour le moment, cela reste intangible. Détachée, elle observe ce énième expert en « crabologie », proche de la retraite. Si le docteur Sonrisa affiche une jovialité permanente, lui transpire de sérieux. Traits tirés, visage impassible, il se cache derrière sa blouse blanche, son grand bureau, probablement en chêne, et ses protocoles médicaux.

Le programme est clair :

- 4 séances de chimiothérapie espacées de trois semaines ;
- 25 séances de radiothérapie ;
- hormonothérapie pendant cinq à dix ans.

Méthode bazooka. On sort l'artillerie de compétition pour éradiquer l'ennemi.

– Vous êtes jeune, on veut vous offrir quarante ans de plus à vivre.

Vu comme cela…

Le docteur donne les informations au compte-gouttes, ne souhaitant pas s'étendre sur les effets de la radiothérapie et de l'hormonothérapie.

– Nous verrons plus tard, madame.

– Docteur, nous avons un week-end en station thermale prévu dans deux semaines. Pouvons-nous y aller ? s'enquiert Estéban.

– Oui, bien sûr, la chimiothérapie commencera dans trois semaines. Je ne vois aucune contre-indication.

Le couple accueille ce répit dans un soupir de soulagement.

– On n'est pas sortis de l'auberge, déplore Estéban en franchissant les portes automatiques de l'hôpital.

Contrastant avec l'humeur de son mari, Mélissa esquisse un demi-sourire.

– Ça va, Mél ?

– Oui, oui, je suis juste en train de penser à un truc : tu crois que j'arriverai à faire rire ce docteur avant la fin de mes traitements ?

Chapitre 33

Mélissa s'est toujours sentie à part. Avant son verdict, elle se sentait différente du reste du monde, et maintenant qu'elle a le cancer, elle se sent différente des autres cancéreux. Du moins, elle ne souhaite pas que cette pathologie la définisse. Au demeurant, elle déplore que tous les cancers portent le même nom. Il en existe des bien plus alarmants que d'autres. Si le sien est un grade III, donc élevé, elle n'a cependant aucune métastase. Elle aimerait qu'un terme spécifique désigne son cancer à elle. Juste le sien. Son Dragibus rose.

Elle s'en ouvre à sa psychothérapeute.

– Vous comprenez, il y a tellement de femmes qui ont le cancer du sein ! Une sur huit en sera atteinte au cours de sa vie, c'est énorme, et tellement banal, du coup. Je me sens comme un mouton. Je déteste ce sentiment.

– Qu'est-ce que cela vous fait ? demande la psy, laconique comme à son habitude.

– Ben, je sais pas, je me sens comme les autres, commune, ennuyeuse… Si au moins c'était un cancer rare, une maladie auto-immune, un truc totalement inédit… Là, ce serait cool.

La psy la regarde intensément sans intervenir.

– Non, mais je sais bien que le cancer du sein, au moins c'est connu, ils savent le soigner… Quelque part, c'est une chance, si on veut. Bon, la seule chose inhabituelle dans l'histoire, c'est qu'un cancer à quarante ans, ça, au moins, c'est rare.

– Vous avez besoin de vous sentir unique ?

– Oui, carrément !

Mélissa ne peut l'expliquer, mais elle tient à son unicité. Elle ne connaît personne d'aussi jeune qui ait été touché par le cancer, seule réjouissance permise, si l'on peut dire.

– D'où vient votre besoin de différence ?

Est-ce qu'on parle vraiment d'un besoin ou plutôt d'un constat ? Est-ce un souhait ou une construction de sa personnalité ? Enfant déjà, plusieurs signaux lui indiquaient qu'elle n'était pas née dans une famille classique : ses parents la laissaient partir à l'école seule à cinq ans (elle qui avait tellement peur des plus grands !), sa mère ne la coiffait jamais, malgré la position de bataille de ses cheveux enclenchée dès le petit matin. Elle la laissait s'habiller comme elle le souhaitait, au détriment de tout style vestimentaire. Mélissa disposait de la collection complète des vêtements de seconde main de la boutique du coin ; pas de quoi se faire jalouser par les copines. On la laissait apprendre ses leçons seule, et quand elle demandait un coup de main pour retenir le vocabulaire du Moyen Âge, on lui proposait de mettre sa feuille de cours sous son oreiller pendant la nuit.

– Tu verras, demain, tu sauras tout !

Mélissa avait essayé cette technique douteuse et ne pouvait que constater les dégâts résultants de ces sornettes. Elle n'avait rien retenu du tout.

Son père passait son temps la tête dans les bouquins. Il était aussi distrait qu'un écrivain. Même pour jouer au Memory, il fallait lui rappeler les règles du jeu avant chaque partie. Ce père intello à tendance délinquante faisait pousser du cannabis dans le fond du jardin… et lui proposait régulièrement d'aller skier le jeudi après-midi.

– Mais papa, j'ai école !

– Pas grave, je te ferai un mot d'absence.

Qui était le parent dans cette famille ? On se le demandait.

À l'adolescence, elle a eu besoin de se raccrocher à quelque chose de stable et s'est démenée pour se fondre dans la masse. Elle a convaincu Mamie Marguerite, modèle d'élégance et de bon sens, de lui acheter son premier jean – vêtement qu'elle avait longtemps eu en horreur – et de lui enseigner les bases de l'harmonie vestimentaire.

– Ma chérie, tes chaussettes doivent être assorties à ton pantalon, ou à la limite à ton haut. Quand tu t'épiles les sourcils, n'épile pas que le bas, aussi le dessus ! Sinon, cela tasse le visage. Avec tes jeans, tu peux porter des chemisiers à carreaux vichy. C'est élégant tout en restant sobre. Je vais t'en acheter un bleu et un rouge. Par-dessus, tu mettras un pull en laine torsadé. Et voilà !

Les cheveux sagement regroupés en queue-de-cheval, Mélissa devenait passe-partout et pouvait enfin se targuer de cocher la case « jeune fille bien sous tous rapports ».

Aujourd'hui, Mélissa refuse de faire partie des cancéreuses. Elle ne veut pas être réduite au statut de malade. Elle se sent avant tout femme, avec ses doutes, ses craintes, ses maux, mais aussi avec sa joie de vivre, sa féminité, sa créativité, sa combativité. Elle craint de sombrer dans la victimisation si elle accepte qu'on lui colle cette étiquette. Elle a toujours pris le taureau par les cornes. Et cette fois encore, elle va tout donner pour survivre, et traverser cette épreuve sans trop de séquelles. Pas de temps pour les lamentations.

– Voilà pourquoi je ne cherche pas à rencontrer d'autres personnes dans le même cas que moi. Toutes ces activités spéciales cancéreux, ça vous met dans une case que je déteste. J'ai le cancer, mais moi ce n'est pas pareil… je vais guérir, explique-t-elle, sans doute autant pour sa thérapeute que pour se convaincre elle-même.

Chapitre 34

Sourcils froncés, concentrée sur son iPad, Mélissa fait défiler les recettes de jus vert. Il en existe des tonnes ! Elle n'a pas encore acheté d'extracteur de jus. Influencée par Ludivine, adepte du « manger-sain », elle hésite à acquérir le modèle le plus sophistiqué du marché à mille euros.

– Parce que, tu vois, lui dit sa collègue, ne pas avoir de tamis à nettoyer, c'est hyper important, ça te simplifie tellement la vie ! C'est un investissement que tu ne regretteras pas.

À ce prix-là, on se demande si l'appareil ne fait pas également micro-ondes, mixer et autocuiseur ! Elle se tâte avec un modèle en promo à soixante-dix euros.

Elle choisit le modèle en promo, tamis inclus. Est-ce qu'elle se battra à chaque lavage contre les pièces détachées ? Oui. Est-ce qu'elle déplore son choix ? Un peu… Mais bon, mille euros, quand même.

Une fois l'extracteur installé sur le comptoir de la cuisine, les tentatives culinaires s'enchaînent : épinard, céleri, chou kale, roquette, pomme… Il y a peu de limites à ce que l'on peut inclure dans un jus détox, la seule règle portant sur la couleur verte des ingrédients. Les essais s'avèrent décevants, et il n'est pas rare que la potion finisse au fond de l'évier. Au vu des ingrédients, Mélissa se demande si une salade mixte n'apporterait pas les mêmes bienfaits. Ce serait tout de même meilleur.

Mélissa s'arrête un jour sur un article dithyrambique présentant le jus de Breuss. Cette boisson à l'assemblage douteux fait, paraît-il, des miracles sur les cancéreux en Allemagne. Outre-Rhin, ils le prennent en cure lors d'un jeûne partiel de quarante-deux jours. Les ingrédients, tous crus, se révèlent pour le moins éclectiques : 300 grammes de betteraves rouges, 100 grammes de carottes, 100 grammes de céleri racine, 30 grammes de radis noir, une pomme de terre. En somme, M. Breuss invite à déguster une bonne soupe d'automne, mais crue et froide… Téméraire, Mélissa essaie. Verdict : c'est infect. Ce goût de patate crue qui reste en bouche la dégoûte. Cette première tentative restera la dernière.

Ayant exprimé son désarroi à Ludivine, celle-ci la rassure.

– Moi aussi j'ai testé des tas de recettes, comme je te comprends ! Voici celle que je préfère. Frais, légèrement sucré, tu verras, c'est parfait pour avoir un petit coup de boost le matin : une pomme, un demi-concombre, un citron vert, un demi-fenouil, un bout de gingembre frais.

En effet, cette combinaison s'avère bien plus convaincante que les précédentes : elle désaltère, donne de l'énergie et a bon goût, critère non négligeable dans la bataille de la détox. Sans entrer dans l'extrême de ne consommer plus que des jus, à l'instar de Gwyneth Paltrow, Mélissa décide de commencer ses journées par une boisson verte. Cela l'aidera à affronter les prochaines semaines.

Août 2018

Chapitre 35

La tête dans le frigo et un œil louchant sur la corbeille à fruits, Mélissa est en train de faire l'inventaire de ses ingrédients verts, lorsque son téléphone sonne. C'est Irma.

– Allô, Mélissa ? Tu ne devineras jamais ce qui m'est arrivé !

Irma a la voix du bonheur, comme toujours.

– J'étais en balade dans la montagne, hier, quand j'ai rencontré un charmant couple, Éliane et Félix. On a sympathisé, et tu ne devineras jamais ! Félix a Le Secret. À mon avis, il est parfait pour toi.

– Quel secret ?

– Ben, il a Le Secret quoi…

– Moi aussi j'ai des secrets, en quoi le fait qu'il ait un secret m'intéresse ?

Mélissa s'agace. *Il a le secret*, le secret de la meilleure tarte aux pommes ? Ou le secret de la gentiane ? Oui, plus plausible pour un gars rencontré en montagne, se dit Mélissa. Qu'est-ce que c'est que cette histoire de secret ?

– Non, il a LE Secret. C'est-à-dire qu'il est énergéticien-magnétiseur. Il peut soigner les gens à distance. C'est un coupeur de feu, quoi ! En Suisse, on dit « quelqu'un qui a Le Secret » ou un Faiseur de Secret. Tu n'es pas encore bien intégrée, ma Bichette, place Irma d'un ton taquin.

Coupeur de feu. Depuis l'annonce de son cancer à son entourage, tout le monde lui parle de coupeur de feu : ses collègues, sa voisine, ses compagnes d'hôpital d'un jour, ses amies… Mélissa ne compte plus les fois où on lui a dit : « T'as ton coupeur de feu ? Sinon, j'en connais un, je te donne ses coordonnées. » Comme si on parlait d'une couturière ou d'un dentiste.

Irma reprend :

– Il peut t'aider pour la radiothérapie, mais aussi pour la chimiothérapie.

– Ah bon ? On peut couper les effets secondaires de la chimio comme ça ?

– Oui, oui ! Je te donne son numéro, appelle-le de ma part.

Et c'est ainsi que Mélissa se retrouve avec, entre les mains, le numéro d'un inconnu qui détient peut-être une partie de son bien-être à venir. Elle ne sait que faire.

Elle repense à cet épisode étrange, il y a quelques années. Estéban, les enfants et elle passaient le week-end à la montagne, dans l'appartement familial des parents d'Estéban. Les enfants étaient jeunes, trois et six ans, peut-être… Le chauffe-eau peinait à faire son travail, si bien que Mélissa a décidé de réchauffer l'eau du bain des garçons en y ajoutant des litres d'eau bouillante, qu'elle traînait littéralement de la cuisine à la salle de bain. Une manœuvre maladroite, et qui a fini en catastrophe : l'eau de la bouilloire s'est répandue sur l'épaule gauche de Bastien, qui a hurlé de douleur !

Des cloques commençaient à se dessiner. Il était probablement brûlé au deuxième degré. Les parents, paniqués, ont rapidement contacté l'hôpital du coin, ainsi qu'une pharmacie. Estéban est parti en expédition pour rapporter de la Biafine. L'interlocuteur de l'hôpital leur a glissé les coordonnées d'un coupeur de feu de la région. C'était la première fois qu'ils entendaient parler de cela, mais la détresse ayant pris le dessus sur la raison, ils ont appelé le sauveur, pleins d'espoir. Celui-ci a demandé le nom et l'âge de l'enfant, et a marmonné quelques paroles incompréhensibles avant de raccrocher. Bastien a dormi comme un loir. Le lendemain, il n'avait plus aucune douleur ni aucune cloque. Seul un élément attestait de l'épisode de la veille : la peau qui pelait légèrement par endroits. Depuis ce jour, Estéban et Mélissa résument l'affaire en une phrase : « On ne sait pas comment ça marche, mais ça marche. »

Chapitre 36

Mélissa se rend chez le perruquier pour la première fois. Elle se demande ce qu'elle fait là. D'une part, tous ses cheveux sont encore bien implantés sur sa tête, d'autre part, personne ne sait s'ils tomberont vraiment. Et si cette sombre histoire de perte capillaire n'était qu'un mythe ? Et si, sur un coup de chance, son traitement se passait autrement ? Et si elle devenait la première personne à ne pas perdre sa tignasse, même sous chimio… l'exception qui confirme la règle ?

Avant d'entrer dans la boutique, elle analyse la devanture dans les moindres détails. C'est vieux et c'est moche. Peinture écaillée, vitre passée, perruques de tous styles, sur supports bon marché en polystyrène. Rien de très engageant. On dirait que le magasin existe depuis deux siècles, et elle s'attend à voir les coiffes poudrées de Louis XIV en exposition, bien en vue sur la rue. Au vu des postiches placés ici et là sans réelle organisation ni recherche esthétique, elle émet de sérieux doutes quant aux compétences de la personne chargée du merchandising. Cette vitrine manque de tout : de modernisme, de glamour, de marketing, quoi ! À l'heure où les enseignes rivalisent de créativité pour attirer le chaland à l'intérieur – mise en scène *lifestyle*, éclairage recherché, couleurs, messages qui interpellent les passants –, ce perruquier fait tache. Si elle était passée devant par hasard, elle se serait interrogée sur le genre de clients qui fréquentent cet endroit.

Puis elle réalise que les futurs chauves, s'ils vivent une expérience similaire à la sienne, viennent ici contraints et forcés, une ordonnance spéciale « prothèse capillaire » à la main. En conséquence, pas besoin de faire d'effort pour attirer la clientèle.

Prenant sur elle, Mélissa pénètre dans l'antre de la moumoute. Une fois à l'intérieur, même sensation : vieux commerce au plancher poussiéreux et craquant sous les pieds. S'attendant à voir apparaître une vendeuse sans âge ornée d'une coiffe qu'elle aurait empruntée dans la devanture, Mélissa reste sans voix devant la grande et belle jeune femme qui l'accueille. Cette charmante créature, prénommée Jessica, semble tout droit sortie d'Instagram. De magnifiques cheveux bruns couvrent son dos, lisses et brillants à souhait. Quelle ironie, toutes les clientes doivent éprouver une jalousie malsaine… À moins que ce ne soit une perruque ?

Gênée, Mélissa explique sa situation.

– Bonjour, je viens pour essayer une perruque… Je commence la chimio dans quelques jours… Mes cheveux vont sûrement tomber, alors bon, il faut que je m'équipe…

En un coup d'œil et après quelques échanges cordiaux, les deux femmes se comprennent. Jessica fait passer Mélissa derrière des rideaux, dans un petit espace dédié à l'essayage des perruques, à l'abri des regards indiscrets. Forte d'un discours bien rodé, la jeune femme déballe le tapis rouge. Leurs prothèses sont en fils synthétiques de qualité remarquable, ils ont un choix extraordinaire, on peut les shampooiner, les sécher et les coiffer au même titre que de vrais cheveux, on peut aussi venir faire couper sa perruque, si on a envie de changement (ah oui !?). Les gens n'y verront que du feu. Tout est pris en charge par l'assurance invalidité. Jessica s'occupe de tout, Mélissa n'a qu'à choisir le modèle qui lui plaît.

Après un tel speech, Mélissa hésiterait presque à en choisir plusieurs, une pour le jour, petite coupe au carré classique, et une pour le soir, un peu plus sensuelle.

Une fois la confiance établie, l'essai de différentes coiffures se transforme en jeu. Mélissa détaille les nombreux modèles exposés sur les rayonnages.

– Tiens, j'essaierais bien cette coupe, et celle-ci, tiens, et aussi celle-ci…

On pourrait croire que Mélissa essaie des robes de demoiselle d'honneur pour un mariage. Elle oscille entre un carré court, fidèle à celui qu'elle porte aujourd'hui, ou un carré dégradé devant, un peu plus long.

– Celle-ci est un peu foncée par rapport à votre couleur de cheveux, vous voulez essayer plus clair ? Je vous propose également une version avec balayage.

– Tiens, et la blonde, là, je peux essayer ? Et celle qui a les longs cheveux, là-bas, je peux essayer ?

Il n'y a pas de mal à se faire du bien ! Mélissa s'amuse à faire la starlette. C'est qu'on n'a pas tous les jours l'occasion de se prendre pour Pamela Anderson (capillairement parlant, bien entendu) : belle longue chevelure blonde, parfaitement *brushinguée*, légèrement bouclée... À l'issue de cet essayage, Mélissa réserve quelques modèles que Jessica s'empresse de mettre de côté. Elle fera son choix final lors de sa prochaine visite.

Chapitre 37

En ce week-end de juillet sans enfants, Estéban jubile de pouvoir sortir son cabriolet. S'il a imposé à Mélissa un quota de bagages – c'est que la capacité du coffre de ce bolide deux places est limitée –, découvrir les plus belles routes de Suisse cheveux au vent peut bien souffrir quelques sacrifices. Leur week-end en cure thermale à Leukerbad s'annonce exceptionnel.

Ils roulent la capote baissée. Des mèches rebelles sortent de la casquette rose que Mélissa a vissée sur son crâne. Elle remercie ses boucles indisciplinées qui dansent au vent. Pour combien de temps encore ?

Ils arrivent dans un hôtel chic à flanc de falaise. L'établissement date un peu, les boiseries et têtes de cerf aux murs en attestent, mais une chambre grande et confortable les attend. Le décor suranné rend l'expérience singulière.

Les installations thermales font rêver les amoureux, notamment la piscine extérieure chauffée naturellement à trente-six degrés et entourée par un cercle rocheux majestueux. Ils passent des heures, enlacés dans le bain-tourbillon, tout en admirant la nature abrupte et sauvage qui les enveloppe. Enfin, c'est l'heure des massages. Mélissa et Estéban se séparent le temps d'un soin. Adepte des massages en duo, Mélissa a opté cette fois pour une heure de réflexologie, simple précaution. Après son opération, elle craint qu'on lui masse le corps, encore endolori par la chirurgie. Un soin au niveau des pieds semble plus indiqué.

Le soir, peu avant le souper, le portable de Mélissa sonne. C'est Claudine, sa tante, qui appelle pour prendre des nouvelles. Mélissa sort de la douche. Revêtue d'un peignoir, elle s'apprête à passer sa robe pour le soir. Pendant quelques secondes, elle se demande pourquoi Claudine s'inquiète de son état. Ah oui ! Elle vient de se faire opérer, sa tante veut savoir si tout va bien… Depuis ce matin, elle a oublié son statut de malade. Elle se réjouit de cette absence.

– Oui, oui, tout va très bien, l'opération s'est très bien passée. Je commence la chimio dans dix jours. On est en week-end, là, on descend dîner dans cinq minutes, je dois me changer, à bientôt, Claudine !

C'est à peu près la teneur de la discussion.

Le restaurant de l'hôtel affiche 15/20 au Gault et Millau. Le menu gourmet affole les papilles du couple.

Aiguillettes de pigeon de Bresse, dînette des cinq foies gras d'oie et de canard, couteaux et lentilles béluga, la cuisse en salpicon

Pavé de loup et demoiselle de Loctudy, fenouil coloré, riz rouge de Camargue, velouté de langues d'oursins

Homard sauté au beurre moussant, pappardelle et crémée de truffe noire

Filet mignon en saveurs aigres-douces de mandarine, miel de Loeche-en-Varret et poivre de Sichuan, grosses frites Agria et trompe-l'œil de rutabaga

Feuillantine de chocolat Manjari praliné et Cointreau, confit de cédrat et orange sanguine, sorbet mandarine

Des accords inattendus exacerbent les saveurs de chaque mets. Tout en s'extasiant sur son velouté de langues d'oursins, Mélissa s'étonne de l'allure de leurs voisins de table. Jeunes, frustes, sans élégance, les couples aux alentours parlent fort et dissertent sur les derniers rebondissements du *Bachelor*, quand ils ne se disputent pas. De leur côté, Mélissa et Estéban philosophent sur le bonheur d'être en vie.

Le comportement d'une grande femme dans la trentaine interpelle Mélissa, dont les yeux et les oreilles furètent habillement :

– Je suis intolérante au lactose et au gluten. Vous avez des plats adaptés ?

– Oui, bien entendu, madame.

– Votre foie gras, il contient du lactose ?

– Non, madame.

– Alors, je prendrai ça en entrée.

– Certainement, madame. Un verre de Sauternes pour l'accompagner ?

– Non, un Fanta, s'il vous plaît.

Mélissa manque de s'étouffer. Un foie gras au Fanta ? Elle n'a jamais entendu pareille ineptie. Et quel dommage de venir dans un restaurant gastronomique si on ne peut pas goûter tous les délices concoctés par le chef ! Mélissa étale longuement son point de vue à Estéban, qui acquiesce tout en savourant une pince de homard.

Le lendemain, les amoureux se motivent pour monter à trois mille mètres d'altitude, en téléphérique. Habillés chaudement, ils atteignent le col de la Gemmi et entament le tour du lac de Dauben. Cette randonnée zéro dénivelé correspond parfaitement à la forme physique de Mélissa. Traînant la patte à un rythme endormi, elle parvient néanmoins à en faire le tour complet et se sent normale, presque en bonne santé.

Chapitre 38

Après une heure de route, Mélissa arrive à Champéry, station de montagne. Bien qu'elle déteste passer des appels, elle a mobilisé tout son courage pour contacter ce fameux « Faiseur de Secret ». Elle sait que les guérisseurs peuvent traiter à distance, mais elle a besoin de le rencontrer. Elle souhaite sentir l'énergie de celui à qui elle pourrait confier un volet de sa santé. Persuadée que ce Félix lit en elle comme dans un livre qu'il aurait lu des centaines de fois, Mélissa ressent une peur incontrôlable. L'omniscience l'effraie. Que va-t-il lui révéler qu'elle ignore sur elle-même ?

L'homme en impose, on dirait un rugbyman dans la force de l'âge. Elle qui s'attendait à rencontrer un vieux sage grisonnant et svelte… Sa prestance et son regard posé l'intimident. Pourtant, il dégage une énergie douce et bienveillante. Il la toise rapidement et l'encourage à se décharger de son passé, à déposer les sacs à dos qui pèsent sur sa vie, à avoir confiance en l'avenir et en l'amour.

– N'ayez plus peur, ressasse-t-il.

Il insinue qu'elle est guérie et qu'elle devrait refuser les traitements de chimiothérapie. Elle refuse, catégorique. Pourtant, il est vrai qu'au fond d'elle, une petite voix résonne parfois : « C'est bon, tu n'as plus rien, ne t'inquiète pas. » Néanmoins, elle ne prendra pas le risque de claquer la porte de la médecine.

De plus, elle qui ne s'est jamais droguée (si on exclut la dégustation forcée d'un *space cake* cuisiné par son père, en pleine expérimentation culinaire), elle se demande si la chimiothérapie pourrait lui faire atteindre des états de conscience modifiée…

Félix lui prodigue ensuite un soin énergétique. Elle est allongée sur une table de massage tandis qu'il se déplace autour d'elle avec ses grandes mains en guise de guide. Il laisse sortir des borborygmes et raclements de gorge déstabilisants, signes manifestes d'une présence de l'au-delà. Mélissa aime se dire qu'il existe peut-être des dimensions accessibles seulement à quelques élus.

– Vous pouvez vous joindre à nous, je peux vous former pour que vous deveniez canal, annonce Félix, comme s'il avait lu ses pensées.

– Non merci.

Mélissa préfère laisser la magie aux magiciens.

À trois reprises, des flashs de lumière crue l'aveuglent pendant le soin, bien qu'elle ait les yeux fermés. Le tout fini, elle s'enquiert :

– À un moment, vous avez ouvert les rideaux ? Il y a eu un gros rayon de soleil dans mes yeux.

– Non, les rideaux sont restés tirés.

Qu'était-ce donc ?

La séance s'achève. Mélissa s'assure que Félix a bien noté ses dates de chimio. Il dit pouvoir atténuer ses effets secondaires. Fantastique. Et quand bien même cela ne fonctionnerait pas, elle n'a pas perdu grand-chose à venir faire la connaissance de ce surprenant individu. Elle reprend la route en toute sérénité.

Chapitre 39

À la veille de sa première séance de chimiothérapie, Mélissa décide de tester l'acupuncture. Si elle ne se réjouit guère à l'idée de subir une attaque d'aiguilles, on lui a répété que cela pouvait être efficace. Elle ne connaît rien à la médecine chinoise. D'ailleurs, ce serait mentir que de dire qu'elle s'intéresse véritablement au sujet. Pour autant, elle est convaincue qu'elle doit tester tout ce qui peut l'aider et qui ne présente aucun risque. Hormis des petits trous désobligeants dans la peau, elle voit mal quelles séquelles la séance pourrait lui laisser.

C'est une femme médecin, anciennement radiologue-oncologue – quelle coïncidence –, qui l'accueille. Elle saura certainement la comprendre. Une douce odeur d'encens embaume le cabinet. La clarté des locaux appelle à la détente et au ressourcement.

Belle femme de soixante ans aux cheveux courts impeccablement blancs, l'acupunctrice se prénomme Anita. Après un long diagnostic sous forme de discussion, une prise de pouls et une demande de tirage de langue en bonne et due forme, elle installe Mélissa dans une salle de soin. Elle place les aiguilles prestement, avec une dextérité impressionnante. Mélissa s'imaginait des aiguilles de couture. Erreur, celles-là sont très minces, légères, presque douces. Au fur et à mesure qu'elle se fait piquer, Mélissa ne sent quasiment rien, sauf sur le côté de la main droite, qu'Anita lui a demandé de fermer. Sitôt l'aiguille posée à cet endroit-là, une douleur aiguë parcourt tout son corps. Le mal se répand. Mélissa proteste :

– Aïe ! Ça fait mal.

– Ah… Ce point-là, c'est celui du Médecin Intérieur, répond Anita d'un air entendu, visage impassible, et totalement indifférente à la souffrance de sa patiente.

Mélissa maugrée dans sa barbe ; le Médecin Intérieur ! Pas étonnant qu'il se manifeste, celui-là, il a du boulot, en ce moment !

Mélissa reste allongée vingt minutes. Pour l'aider à relaxer pendant la séance, Anita lui propose en fond sonore une visualisation de Simonton. C'est une méthode spécialement développée pour les malades atteints du cancer. Mélissa se laisse bercer par la voix posée, le fond musical relaxant et s'abandonne aux images proposées par le narrateur.

La séance se termine, Anita retire les aiguilles. « Pourvu qu'elle n'en oublie pas une », s'inquiète Mélissa. Elles sont si fines qu'à la moindre distraction, l'acupunctrice risque une négligence involontaire.

Bien qu'elle ne puisse pas encore attester l'efficacité du traitement, Mélissa prend rendez-vous trois semaines plus tard, juste avant sa prochaine chimio. Psychologiquement, cela ne peut qu'aider !

*

Parmi les réjouissances pré-chimiothérapie, Mélissa découvre un médicament à base de cortisone. Ce médicament s'avère utile comme complément antiémétique, c'est-à-dire contre les nausées et vomissements. « Antiémétique », voilà un nouveau mot qui vient s'ajouter à sa longue liste de termes barbares. Qui invente des mots pareils ? Le médicament s'avère également antiallergique et stimulateur d'appétit. Et dire que Mélissa voulait entamer un semi-jeûne…

Le docteur Henri l'a prévenue :

– Ce médicament est un excitant, vous allez devenir une pile électrique et pourriez ressentir un certain énervement.

Excitant ? Doux euphémisme ! Une fois le cachet avalé, Mélissa explose de dynamisme, parle vite, marche vite, s'extasie devant tout… et ne dort plus. Elle a l'impression d'être dans la peau de Speedy Gonzales, ou encore de l'oiseau Bip Bip que le Coyote ne parviendra jamais à attraper. Elle se fatigue elle-même. Cela contraste dangereusement avec ses journées postopératoires.

Chapitre 40

C'est le grand jour : première injection de chimiothérapie. Mélissa a rendez-vous à l'hôpital à 9 heures. Estéban la dépose, puis rentre travailler à la maison. Il reviendra la chercher quelques heures plus tard, quand cette séance sera terminée. À vrai dire, elle préfère vivre cette initiation seule. Seule avec elle-même.

Elle ressent de l'anxiété, mais aussi de la curiosité. Elle voit cela comme un rite de passage : elle ne sera plus la même après. Elle a préparé son sac de chimio comme on part en stage ou en vacances. Elle s'est appliquée, a pris son temps, a fait des recherches sur internet pour placer dans son bagage le contenu parfait. Elle y a presque pris plaisir. Si elle crée habituellement des tableaux sur Pinterest pour trouver de l'inspiration vestimentaire avant un week-end à la mer ou à la montagne, là c'est sur des forums et sites on ne peut plus sérieux qu'elle a lu ce qu'il fallait prévoir.

La liste de ce qu'elle emporte se révèle longue comme une liste de courses avant un anniversaire :

- des magazines de décoration ;
- des livres (un roman *feel good* de Virginie Grimaldi et deux livres de développement personnel) ;
- de la nourriture (des noix, du chocolat noir, des biscuits, des fruits… que des aliments sains, évidemment !) ;
- un pull, en cas de grand froid ;

- des chaussettes ;
- un foulard ;
- une couverture (Mélissa est frileuse) ;
- un oreiller ;
- une Thermos de thé ;
- une bouteille d'eau ;
- un iPad avec plusieurs épisodes des *Reines du shopping* téléchargés ;
- un iPhone, une playlist et des écouteurs ;
- un cahier de mandalas et des crayons de couleur.

Elle hésite à glisser une brosse à dents et une petite culotte dans la pochette zippée intérieure de son sac. On ne sait jamais, pense-t-elle en préparant son expédition.

*

Mélissa patiente dans la salle d'attente du service oncologie. Comme à son habitude, elle scanne le décor et ses personnages. Probablement refaite à neuf dernièrement, la pièce affiche une propreté extrême. Les chaises en similicuir portent des couleurs douteuses, des bleus et des jaunes que l'on dirait tout droit sortis d'une scénographie des années quatre-vingt. Pourtant, elles ont l'air neuves. Encore un choix discutable de l'équipe d'architectes ? Le sol en lino, comme la totalité de l'hôpital, étouffe les bruits de pas. Sur une table basse s'éparpillent des magazines économiques de la région ; rien d'excitant. La dernière stratégie en date du groupe horloger Rolloff ne l'intéresse guère. Elle aurait préféré *Gala* ou *Voici*, histoire de se changer les idées. Que devient le couple royal ? Meghan et Harry ? À côté des magazines, des verres en plastique et deux bouteilles d'eau : plate ou gazeuse. Partout en Suisse, on propose les deux options. Tout ce plastique, ce n'est pas très zéro déchet, pense-t-elle. Au mur, des tableaux en vente, manifestement des paysages abstraits figurant le printemps. Elle en contemple un petit : *Paysage de campagne*. L'artiste semble avoir subi une baisse de créativité au moment de nommer son œuvre. 900 francs suisses[1], quand même… elle n'ose imaginer le prix des grands formats. 2 500 francs. Un rapide calcul de tête lui indique que les deux jolis tableaux offerts par sa belle-mère, elle-même peintre talentueuse à ses heures, et qui sont exposées dans son salon, pourraient représenter une petite fortune si elle venait à les vendre.

Quelques personnes patientent comme elles. Club du troisième âge, bonjour ! Où sont les jeunes de son âge ? Est-elle la seule de la ville à endurer un cancer du sein à quarante ans ? La chevelure de ses quelques voisines l'interpelle : tantôt poivre et sel, tantôt enturbannée, probablement pour cacher une alopécie provisoire, tantôt coiffée d'une crinière rouge intense, tirant dangereusement sur le rose. Mélissa se demande s'il s'agit du résultat d'une teinture qui aurait mal tourné ou d'un choix de perruque délibérément audacieux. Quoi qu'il en soit, aucun de ces personnages de salle d'attente ne respire la joie de vivre. Plutôt des têtes d'enterrement, comme si les jeux étaient faits pour eux, dans leur

1. Au moment de la rédaction de ce livre, le franc suisse et l'euro ont à peu près la même valeur.

esprit en tout cas. Ah, mais non ! se dit Mélissa, on peut y croire, on peut espérer ! On ne va pas se laisser enquiquiner par cette bestiole à pince !

Le va-et-vient des infirmières rythme l'attente. Des sièges sont libres. Mélissa peut déposer son attirail sur une chaise à côté d'elle. Elle extirpe un bouquin de son sac, lorsqu'on vient la chercher. Une infirmière gaie et avenante, Solange, la mène jusqu'aux sièges de soin. Le reste du service est en totale harmonie avec la salle d'attente : même collection « similicuir ». Des rideaux, tantôt ouverts, tantôt fermés, séparent les box de traitement.

Solange l'installe confortablement sur un fauteuil moelleux : couverture, oreiller, thé… Déjà trois éléments qu'elle pourra supprimer de sa liste pour la prochaine fois. Elle place une table roulante à côté de Mélissa afin que celle-ci puisse accéder facilement à ses affaires. Sur l'étage du bas, le meuble recèle des exemplaires de *Paris Match*. L'infirmière s'approche de Mélissa avec un porte-perfusion sur pied et commence à y placer les produits à injecter, ainsi que le liquide de rinçage, indispensable au protocole. L'arsenal porte les petits noms de Taxotère et Endoxan. Courageuse, Mélissa présente son bras sur lequel se démarque une veine qui comblerait n'importe quelle seringue prête à transpercer la chair. Solange dispose le cathéter sur le bras. Encore un terme menaçant.

Mélissa observe son entourage avant de décider comment elle va occuper son temps. Ou plutôt tuer le temps avant qu'il ne la tue… Que font ses voisins ?

Dans le box de droite, une femme grande, la cinquantaine, cheveux très courts, chimio oblige, a le nez dans ce qui ressemble à des dossiers de travail. Ce sont les pochettes de couleur qui trahissent la teneur des documents. Qui possède personnellement ce genre de pochette, à la couverture lignée et à l'encart transparent permettant d'apercevoir les feuilles qu'elle contient ? Personne. Cela provient sans conteste de son bureau. Lunettes au bout du nez, elle lit, tourne les pages, annote des documents. Elle a manifestement choisi de rester en poste. Quel héroïsme ! Même si Mélissa garde le moral, elle serait incapable de se concentrer sur le moindre projet professionnel. Cependant, elle l'a lu : vingt-cinq pour cent des personnes atteintes du cancer continuent à travailler pendant les traitements. Certaines par besoin financier, d'autre pour garder une échappatoire, se changer les idées. Cela permet de s'éloigner du statut de malade, paraît-il. Mélissa se questionne : n'est-ce pas risqué de continuer comme avant ? Cela représente-t-il un déni de maladie ? Ne vaut-il pas mieux prendre soin de soi pour optimiser toutes les chances de guérison ? Du temps pour se reconstruire ? Elle, elle a choisi cette voie-là.

En face d'elle, un vieux monsieur chauve, portant une chemise en flanelle à carreaux et des charentaises, somnole, le bras occupé par une perfusion. Placé sur la table roulante à ses côtés, elle repère un cadre avec une photo de couple ; un cliché de son épouse et lui, certainement. Mélissa trouve cette attention émouvante. Probablement un papy prostate. C'est ainsi qu'elle a baptisé les hommes atteints de ce fléau, qui semble l'équivalent masculin du cancer du sein ; de nombreux hommes dans le service oncologie en sont atteints.

À côté du papy, elle entraperçoit des pieds qui remuent : des chaussettes roses avec des seins dessinés dessus, façon caricature. Elle glousse. Probablement une copine de « sein » qui a décidé de prendre la vie avec humour. Au sol, elle remarque un panier en osier portant l'inscription « J'peux pas, j'ai chimio ». Cette voisine invisible a l'air amusante.

Dans le box de gauche, les rideaux sont tirés. Mélissa a aperçu deux femmes en s'installant dans sa loge : la patiente et probablement une amie, ou une personne de sa famille. Les deux femmes rient, ça change de l'atmosphère générale qui se dégage des locaux.

– Allez, c'est le moment de voir combien on a gagné ! Gratte le premier ticket. Que ferais-tu avec dix mille francs ?

Mélissa comprend que les deux femmes ont en leur possession un jeu à gratter. En voilà une idée originale et sympathique ! Et elle, que ferait-elle avec dix mille francs, soit près de l'équivalent en euros ? Des vacances en famille, sans aucun doute. Se sentant coupable d'avoir dû annuler leur virée sur la côte atlantique cet été, elle emmènerait ses hommes aux Seychelles. Elle s'imagine avec Estéban, les pieds dans le sable blanc, les rayons du soleil sur la peau, le bruit des vagues au loin, un cocktail avec une paille dans une noix de coco, tous deux installés sous un parasol en feuilles de bananier, et surveillant de loin les enfants qui jouent dans l'eau. Paysage de carte postale. Un hôtel cinq étoiles, service impeccable. Et en pleine santé, évidemment.

– Je changerais de voiture, répond sa voisine.

Quel ennui ! se dit Mélissa. Cette réponse la déçoit. Tellement sérieuse et raisonnable…

– Oh, zéro ! Dommage, allez, gratte le prochain. On joue pour cinquante mille !

Ah, là, ça devient plus intéressant. Cinquante mille… Cinq voyages ? Un plus gros voyage ? Le Japon ? Non. Avec cinquante mille francs, elle visualise plutôt un apport sur l'achat d'une maison de campagne. C'est elle qui devient raisonnable et ennuyeuse, du coup, mais quand même… Elle en rêve depuis tellement longtemps. Une grande maison avec quatre chambres minimum, pour accueillir les amis en famille. Mélissa compte mentalement : leurs copains ont en moyenne trois enfants. Il faudrait un dortoir pour toute la progéniture. Ce serait l'idéal. Maison à moins de deux heures de route de chez elle, comme ça, elle en profiterait le week-end avec ses trois hommes. Et elle pourrait enfin mettre son talent de décoratrice au service d'un projet personnel ! À vrai dire, il y a belle lurette qu'elle a entamé la création d'un tableau Pinterest « Ma maison de campagne ». Elle l'alimente consciencieusement depuis de nombreux mois. Elle sait exactement comment sera l'intérieur, de la couleur de la peinture Farrow & Ball qu'elle souhaite appliquer sur les murs à la marque des housses de couette en lin coloré pour le dortoir des enfants.

– Avec cinquante mille francs, j'étoffe mon plan retraite, lance la voisine.

Décidément, cette voisine se montre tout sauf marrante… Ce plan retraite, c'est encore plus barbant que son plan maison de campagne à elle…

– Oh, zéro ! entend-elle crier en chœur.

– Gratte le prochain. On joue pour cinq cent mille francs suisses ! Les autres tickets, c'était de la gnognotte, pouffe l'accompagnante.

Cinq cent mille francs ! Alors là, gros dilemme : soit elle s'offre une superbe maison de campagne, avec piscine, bien entendu, et au bord d'un lac, soit elle passe d'un appartement à une maison en Suisse. Choix cornélien. Ou alors elle fait moitié-moitié. Maison de campagne raisonnable et upgrade de résidence principale.

– Avec cinq cent mille, j'entame un méga tour du monde ! s'exclame sa voisine. Pendant deux, trois ans… aussi longtemps que je tiendrai.

Ah, voilà qui devient intéressant. La voisine se réveille, on dirait !

*

Solange sort Mélissa de sa rêverie. Elle apporte d'immenses gants bleu marine, lourds et froids : des gants réfrigérés.

– C'est quoi ? demande Mélissa.

– Ce sont des gants pour protéger vos ongles, car le produit que je vais vous injecter peut les abîmer. Il faut les placer sur les mains et sur les pieds. Ils sortent du congélateur. Cela bloque la progression du produit dans les extrémités. Une fois qu'ils commencent à trop se réchauffer, vous me faites signe et je vous les change.

Mélissa revoit les hivers canadiens qu'elle a endurés, les tempêtes de neige, le mucus qui gèle dans les narines en dessous de -10 degrés, les pointes à -20 degrés ; elle se dit qu'elle devrait supporter sans mal cet épisode « pingouin » à l'hôpital.

Elle se trompe. Chaque seconde semble durer une éternité. Elle essaie de feuilleter un magazine déco pour se divertir, mais allez tenter de tourner des pages avec de grosses moufles glacées à la place des mains ! Enfin, le calvaire prend fin. Solange annonce l'heure du déjeuner. Le repas de l'hôpital, c'est sacré. Pour rien au monde elle ne manquerait cela. Elle s'est régalée lors de son opération, et compte bien se délecter ce midi avec un risotto au rôti de porc, courgettes et parmesan. De plus, le simple plaisir de se faire servir, sans avoir eu à penser aux ingrédients ou à cuisiner, représente un petit bonheur en soi. Elle devient de plus en plus sensible aux petits riens de la vie.

Le repas s'achève, Solange vient placer le deuxième produit dans le porte-perfusion. Mélissa profite d'un moment seule pour saisir le tuyau contenant le produit et lui parler. « Donne-moi du bon, que du bon, s'il te plaît », chuchote-t-elle. Irma lui a parlé de ce rituel, qui aiderait les patients à mieux accepter le produit anti-cancer et à en faire un allié plutôt qu'un ennemi. Solange la surprend en plein mantra :

– Qu'est-ce que vous dites ?

– Ah non, rien, je parle au produit, répond Mélissa, mi-gênée, mi-amusée.

Elle n'assume pas totalement cette fantaisie, mais se fiche au fond de ce qu'on pense de ce comportement.

– Ah oui, j'ai d'autres patients qui font ça.

Intéressant, Mélissa n'est donc pas seule à recourir à quelques agissements farfelus.

Avant la fin de ses traitements, Mélissa prend grand soin de faire un selfie, la montrant le bras intubé, mais tout sourire. Elle l'envoie à ses amies proches avec en guise de commentaire : « Première, tout va bien ! »

Les heures médicales s'achèvent. Estéban revient chercher Mélissa qui, pour le moment, ne subit aucun effet à la suite de ses injections.

Chapitre 41

Deux jours après la chimio, Mélissa se sent comme une loque. Un peu plus et elle irait s'enfermer dans le placard avec les chiffons de ménage, sa nouvelle famille. Quand elle en a le courage, elle se traîne péniblement de son lit au canapé du salon, et comate devant *Les Reines du shopping* en replay. Ce qu'elle aime avec cette émission, c'est qu'elle peut penser chaussures, vêtements, accessoires, et se sentir normale. En prime, elle peut étudier en détail la coupe et les boucles d'oreilles de Cristina Cordula et s'en inspirer, car elle sait que tôt ou tard, elle passera par là, capillairement.

Les premiers effets se font ressentir : épuisement, lèvres sèches, langue pâteuse, goût métallique dans la bouche, sommeil perturbé, et surtout courbatures comme elle n'en a jamais eu. Contre toute attente, aucune nausée. Félix doit œuvrer sérieusement.

Ses douleurs musculaires lui rappellent les contractions insupportables qui lui sciaient le dos lorsqu'elle accouchait de Bastien, avant qu'on daigne lui installer la péridurale. Elle avait dû attendre trois heures avant qu'un anesthésiste vienne s'occuper d'elle. Était-ce soir de pleine lune ? La maternité débordait de femmes prêtes à accoucher. Elle se souvient précisément du moment où le spécialiste lui avait dit « attention, ça va faire mal », avant d'injecter le produit anesthésiant dans son dos. *Ça va faire mal.* C'était une blague ? Elle qui souffrait le martyre depuis trois heures, et qui se trouvait alors dans un état de semi-conscience, pouvait-on vraiment lui faire endurer pire épreuve ?

Elle ne pensait pas avoir à supporter de nouveau un tel supplice. Le mal persiste. N'y tenant plus, Mélissa prend rendez-vous chez une masseuse, dans l'espoir qu'elle lui délie tous ces nœuds. Le massage se révèle douloureux, mais apaisant. Le soulagement est quasiment complet. Mélissa se promet de revenir dès la deuxième chimio passée. Elle retrouve une forme acceptable. On est samedi. Estéban et elle pourront profiter du reste du week-end.

La masseuse lui a recommandé de prendre des bains aux sels d'Epson. Il s'agit d'un sel de magnésium utilisé en station thermale. Mélissa part donc en quête de ce produit censé l'aider à délier ses muscles. Elle le trouve sans mal à la pharmacie, mais se dit qu'au prix exorbitant du petit pot de cent grammes, c'est un petit luxe qui restera exceptionnel.

Heureusement, elle s'aperçoit en quelques clics sur internet qu'on peut substituer du gros sel gris à ce cher Epson, ou tout simplement utiliser du bicarbonate de soude. Ça, elle en a dans ses placards et c'est bien moins onéreux.

Mélissa se met à prendre des bains quasiment quotidiennement. C'est devenu une partie de sa thérapie : bains au gros sel, bougies, et lecture ou réflexion. Ce rituel l'aide à faire passer les engourdissements liés à la chimiothérapie et la relaxe. Prendre un bain, c'est prendre du temps pour elle, rien que pour elle. Afin de compléter son « univers spa cocooning », elle commence à écouter la musique Fréquence Miracle 528 Hz, dont certains pensent qu'elle aide à guérir. Les gens racontent toutes sortes de choses, mais cela ne peut pas faire de mal. Cette musique est douce et agréable.

Fatigue, stress, tensions… tout s'évapore dans un bon bain chaud.

Chapitre 42

Estéban ressent un besoin pressant de vivre la vie à fond, de profiter de chaque instant. Mélissa étant de nouveau sur pied, ce dimanche, il l'emmène à *La Corniche*, ce magnifique restaurant qui surplombe le lac Léman dans la région de Montreux. L'endroit offre une vue suspendue, à la fois unique et spectaculaire. L'eau d'un bassin affleurant finit visuellement sa course dans le lac. Magistrales, les Alpes embrassent le paysage au loin. Les palmiers qui encadrent l'allée, dans leurs immenses pots en terre cuite, donnent des allures de Côte d'Azur à ce lieu enchanteur.

Mélissa, une fois de plus, s'est faite belle. Elle porte une robe d'été en coton souple noir, une capeline en paille et un sac à main rouge. Elle rayonne.

– Prends-moi en photo ! demande-t-elle à Estéban en posant telle une star à côté d'un palmier, juste devant la fontaine.

Elle veut que cet instant soit gravé à jamais. Qui pourrait croire qu'elle vient de recevoir sa première chimio ?

Lovés dans des fauteuils douillets, les amoureux consultent la carte. La chasse au sucre de Mélissa se révèle un véritable casse-tête. Hormis un thé, les options sont inexistantes. L'odeur des gaufres flirte malicieusement avec ses narines. Elle zieute la liste des glaces… Ce choix de petits pots individuel Mövenpick est fort alléchant. Mais tout ce sucre ! Mélissa est partagée entre son devoir de manger sain et son envie de se faire plaisir. Le plaisir l'emporte. Elle jette son dévolu sur une glace aux noix de macadamia et exulte à chaque bouchée.

Le temps vient d'arrêter sa course.

*

Mélissa aime se faire belle, depuis toujours. Comme un bon vin qui se bonifie, ses goûts se sont affinés avec le temps. Jeune ado, elle a commis plus d'un *fashion faux pas*. Elle se revoit, folle amoureuse d'Alexandre, hésiter devant son placard pour trouver *la* panoplie idéale. Le plus souvent, elle finissait par porter une jupe à volants rose que son père lui avait rapportée de Côte d'Ivoire. Faite sur mesure, un modèle unique ! Elle l'accompagnait de chaussettes qui montaient jusqu'aux genoux et qu'elle repliait savamment sur les mollets. Fière, elle déambulait dans les couloirs du collège, espérant capter l'attention du damoiseau. Mais le beau ne lui montrait que peu d'égards. C'est qu'il était plus opéra rock *Starmania* que *La Belle au bois dormant.*

À cet âge ingrat de treize ans, quand les jeunes filles s'émancipent, Mélissa s'accrochait au mode princesse. Pas prête à passer dans l'adolescence. Pas prête à abandonner les jupettes, les couettes, le rose… « Ne prenez pas cette couleur, vous verrez, elle ne voudra plus le mettre une fois entrée au collège », avait dit la vendeuse à sa mère lors d'un achat de manteau d'hiver rose bonbon avant le grand saut au secondaire. Erreur, elle l'a porté, adoré, adulé, et le plaçait parfois même en étole, telle une princesse se rendant à un bal, nonchalamment descendu sous ses épaules… Mélissa se sentait enfant dans un corps changeant. Romantique, elle rêvait d'un monde tout doux où les jeans n'existeraient pas, où tout le monde ferait la révérence et apprendrait à se tenir droit, un dictionnaire posé sur la tête tout en marchant. Elle transpirait la candeur et la discipline, quand tout ce qui l'entourait s'enhardissait et se dirigeait vers une rébellion certaine. Et cette poitrine qui prenait de plus en plus de place !

Ses amies, elles, étaient passées au stade rebelle. Pour s'attirer les faveurs des garçons, mieux valait prendre exemple sur sa copine Justine : jean, chemise d'homme à fleurs, bottines Dr Martens, grosse ceinture en cuir et bombers, voilà ce que portaient les filles à la mode dans les années quatre-vingt-dix.

Chapitre 43

Le lundi post chimiothérapie est jour de contrôle à l'hôpital. Mélissa s'y rend confiante, se sentant relativement en forme, malgré une fatigue latente. En garant sa voiture sur le parking de l'hôpital, elle a une pensée admirative pour les patients qui continuent à remplir leurs devoirs professionnels. Comment font-ils ? Elle a l'impression de passer son temps à l'hôpital ou dans son lit. Forme en dents de scie, qui va, qui vient.

Ne doutant de rien – après tout, elle n'a eu aucune nausée, effet secondaire numéro un s'il en est –, elle entre dans le bureau du docteur Henri et s'assied en souriant. L'oncologue lui pose toute une série de questions. Mélissa examine le long questionnaire, les catégories bien définies, les cases propres en attente de réponse… et réalise qu'en matière d'art des listes, un maître se tient devant elle.

À la question du sommeil, elle répond qu'elle dort extrêmement mal. Elle est exténuée.

– C'est normal, à ce que vous me racontez, vous êtes en déficit de sommeil, il ne faut pas !

Déficit de sommeil… Cette expression a tout l'air d'une opération bancaire qui aurait mal tourné.

– Je vais vous prescrire des somnifères. Vous devez vous reposer, c'est primordial.

Quand Mélissa lui parle de ses récentes douleurs musculaires, le médecin la regarde, surpris.

– Vous n'avez pas pris d'antidouleurs ?

– Non.

Mélissa n'y a même pas pensé ! Elle trouvait que son corps subissait assez d'attaques toxiques pour ne pas lui imposer un énième composé chimique. Elle a passé la semaine post-chimio à éviter tout traitement supplémentaire. À tort.

Elle repense à ce conseil que lui a prodigué la pharmacienne, la veille de son opération, alors qu'elle hésitait à acheter l'arsenal complet listé sur son ordonnance.

– Veillez à bien prendre tous les médicaments que l'on vous prescrit. Ils sont pour votre bien. Faites confiance à votre médecin !

Mélissa a éludé cet avis. Il est temps de lui redonner toute sa place.

Elle passe ensuite à la prise de sang de contrôle. Les globules blancs sont bas, très bas. Il faut les booster.

– Je vais vous prescrire une injection à faire aujourd'hui et les deux prochains jours.

C'est ainsi que Mélissa se retrouve en possession d'une mini-glacière contenant deux doses de Zarzio, médicament censé faire remonter ses globules blancs. Le produit doit rester au frais. Cette mini-glacière la fascine. Elle qui se targue d'être orientée solution, elle n'aurait jamais pensé à cette petite housse réfrigérée pour transporter son médicament. Elle repense à celui qu'on lui a prescrit à l'âge de douze ans, alors qu'on venait de découvrir son allergie aux guêpes.

– Vous devez toujours avoir l'EpiPen avec vous au frais, avait dit le médecin.

Dubitative quant au réalisme de cette directive, elle avait pensé, à l'époque, qu'il lui faudrait un frigo portatif. Aujourd'hui, tel un parent en mission pique-nique, elle repart avec ce contenant ô combien malin. Elle le rapportera lors de son contrôle deux jours plus tard. Heureusement que l'hôpital n'est qu'à douze minutes de chez elle. Elle y passe sa vie.

Ce qu'elle ne sait pas, c'est que le Zarzio redonne une sacrée claque. Si sa forme commençait enfin à revenir, elle peut faire une croix dessus. Elle ressort de cette première piqûre complètement KO. Zarzio 1 – Mélissa 0.

Il ne lui reste plus qu'à sombrer dans un demi-sommeil, la tête enfoncée sous la couette, et attendre que cela passe. Un parcours semé d'embûches… et de siestes.

Chapitre 44

Les enfants sont rentrés de vacances. La vie familiale reprend ses droits : les sprints dans le couloir, les batailles entre frères, les Lego qui traînent sur le sol, les cris, les rigolades qui emplissent la maison. Les garçons s'habituent à avoir une maman malade, et savent désormais qu'elle a commencé la chimiothérapie et qu'elle va perdre ses cheveux. Hugo, pragmatique, lance un jour :

– Tu sais, Maman, quand t'auras plus de cheveux, tu pourras toujours prendre une perruque dans la malle à déguisements !

Évidemment, comment n'y avait-elle pas pensé ? Mélissa pouffe à cette évocation. Elle s'imagine passer tous les traitements en mode clown, perruque bouclée et multicolore vissée sur le crâne, ou encore en mode afro, vestige de sa fête disco de quarante ans. L'équipe médicale en serait probablement toute retournée. On risquerait d'ailleurs de la prendre pour un membre de la fondation Théodora, cette organisation qui fait rire les enfants malades. Ce serait pour le moins ironique : la malade qui divertit.

Pour l'heure, Mélissa lit une nouvelle histoire à Hugo. Après avoir dévalisé le rayon cancer de la bibliothèque, elle a découvert la littérature jeunesse qui entoure le sujet. Elle adore les livres, les enfants devront la suivre dans cette passion, pas le choix ! Le grand lit déjà *Harry Potter* inlassablement, on est sur la bonne voie. Le plus jeune, en revanche, apprécie encore qu'on joue les conteurs. Mélissa connaît tous les personnages de *Mes Premiers J'aime Lire*. Ah, ça a bien changé… On est loin de *La sorcière habite au 47* et de son histoire de méchante voisine. Aujourd'hui, ça parle extraterrestres, autres planètes, créatures mystérieuses… Mélissa se sent nostalgique. Serait-elle en train de devenir une vieille râleuse ? Quoi qu'il en soit, elle pense avoir déniché le livre idéal pour aborder le sujet du cancer plus en profondeur avec les enfants : *Khâki-Ann et le Crabe*.

Elle s'installe confortablement dans le canapé et commence la lecture à Hugo. Bastien préfère rester cloîtré dans sa chambre. Il a laissé sa porte entrouverte. Mélissa espère qu'il glanera discrètement quelques bribes de l'histoire…

Khâki-Ann a trente-huit ans et c'est ma maman. On a appris aujourd'hui qu'elle avait un cancer du sein… Les gens préfèrent dire crabe que cancer. Je ne sais pas pourquoi, ça doit leur faire moins peur ! Moi, j'ai sept ans et je m'appelle Jalla. Je vais vous expliquer comment ça se passe, le cancer. Oups ! Je veux dire le crabe…

Hugo se montre extrêmement concentré. Il tressaille à l'annonce de l'âge de Jalla.

– Sept ans, comme moi !

Mélissa continue la lecture et arrive au moment qu'elle préfère :

On a dessiné un énorme monstre, aujourd'hui, tous ensemble. Il représente le cancer de maman… Tu vas voir, ça fait du bien à tout le monde.

Et Mélissa d'expliquer à son fils qu'ils vont faire comme dans l'histoire : ils vont dessiner un gros crabe, qui représentera toutes leurs peurs, leur tristesse, leurs interrogations par rapport à son cancer. Ensuite, ils ajouteront des pointillés dessus pour le séparer en autant de parties qu'il y aura de traitements, et ils en découperont un bout à chaque traitement terminé.

– Ensuite, le bout qu'on aura découpé, on pourra le jeter, le brûler… On va s'en débarrasser.

– On pourra l'enterrer dans la forêt ? s'enquiert Hugo.

– Oui, si tu veux. Et quand il n'y aura plus de bouts, cela voudra dire que tous mes traitements seront terminés.

Mélissa a immédiatement été séduite par cette approche semi-thérapeutique. Hugo adore les histoires et les travaux manuels. Cette création permettra aux enfants de se défouler, de se situer dans un espace-temps, et d'avoir l'impression de contribuer à leur manière à la guérison de leur maman. Hugo se montre très enthousiaste à l'idée de donner forme, sur papier, à cette bestiole.

– Alors, Hugo, qu'est-ce qu'on prend pour faire ce bricolage ?

– Ben, du carton, des feutres, de la peinture, des autocollants, des paillettes…

– Des paillettes ?

– Ben oui, ce sera plus beau ! Tu te souviens, la petite souris elle m'a apporté de la colle à paillettes…

Et c'est parti pour une séance brico-rigolo. Contre toute attente, ce crabe fantasmagorique, que Mélissa aurait imaginé sombre et hostile, se révèle plein de couleurs et brillant comme une licorne. Les tubes complets de colle à paillettes y passent. Mélissa s'amuse de cette constatation : c'est un très beau crabe, qui ne fait pas peur du tout. Elle le sépare en sept parties à l'aide d'un gros feutre vert.

- 1 opération ;
- 4 séances de chimiothérapie ;
- 1 étape radiothérapie ;
- 1 étape hormonothérapie.

Bastien, s'il n'a pas participé à la création, affiche un air impressionné :

– Il est vachement beau, dites donc, votre monstre !

Les enfants peuvent déjà ôter deux bouts à la créature ; les morceaux qui représentent l'opération et une séance de chimiothérapie. Hugo découpe minutieusement une patte et décide d'en faire un avion en papier. Il l'enverra voler très loin lorsqu'ils feront leur prochaine promenade. Bastien découpe une partie de la tête, la roule en boule et la jette dans la poubelle.

En attendant la suite, on affiche le crabe dans un coin de la salle à manger. Pas trop à la vue, mais un petit peu quand même.

Chapitre 45

Mélissa chantonne sous la douche. Le savon mousse allègrement sur toutes les parties de son corps. Quelle n'est pas sa surprise, après un passage en règle au niveau du pubis, de se retrouver avec des poils entre les mains. Tout d'abord perplexe, elle comprend rapidement que sa chute de poils commence par cette partie intime. Quel effarement ! Elle s'esclaffe toute seule sous le jet, de dépit et d'autodérision. Elle s'attendait à tout sauf à cela. Dix jours après sa première chimio, elle a commencé à inspecter assidûment sa masse capillaire tous les matins, à la recherche d'un signe de capitulation, mais les longues tiges brunes, bien que devenues ternes et tristement plates, ont décidé de s'accrocher.

À la fois amusée et honteuse, car c'est une partie de l'anatomie sur laquelle on ne s'étend guère, elle espère que personne ne s'apercevra de cette alopécie naissante en son bas ventre. Qui plus est, cela ne correspond en rien à ce qu'on a pu lui dire, ou encore à ce qu'elle a pu lire. Ce n'est pas dans cet ordre que cela devait se passer.

Mais que tu es bête, se dit-elle, comment est-ce que quelqu'un pourrait l'apprendre, à part si tu le lui racontes ?

À cet instant, elle scelle un pacte avec elle-même et décide de garder ce détail pour elle. C'est pour trop embarrassant. Seul Estéban aura le droit de savoir.

Ces quelques poils restés entre ses mains sonnent le glas de sa période chevelue. Mélissa s'attend à se retrouver chauve à tout moment. Toutes les cinq minutes, elle passe une main dans sa chevelure. Toujours là, les cheveux s'accrochent. Nonobstant, elle commence à ressentir des picotements dans son crâne, comme une bataille intérieure. Les touffes ont décidé de se battre, mais le commando dirigé par Endoxan et Taxotère leur mène la vie dure. Cela devient douloureux. Un léger mal de tête s'installe.

Puis quelques mèches finissent par céder aux doigts glissés une fois de plus. Un deuxième passage confirme le statut. Progressivement, ce sont des poignées de plus en plus fournies qui se décrochent du casque. Mélissa pourrait tout arracher d'un coup, mais se retient. La chute est lente, elle peut profiter d'un semblant de normalité encore quelques heures, voire quelques jours.

Si la fin est annoncée, ce qui l'incommode le plus est cette sensation étrange d'avoir toujours un cheveu sur l'épaule. Elle époussette méthodiquement, mais les soldats poilus se laissent mourir l'un après l'autre le long du cou, sournoisement. Cela chatouille sans discontinuer. Ce jeu devient une torture insupportable.

Quelques jours plus tard, n'en tenant plus, Mélissa retourne chez le perruquier. S'il lui reste encore une bonne tignasse – c'est que la dame bénéficie d'un certain volume –, le supplice a assez duré. La mort des poils à petit feu l'oppresse.

Comme si ce calvaire ne suffisait pas, Estéban désapprouve ce choix qu'il juge prématuré :

– Mais il t'en reste plein ! Tu ne vas peut-être pas tout perdre.

Quel espoir vain ! Telle une guerrière intrépide, Mélissa va se faire raser le crâne et récupérer sa perruque. Elle appréhende grandement ce moment. Comment réagira-t-elle en se voyant chauve dans le miroir ? Depuis ce matin, le deuil à faire la rend chagrin.

*

Jessica l'accueille dans la boutique.

– C'est le grand jour ? Ah, je sais, c'est dur !

– J'ai tellement peur de me trouver moche.

Jessica lui propose de ne pas se regarder dans le miroir pendant la tonte.

– Vous savez, certaines patientes préfèrent attendre d'être chez elles pour voir le résultat. Vous pouvez vous placer dos au miroir.

– Oui, je vais faire ça, murmure Mélissa.

Délicatement, Jessica passe la tondeuse sur le crâne de Mélissa, laissant à peine quelques millimètres de cheveux. Elle place ensuite habilement la perruque choisie sur sa tête.

– Voilà, vous pouvez vous retourner.

Mélissa s'observe dans la glace avec sa nouvelle coupe. Cette coiffure lui va bien. Elle est un peu plus longue que son carré précédent, et un peu plus foncée que sa teinte habituelle. L'illusion est malgré tout bluffante. Elle quitte l'échoppe, perruque sur la tête et bonnets en bambou dans la besace. Cela permettra d'alterner, notamment en privé.

De retour chez elle, Mélissa attend le soir pour se départir de son couvre-chef. Ce qu'elle voit dans la glace ne lui déplaît pas autant qu'escompté. On ne peut pas dire qu'elle soit devenue laide. Avec son port de tête et son visage arrondi, elle porte relativement bien cette coupe à la Sinéad O'Connor. Néanmoins, subissant ce désagrément capillaire sans l'avoir choisi, elle ne parvient pas à l'accepter. Elle revêt un bonnet en bambou pour le reste de la soirée : le vert-de-gris, celui qui fait ressortir la couleur de ses yeux.

Quelques jours plus tard, Mélissa constate que ses sourcils et poils de bras tiennent le coup. Ses sourcils ne pousseront plus pendant les traitements, mais resteront en place. C'est un soulagement. De plus, cette épilation intégrale du maillot, entièrement offerte, est finalement appréciable.

Chapitre 46

La troisième semaine après la chimio apporte son lot de réjouissances. Les maux de la première semaine ont disparu. La fatigue de la deuxième, avec ses injections traîtres, s'est estompée. Mélissa se sent revivre ! Elle déborde d'envies : lire, se promener, faire du shopping, déjeuner avec ses copines. D'un naturel actif, c'est spontanément qu'elle programme diverses activités pour les quelques jours de liberté qui précèdent sa prochaine injection.

Pleine d'énergie, elle déjeune en terrasse avec Suzie et Ludivine. Quel bonheur ! Le soleil d'août conduit ses rayons jusqu'à elle. Les filles approuvent sa perruque.

– Wouah, ça te va vachement bien ! On ne dirait pas des faux cheveux.

– Et puis, t'as l'air en forme quand même.

– Jolie pièce, en passant ! s'exclame Ludivine à la vue duc sac à main jaune et blanc que Mélissa arbore, en totale harmonie avec sa tenue du jour – espadrilles jaunes, short blanc, haut à fleurs rose et jaune.

Rien ne peut lui faire plus plaisir que ces commentaires. Les collègues lui racontent la vie de bureau. Franck Hartmann continue de martyriser l'équipe marketing, Grégoire s'est mis en couple avec Astrid, Mireille attend son quatrième enfant (à quarante-cinq ans !) et Marta essaie de convaincre la présidente de l'entreprise de passer en mode zéro déchet. Belle utopie pour une entreprise de cosmétique ! Tout cela ne l'intéresse guère.

De son côté, Mélissa leur raconte sa vie de malade, tout en essayant de paraître joviale. De bonne humeur, elle a listé le matin même toutes les raisons de se réjouir d'avoir le cancer. Elle a dû prendre sur elle-même ; il faut être sacrément positif pour voir la vie sous cet angle. Elle les expose à son auditoire.

– Il y a quand même des avantages ! Déjà, je ne travaille plus…

Les filles grimacent, probablement d'envie.

– Je n'ai plus de poils, plus besoin d'aller chez l'esthéticienne ! J'ai un brushing toujours impeccable…

Elle dodeline de la tête pour illustrer son propos.

– J'ai plein de temps pour moi, bon, même si je suis souvent fatiguée… Je ne rate plus aucun épisode des *Reines du shopping*, j'ai le droit de ne rien faire et je peux lire autant que je veux.

– C'est vrai que tu adores lire, toi, acquiesce Ludivine.

– Oui ! Et le mieux dans tout ça, c'est que je peux dire non quand quelque chose me saoule, et que je ne suis plus obligée de voir les gens que je n'ai pas envie de voir. D'ailleurs, pas la peine de dire à Marta que vous m'avez vue ! Pas envie de me la coltiner…

Les filles rient de bon cœur. Ludivine et Suzie sont rassurées de voir leur amie dans cet état.

– Et d'ailleurs, avec ma perruque, qu'est-ce qu'on rigole ! Hugo l'a essayée. Ça lui va vachement bien ! Je vous montre.

Et Mélissa de saisir son téléphone pour monter le cliché de son fils, affublé de son postiche. Avec son visage angélique, on dirait une jolie petite brunette aux yeux bleus. Quelle belle frimousse !

*

Profitant de son escapade au cœur de Saint-Valex, Mélissa a donné rendez-vous à Irma au Choco Café. Dans ce salon de thé spécialisé en chocolats chauds du monde entier, les meubles chinés et les luminaires design sont légion. La magnifique suspension Vertigo – Mélissa rêve d'en posséder une un jour – se décline en plusieurs exemplaires au plafond. Cet aménagement a dû coûter une fortune.

Irma affiche une peau brunie, vestige de son voyage récent au Mexique pour un séminaire en chromatothérapie. Elle referme son menu et fouille dans son sac à main.

– Bichette, je t'ai rapporté quelque chose.

– Ah… ?

Mélissa adore le Mexique, où elle est allée en vacances une fois, et se met à imaginer la petite attention qu'Irma peut avoir eue pour elle : une mangue bien mûre et sucrée, une poterie de Puebla ou encore une chemise de nuit brodée de fleurs multicolores ?

Irma brandit une petite bouteille foncée : un flacon avec pipette portant la mention « Canabinoides – CBD ».

– Qu'est-ce que c'est ?

– C'est du cannabis dans de l'huile d'olive.

– Heum, méchant mélange… Tu veux que je me drogue ? chuchote Mélissa d'un rire nerveux.

D'un geste brusque, elle cache la bouteille.

– Mais non ! Au Mexique, j'ai rencontré un médecin qui soigne les femmes qui ont le cancer du sein. Il utilise souvent ce produit, c'est très répandu là-bas. Ça les aide à guérir. Il paraît que cela soulage les nausées, ça favorise le sommeil, ça atténue les douleurs aussi… Il faut mettre deux gouttes sous la langue tous les soirs.

Mélissa s'assure qu'aucune oreille indiscrète ne traîne dans les parages.

– Et t'es passée à la douane avec ça ? T'es complètement folle !

Le syndrome de première de la classe en alerte, Mélissa imagine le pire, comme dans le film *Midnight Express* : son amie Irma arrêtée par la police pour détention de drogue et envoyée en prison. Tout ça pour lui avoir rapporté cette substance douteuse.

– Mais non, le CBD, c'est la partie légale du cannabis.

– Ah bon ?

En bonne Française, Mélissa, n'a jamais entendu les mots « cannabis » et « légal » dans la même phrase.

– En Suisse, en tout cas, c'est légal ! s'esclaffe Irma.

Et c'est ainsi que Mélissa se retrouve avec cette potion magique, qu'elle hésite à ajouter à son attirail médical. Craignant une descente de police, une fois chez elle, elle décolle l'étiquette et la remplace par un autocollant fait main, portant la mention « Huiles essentielles sommeil ». Ce camouflage devrait permettre à la bouteille de passer inaperçue. On n'est jamais trop prudent.

*

La troisième semaine est aussi l'occasion de bouger. Dès qu'elle se pense assez en forme, Mélissa sort faire le tour du champ en bas de chez elle. Marcher lui fait du bien. Elle se prépare comme on s'apprête pour une sortie en montagne : chaussures de randonnée, bonnet pour recouvrir son crâne chauve, coupe-vent et bâtons de marche. C'est Estéban qui lui les a offerts, cela lui donne un air sérieux et sportif.

Toute la littérature sur le cancer s'accorde à dire que l'activité physique bénéficie à la sensation de bien-être. Il paraît même que David Servan-Schreiber, éminent médecin touché par une tumeur au cerveau, courait tous les jours, même pendant ses traitements. Il avait ainsi l'impression d'évacuer les substances toxiques de son corps.

Pour sa part, il est hors de question qu'elle se mette au jogging. Elle a toujours eu cela en horreur. Si elle veut changer de la marche à pied, elle pourra toujours essayer la natation, ou le yoga.

Chapitre 47

Demain, Mélissa reçoit sa deuxième chimiothérapie. Quelle poisse ! Alors qu'elle se sent enfin revivre, voilà qu'elle va devoir à nouveau passer à travers tous ces déboires médicaux. En cette fin août, c'est la rentrée des classes. Ses parents sont venus prêter main-forte pour la semaine, soucieux que leur fille puisse se reposer après ses traitements.

En un temps record, le niveau de stress de Mélissa passe de faible à critique. Elle vit le retour à l'école de ses enfants comme une épreuve insurmontable. Tout la préoccupe : la tenue vestimentaire du premier jour, le contenu des cartables, le goûter à ne pas oublier, le service de garde à réserver, les horaires, les activités extrascolaires… Un rien devient une montagne à gravir. Elle a tellement peur d'oublier quelque chose et de devenir une mauvaise mère. Persuadée d'être la seule sur cette planète à pouvoir penser à tout, elle écarte maladroitement Estéban et ses parents des considérations scolaires. Ils ne peuvent pas comprendre ! Elle subit ces états d'âme bien malgré elle, probable effet indésirable des produits toxiques qui circulent dans son corps.

La semaine passe désagréablement. Stress, fatigue et déprime entourent la deuxième injection. Bien qu'elle mange peu, son estomac se rebelle. Anita, son acupunctrice, lui a parlé de la soupe congee. Elle profite de la présence de son père, dont l'intérêt pour la cuisine expérimentale n'est plus à démontrer, pour lui demander de tester la recette. Il s'agit d'une spécialité asiatique : un bouillon de riz qu'on cuit longtemps à feu doux. Une sorte de bouillie que l'on peut accompagner de quelques légumes cuits à la vapeur. La soupe congee aurait pour vertu d'alléger le quotidien des malades.

– Vous verrez, lui a dit Anita, cette soupe de riz se digère très facilement. Elle vous donnera du tonus et rééquilibrera votre qi. Elle vous aidera à vous sentir mieux.

Mélissa se dit qu'elle n'a rien à perdre à essayer. Elle avale son bol de bouillon, accompagné de quelques brocolis et champignons, et se repose. En effet, le remède l'apaise.

La seule bonne nouvelle de cette deuxième série est l'absence de douleurs. Les courbatures qu'elle craignait de voir revenir se tiennent à distance. Au moindre signe, son stock d'antidouleurs flambant neuf trône sur sa table de chevet, prêt à contre-attaquer.

La semaine suivante s'annonce sans surprise : les globules blancs se sont fait la malle, le Zarzio est indispensable. L'épuisement l'emporte.

Chapitre 48

Ce matin, un colis attend Mélissa dans la boîte aux lettres. Pourtant, elle n'a rien commandé. Elle ouvre le carton et découvre un livre de photos. Sur la couverture, une photo d'elle lors de sa croisière sur le lac Léman, en juillet dernier, et un titre pour le moins intrigant : *Energizer*. Il est vrai qu'il se dégage de cette photo une belle énergie. Sourire aux lèvres, Mélissa porte une marinière, un joli chapeau en paille sur la tête, de grandes lunettes de soleil sur le nez, et campe au premier plan d'un décor de rêve, avec l'eau cristalline en arrière-plan. Des rayons de soleil apparents viennent caresser son visage et complètent ce cliché lumineux. Elle se souvient de ce moment de répit sur les eaux, en famille, entre son opération et sa première chimio.

Qui a conçu cet album ? Estéban ? Cela ne lui ressemble pas. Si Tiffany et Swarovski se trouvent régulièrement sur le chemin de son amoureux, elle doute que Photoways fasse partie de ses sites de prédilection. En feuilletant l'ouvrage, ses yeux s'emplissent de larmes. Sur chaque double page se trouve à gauche une photo de sa famille ou de ses amis, et à droite une référence à une chanson *feel good* en guise de titre, accompagné d'un petit mot de soutien à son attention. Elle comprend à la vue de la première page intérieure que c'est Daphnée l'instigatrice de ce projet. Une photo de son amie devant Supertree Groove à Singapour, accompagnée de son époux et de leurs trois enfants, donne le ton.

Yann Tiersen – La Valse d'Amélie

Chère Mélissa,

Nous te voyons assise à ton piano, nous entendons déjà les notes qui parcourent la distance pour venir jusqu'à nous pour nous faire frémir, nous donner envie de danser, de bouger.

Que cette musique te donne de l'énergie et de la force. Qu'elle t'aide à repousser la maladie, petit pas par petit pas. Amélie Poulain le sait bien, c'est souvent des petits riens qui font bouger des montagnes et apportent le bonheur.

Nous t'envoyons baisers et pensées par milliers.

Quelle délicate attention ! Mélissa en est bouleversée. Si Daphnée et sa famille habitent à plus de dix mille kilomètres, son amie a toujours été présente, dès les premiers instants. Elle prend régulièrement des nouvelles et a même proposé d'accueillir Bastien chez elle pendant les vacances d'automne, afin de décharger Mélissa.

À la lecture de ce texte, une cascade de larmes se met à couler le long de ses joues. L'émotion la submerge en un instant. Les autres pages sont du même acabit. Des amis du Canada, de France, de Londres, des collègues témoignent de leur soutien sans faille. Comment Daphnée a-t-elle réussi à compiler toutes ces photos et tous ces textes ? Mélissa pense alors aux e-mails groupés qu'elle envoie régulièrement à ses proches, pour les informer de l'avancée de ses traitements, sans prendre le soin de cacher l'adresse des destinataires.

Ingénieuse, Daphnée aura sûrement eu l'idée de leur écrire en cachette en leur exposant son projet. C'est qu'elle s'est donné du mal !

La playlist composée de toutes les chansons proposées par ses amis et collègues est à la fois joyeuse et hétéroclite :

- *Résiste !*, France Gall
- *Alright*, Jain
- *J'reste debout*, Sexion d'Assaut
- *I Am Still Standing*, Elton John
- *La Valse d'Amélie*, Yann Tiersen
- *Beautiful Day*, U2
- *Wake Me Up*, Avicii
- *Feeling Good*, Nina Simone
- *Everything Now*, Arcade Fire
- *I Feel Good*, James Brown
- *It's a Wonderful Day*, Louis Armstrong
- *J'ai demandé à la lune*, Indochine
- *Happy*, C2C

Mélissa demande à Estéban de créer la playlist sur Spotify. Les textes de soutien sont tous plus émouvants et touchants les uns que les autres.

Sexion d'Assaut – J'reste debout

« Ça fait du mal, mais je reste debout

Ça me touche, mais je reste debout

Je suis touché, je reste debout. »

Une petite chanson de warrior *pour ne pas se laisser abattre par la sale bête. Tu as maintenant découvert qu'il y avait tout un arsenal d'armes et de combattants pour t'accompagner, mais… l'héroïne, c'est toi et ta meilleure arme, c'est ton mental… Mais ça, tu l'as déjà compris… alors patience et courage jusqu'à la victoire.*

Oscar & Family

Arcade Fire – Everything Now

Un hymne au carpe diem *qui résonne comme un message pour te dire qu'aujourd'hui, toutes les conditions sont réunies pour que tu gagnes ton combat. Donne tout. Ici. Maintenant. À l'image de tout ce que tu entreprends. Tu es une guerrière, on sait que tu vas y arriver.*

Justine

Mélissa prend conscience qu'elle est perçue par son entourage comme une battante, quelqu'un qui n'abandonnera pas ! En effet, elle se sent forte et combative. L'appui de ses proches est primordial pour traverser cette épreuve. Ce présent lui redonne énergie et sourire pour attaquer les prochaines étapes.

Septembre 2018

Chapitre 49

Entre deux chimios, Mélissa se retrouve à fleur de peau. Un rien l'insupporte, et notamment le bruit, même minime. Elle éprouve un profond malaise au moindre signe sonore de vie alentour. Elle entend un bourdonnement constant, comme si ses oreilles captaient des sons qu'elle n'entendait pas auparavant. La journée, il n'est pas rare qu'elle place ses mains sur ses oreilles pour les boucher. Elle prend sa tête entre ses mains et éclate : « J'en peux plus ! Trop de bruit ! » Même si elle est seule, même si elle n'intercepte que le bruit d'une voiture qui passe au loin dans la rue. Elle s'enferme de plus en plus souvent dans sa chambre. Elle se met alors sous la couette, s'enfonce dans son lit et marmonne pour elle-même : « Mais quand est-ce que cela va passer ? » Une probable déprime la guette. Elle a rarement connu cet état auparavant et ne sait pas comment cohabiter avec ce mal-être.

Les nuits sont tout aussi pénibles. Elle fait des rêves psychédéliques. Des personnages cruels occupent ses songes. Ils veulent la tuer, elle doit fuir. Un monde abominable occupe son lit. Elle se réveille en sueur ou terrorisée. Parfois, elle réveille Estéban, qui la prend dans ses bras et place sa grande main au milieu de son dos. Cela l'apaise. Quand ce ne sont pas des créatures malfaisantes, elle rêve qu'elle se fait engueuler par Franck Hartmann. Pourquoi son chef hante-t-il ses pensées aussi souvent ? Elle a la chance de pouvoir se couper du monde professionnel pendant plusieurs mois, pourquoi ses rêves la rappellent-ils à la réalité ? Elle cherche une échappatoire. Elle devrait peut-être prendre ces gouttes offertes par Irma…

Une idée noire s'installe dans son esprit. Idée sombre et omniprésente, comme une pensée lancinante qu'on ne peut chasser : elle s'imagine seule, vieille, extrêmement pauvre et abandonnée de tous. Rien ne laisse pourtant présager un tel avenir. Elle travaille – du moins, en temps normal –, Estéban l'aime, elle est mère de deux magnifiques garçons. Pourquoi se retrouverait-elle seule et sans le sou ? Encore capable d'autodérision, elle réalise que la seule composante positive de cette vision, c'est le fait qu'elle se voit vieille, donc encore en vie dans de nombreuses années.

Mélissa n'aime plus ses journées, ni ses nuits. Entre deux rêveries obscures, elle ressent une profonde dépression. Le médecin opine du chef lorsqu'elle lui en parle :

– Oui, les produits injectés lors des chimiothérapies peuvent vous faire déprimer. Cela arrive. Ça passera.

Mélissa noircit des cahiers entiers, qui se relayent pour la soutenir. Parfois, elle feuillette ses nombreux écrits avec rage et songe qu'elle pourrait écrire un livre, puis elle se ravise. Qui achèterait un ouvrage qui ne traite que de maladie, d'idées sombres, et où la colère et le dépit entachent chaque page ?

Chapitre 50

Les associations rivalisent de créativité pour alléger le quotidien des malades. Aujourd'hui, Mélissa se rend à un atelier beauté offert par des esthéticiennes bénévoles. Le petit hôpital de campagne de Saint-Valex, rassurant, proche et familial, n'offre pas ce genre d'événement. L'animation a lieu au Centre hospitalier universitaire de Lausanne, établissement classé parmi les meilleurs en Europe dans de nombreuses sphères médicales. Après avoir pesté contre le parking souterrain bien trop étriqué de ce monument, Mélissa se perd dans le labyrinthe hospitalier. Ce bâtiment en impose vraiment trop. Elle va être en retard. Elle déteste être en retard. Elle trotte d'un bon pas, lettre d'invitation à la main, tout en s'assurant que sa perruque reste bien en place. Elle double une femme blonde aux cheveux courts. Une autre malade ? Coupe courte avant chimio ? Ou repousse juste après ? Peu importe, ses pas l'éloignent.

Quand elle parvient enfin au local indiqué sur sa convocation, une esthéticienne en uniforme noir l'accueille aimablement, parfumée au jasmin. Cela contraste avec l'odeur âcre de l'hôpital. Des miroirs individuels ainsi que des supports à perruque sont installés sur une grande table. Le ton est immédiatement donné : cours d'esthétique pour femmes chauves.

Alors qu'elle s'installe à une place vide, toutes les participantes la dévisagent de la tête au pied et affichent rapidement un air approbateur. « Qu'est-ce qu'elles ont, à me regarder comme ça ? Qu'est-ce que j'ai ? », se demande Mélissa. Dans un élan de vanité, elle aime à penser que c'est sa bonne mine que ses comparses lui envient. Elle trouve, en toute objectivité, que son minois respire la santé. D'ailleurs, sa thérapeute le lui dit régulièrement.

Bientôt, la femme blonde doublée dans les couloirs pénètre dans la pièce, essoufflée. C'était bien une cancéreuse. Mélissa compte six inscrites, de tous âges et de tous styles capillaires… Cette jeune femme blonde à l'air absent, trente à quarante ans. Une vieille dame d'environ soixante-dix ans, avec une tignasse rouge feu. Sûrement une copine de sa voisine de chimio du premier jour. Une dame d'une cinquantaine d'années, carré court blond, bien mise. Perruque ou pas ? Une jeune femme de vingt ans, aux cheveux soupçonneusement longs, et dont la tristesse se lit dans les yeux. Et enfin une dame échevelée à l'accent incertain – bulgare ? Polonais ? Portugais ? –, qui est en train de se faire houspiller par l'esthéticienne.

– Vous êtes déjà venue à l'atelier la semaine dernière, vous ne pouvez pas venir toutes les semaines. Il faut laisser la place aux autres.

– Mais non, je ne suis pas venue.

– Ah, moi, je suis certaine de vous avoir déjà vue…

– Mais puisque je vous dis que je ne suis pas venue !

Cette femme rustre gigote sur sa chaise, manifestement mal à l'aise. Ses mains font de grands moulins lorsqu'elle parle. Mélissa se redresse spontanément sur son siège. Dos bien droit, elle replonge un instant dans son éducation, si non bourgeoise, du moins polie. Mamie Marguerite, chez qui elle passait toutes ses vacances étant enfant, lui a toujours dit de se tenir droite comme un « i » et de ne pas hausser le ton.

L'animatrice coupe court à cette altercation en haussant les épaules et se pare d'un sourire professionnel.

– Alors, vous pouvez ouvrir la pochette qui est devant vous et sortir les produits, ils vous sont offerts par des marques partenaires !

À chaque place trône une grande trousse de toilette bien garnie. Les têtes se penchent sur ce présent inespéré. Les mains partent à la pêche d'un fard à paupières, d'une crème hydratante, d'un démaquillant… On dirait le bagage de Mary Poppins, chaque plongée entraînant une nouvelle surprise. Les grands groupes de cosmétiques n'ont pas lésiné sur les moyens. À moins que ce ne soit du vieux stock… pense Mélissa. Elle sait comment cela fonctionne : moins d'un an avant la date de péremption, on ne peut plus vendre, on « doit » offrir. Elle songe que Schönheit devrait s'y mettre. Pour une marque de produits de beauté, supporter une cause comme le cancer toucherait certainement les clientes.

– Aujourd'hui, je vais vous apprendre comment avoir l'air en pleine forme. L'objectif de cette séance est que vous vous sentiez belles ! Je vais vous montrer comment vous maquiller, et comment dessiner un faux sourcil, car vous êtes nombreuses à les avoir perdus.

Ah, le sourcil, c'est le nerf de la guerre, pense Mélissa. Si elle a la chance d'avoir conservé les siens, bien qu'un peu clairsemés, il n'en va pas de même pour ses voisines. Leurs poils disparus créent un déséquilibre sur leur visage. Cela accentue l'air malade.

Chacune s'applique, crayon à la main et œil devant le miroir grossissant. Mélissa écoute et copie les gestes inculqués. Les produits qu'elle découvre dans sa trousse la déçoivent. La crème teintée est trop claire pour sa carnation, le fard à paupières bleu ne correspond pas à sa palette de prédilection, et le rouge à lèvres rose flash semble tout droit sorti de l'armoire de Barbie.

En fait, Mélissa sait déjà se maquiller et connaît les produits qui lui conviennent. Ludivine, esthéticienne et responsable de la formation chez Schönheit, lui a généreusement offert un cours à la maison il y a quelques mois et lui a remis une liste d'achats spéciale « Mélissa ».

Mélissa sourit au souvenir de cette soirée.

– Tu dois rester dans la palette « Automne Intense », a clamé Ludivine, c'est celle qui correspond à ta carnation : un rouge foncé en guise de rouge à lèvres, du brun sur les yeux et un fond de teint hâlé.

Le lendemain, « ordonnance beauté » en main, Mélissa a dévalisé le rayon beauté de chez Manor[2]. Heureusement qu'elle venait de terminer un petit mandat déco, cela lui a permis de payer la facture salée.

Sortie de sa rêverie, Mélissa scrute chaque geste de l'animatrice et se demande si celle-ci suit le bon ordre d'application, celui que Ludivine lui a enseigné. Sa joyeuse collègue lui manque. Elle serait tellement à sa place ici, en face de ces six femmes perdues. Ludivine est souriante, enthousiaste, joviale ! Elle leur redonnerait le sourire, c'est certain. L'animatrice du jour affiche une volonté amicale, mais réservée. Mélissa ne la trouve pas adaptée à son rôle.

Incommodée par son postiche, qu'elle a du mal à garder plus d'une heure, Mélissa profite d'un temps mort entre la pose de mascara et le blush pour se départir de sa coiffe. Précise dans ses gestes, elle l'installe sur le support prévu à cet effet, la recoiffe rapidement à l'aide de ses doigts et enfile son bonnet gris. Cinq mines déçues se tournent vers elle. Les yeux implorent en silence : « Pourquoi as-tu ôté ta perruque ? Ça t'allait tellement bien ! »

Mélissa a le sentiment de les avoir trahies. Se sont-elles laissé berner par son postiche ? Pensaient-elles que Mélissa n'avait pas perdu ses cheveux ? Un bref instant, elle a le sentiment

2. Grand magasin suisse.

d'avoir incarné l'espoir. Espoir contrarié. En fait, elle joue dans la même catégorie que les autres : cancéreuse.

L'atelier touche à sa fin. Comme elle s'y attendait, le maquillage du jour lui donne un teint pâlichon. Tout ça pour ça. Mélissa quitte l'hôpital de mauvais poil.

Chapitre 51

Ce matin, dans la boîte aux lettres, Mélissa trouve une publicité pour une école de danse. Des cours gratuits sont offerts pendant le mois de septembre, pour essai. En étudiant le programme, elle repère une séance de yoga. Elle n'en a jamais fait. Ou peut-être une fois, il y a longtemps. On ne peut pas dire que cela lui ait laissé un souvenir impérissable. Cependant, tout le monde autour d'elle la presse de prendre soin d'elle, de faire de la méditation, de la relaxation, ou encore du yoga. « Ça te fera *tellement* de bien… », dixit tous les adeptes. L'essai a lieu deux semaines après sa prochaine chimio. C'est envisageable.

Mélissa se présente au cours, coiffée de sa perruque. Elle ne souhaite pas s'exposer au vu et au su de tous, en mode cancéreuse. D'autant plus qu'elle ne connaît pas les autres participants ; de quel droit leur imposerait-elle sa triste réalité du moment ? Elle a mis dans son sac un bonnet en bambou, au cas où.

Cinq autres personnes bavardent en tenue décontractée devant la salle. Miroir, grandes baies vitrées donnant sur un jardin zen, tous les éléments du décor sont réunis pour mettre les yogis dans de bonnes dispositions. Le professeur s'installe et débute la séance. Les autres ont l'air à l'aise. Mélissa, gênée par sa coiffe, se sent tendue. Elle découvre les enchaînements et tente tant bien que mal de dompter son corps. Elle n'est ni souple, ni musclée. La plupart des positions deviennent un calvaire. Elle n'ose pas vraiment bouger sa tête de peur de perdre sa chevelure temporaire. Tel un robot rigide, son corps, en partant du cou et jusqu'à l'extrémité de ses pieds, enchaîne les mouvements, mais le chef ne suit pas. Dire que Mélissa venait pour relaxer… Devoir garder l'équilibre dans des postures improbables la rend plutôt nerveuse. Les démonstrations la tête en bas sont les pires. Elle craint de voir s'étaler son postiche sur le sol.

– Inspirez lentement, déclame le professeur.

Ah ça oui, elle inspire, elle expire, elle souffle d'énervement même. Vu son état actuel, le yoga ne va pas tarder à devenir mission impossible…

Au bout de quarante minutes, Mélissa, n'y tenant plus, troque sa perruque contre son bonnet. Les quelques participants la regardent, incrédules. Moment de malaise. Elle vient probablement de passer du statut de fille normale, peu douée en yoga, à celui de fille bizarre qui change de coupe en cours de route. Elle a dû les traumatiser et se sent extrêmement mal à l'aise.

Pendant la détente finale de Savasana, Mélissa rêve de disparaître. Enfin, elle se saisit de son sac de sport, salue timidement le professeur et s'enfuit. Plus jamais elle ne remettra les pieds dans cette salle de torture.

Chapitre 52

Plus de deux semaines se sont écoulées depuis la précédente injection de chimiothérapie de Mélissa. Misant sur un regain d'énergie attendu, Estéban et Mélissa décident de profiter en famille des trois jours de congés liés au Jeûne fédéral, ancienne fête religieuse qui, bien qu'elle n'ait plus rien de sacré, perdure dans la région.

Ils partent explorer l'Auvergne et ses volcans. Le Puy-de-Dôme, imposant de verdure, les enchante. Pour les enfants, l'intérêt premier réside dans le petit train qui les conduit en haut de la montagne. Au sommet, des parapentes colorés virevoltent de toute part, tels des oiseaux multicolores lancés dans une danse aérienne. La vue sur les volcans alentour est grandiose.

Ne doutant nullement de sa forme physique, Mélissa propose de regagner le parking à pied. Des escaliers en bois balisent le chemin. Les enfants sautent comme des cabris pour descendre plus vite. Mélissa halète. Son endurance pâtit de ses traitements. Elle parvient néanmoins au bout de la promenade, mais prend consciente qu'elle a sans doute été trop ambitieuse. Vouloir vivre comme si de rien n'était n'est pas une option, même la troisième semaine. La frustration la gagne. Le trajet du retour à l'hôtel se fait en silence. Mélissa somnole dans la voiture.

La vérité sort de la bouche des enfants, c'est bien connu. Hugo, voyant sa maman fort essoufflée, glisse un :

– Maman, ce soir t'es toute molle, t'es comme une vieille mamie ! En fait, t'es comme Mamie Marguerite.

Tout est dit. Mélissa ne peut qu'acquiescer. Du coup, tout le monde au lit !

Leur randonnée du lendemain est annulée : six cents mètres de dénivelé, Mélissa n'y arrivera pas. À la place, ils iront visiter un volcan qu'on parcourt en petit train, véhicule de prédilection dans la région, à n'en pas douter.

Mélissa reçoit sa troisième injection de chimiothérapie dans quelques jours, il ne faudrait pas qu'elle y arrive déjà crevée.

Chapitre 53

En ce dernier week-end de septembre, une cousine d'Estéban se marie. L'événement est inscrit dans l'agenda familial depuis des mois. La famille s'envole vers le Nord de la France. Mélissa espère tenir le coup. Suite à sa troisième séance de chimio, elle en est à la fin de sa « deuxième semaine », c'est jouable. La perspective de ces retrouvailles familiales a agi comme un catalyseur pour elle. Elle a cherché longtemps et avec soin la tenue qu'elle allait porter. C'est un mariage à chapeaux ; elle se doit d'exhiber un couvre-chef autre que sa perruque. Après moult recherches, elle a jeté son dévolu sur un bibi beige *nude*, couleur qui fait le lien entre l'été finissant et l'automne naissant. Elle l'a commandé bien en avance sur internet. Il s'assortira à merveille avec sa tenue d'apparat. Fidèle à ses habitudes, elle a créé un tableau Pinterest : « Tenue mariage Mel ». Lors de ses explorations sur le net, quelle ne fut pas sa stupéfaction en tapant « bibi beige *nude* » de voir apparaître sur son écran des photos dénudées d'une certaine Bibi… La toile réserve quelques surprises.

Elle a choisi de porter sa « robe noire des cinquante-cinq kilos », poids minimum qu'elle peine difficilement à atteindre ces dernières années. Cependant, avec la chimio et le simili jeûne qui accompagne ses traitements, la balance est devenue une précieuse alliée. Aujourd'hui, l'objet affiche le nombre tant convoité.

Le docteur Henri la pèse à chaque rencontre. Il doit veiller à ce que son poids ne varie pas trop. Une baisse de poids serait signe de déprime alimentaire. Au contraire, une prise de poids indiquerait une compensation par la bouche. Mélissa a essayé de le rassurer :

– Ne vous inquiétez pas, docteur, j'ai un mariage dans quelques semaines, je ne peux pas grossir. Je dois rentrer dans ma robe !

– Ah, c'est une robe sur mesure ?

Non, quel rapport ? Quoi qu'il en soit, Mélissa est fière d'honorer cette robe à l'élégance intemporelle, pièce phare de sa garde-robe en temps de fête.

Elle doit l'admettre, elle redoute l'impression qu'elle va laisser lors de ces noces. Toute la famille connaît ses tribulations médicales. Vont-ils lui trouver l'air fatigué ? Des cernes ? Une grise mine ? Elle espère que non. Elle estime que son visage n'arbore pas tant de marques que cela. Pour mettre toutes les chances de son côté, elle confie son maquillage à une professionnelle dans un salon de beauté. Si l'esthéticienne est sympathique, elle n'en est pas moins approximative concernant les nuances qu'elle lui applique. Proposer un œil gris sur une peau à la palette Automne Intense, quel faux pas ! Ludivine serait outrée.

Quoi qu'il en soit, Mélissa se trouve pimpante au sortir de l'institut. Côté cheveux, l'avantage d'une perruque, c'est qu'il confère en tout temps un brushing parfait à sa propriétaire.

Elle peut donc éluder la partie coiffeur. Il ne lui reste plus qu'à se revêtir.

L'habillage de toute la famille se fait dans l'ébullition. Mélissa adore les occasions de s'apprêter. Elle se revoit enfant, hésitant devant deux robes de princesses dans la malle à déguisements. Aujourd'hui, sa tenue tient plus de Kate Middleton que de Marie-Antoinette. Elle se trouve fort élégante : robe noire sobre, veste longue rose poudré en soie lavée, pochette dorée et bibi *nude* sur la tête. Elle a même pris sur elle pour porter sa brassière sexy, celle avec de la dentelle.

Hugo a été choisi pour être garçon d'honneur. Que sa maman est fière ! Il porte un pantalon rouge et une chemise blanche pour l'occasion, et n'attend que son nœud papillon pour compléter sa tenue. Le nœud pap' est entre les mains du frère de la mariée, qui tarde à se présenter. Mélissa trépigne. On ne peut quand même pas envoyer Hugo comme cela, sans cet accessoire indispensable à sa tenue de garçon d'honneur ! Fébrile, elle sent le stress la gagner. Et pourtant, quelle chose futile qu'un nœud papillon sur un enfant le jour d'un mariage. Une autre que Mélissa aurait sûrement haussé les épaules en se disant « tant pis ».

La famille décolle et doit retrouver ledit cousin devant l'église. On est vraiment *just in time*, pense Mélissa. Enfin, Hugo peut afficher sa tenue de gala complète. On attend l'arrivée de la mariée. Le garçon est mis en duo avec une petite cousine vêtue d'une ravissante robe rose. Les chérubins font leur entrée dans l'église. Ils se tiennent par la main. On entend la marche nuptiale. C'est tellement émouvant !

Le soir, lors du repas, Mélissa se sent soulagée : son énergie ne l'a pas quittée de toute la journée. Les membres de la famille sont venus lui glisser un petit mot, lui dire qu'elle avait l'air en forme ou qu'elle portait une tenue vraiment distinguée. Elle a l'impression d'avoir le second rôle, après la mariée, bien entendu.

Au moment du dessert, Sylvie, médecin et amie de la famille, vient s'asseoir à ses côtés.

– Mélissa, comme tu rayonnes ! Cela fait vraiment plaisir à voir. Tes traitements se passent bien ?

– Oui, oui, j'en suis à ma troisième chimio. Il m'en reste une, ensuite, ce sera la radiothérapie.

– Contente d'entendre cela. Le seul truc avec la chimio, c'est que tu vas perdre tes cheveux…

Sylvie prononce cette phrase en pointant la coiffure de Mélissa.

– Ah non, mais ça y est, je les ai perdus. Là, c'est une perruque… chuchote Mélissa.

Le regard stupéfait de Sylvie montre que l'illusion est parfaite. Si une femme médecin, qui de surcroît la sait en traitement, n'y voit que du feu, c'est que le subterfuge fonctionne.

Mélissa 1 – Chimio 0

*

Avec l'expérience, Mélissa s'est rendu compte que la perruque la grattait. La porter quelques heures, ça va encore, mais point trop n'en faut. Aujourd'hui, elle prend sur elle pour supporter longuement sa coiffe. Bien que la ruse soit parfaite, elle reproche deux choses à sa prothèse capillaire : la première est qu'elle démange. La deuxième concerne le tout petit bout de filet que l'on aperçoit à la base des cheveux. Il dépasse légèrement et, si on y regarde de près, on voit qu'il y a sur le front un léger bout de tissu tressé qui ne devrait pas s'y trouver. Mélissa regrette de ne pas avoir opté pour un modèle à frange. Cela aurait balayé le problème. Pour pallier cela, elle a commencé à porter des barrettes pour discipliner ces cheveux synthétiques et cacher le bandeau tissé disgracieux. Elle est relativement satisfaite du résultat, bien que porter des barrettes à quarante ans n'ait jamais fait partie de ses plans mode.

Aujourd'hui, elle a laissé ses barrettes de côté. Fière de sa tenue, émue par sa progéniture, Mélissa a les larmes aux yeux en pensant à la perfection de cette journée. L'œil mouille souvent, en ce moment.

Octobre 2018

Chapitre 54

Ce week-end, Mélissa reçoit deux anciennes copines de lycée, Irène et Pénélope. Cela fait un bail qu'elles ne se sont vues ! Irène passe quelques jours en Suisse pour son travail. Elle a orchestré les retrouvailles des trois amies. Mélissa ne leur a rien dit de son état de santé, ne souhaitant pas qu'elles annulent ou qu'elles s'apitoient sur son sort. L'annonce médicale les surprend, évidemment. Mais une fois la nouvelle encaissée, les deux touristes se laissent guider avec joie par leur amie helvète. Estéban s'occupe des enfants, tandis que le trio retrouvé flâne sur les bords du lac Léman. Les feuilles des arbres ont commencé à jaunir, mais s'accrochent encore aux branches. Des voiliers sont de sortie. Un vent léger les pousse. C'est un beau week-end d'octobre. Mélissa se trouve en forme, même si l'accumulation des traitements se fait sentir. Elle se réjouit à l'idée de leur faire découvrir la spécialité du coin : la fondue moitié-moitié – moitié gruyère, moitié vacherin.

Autour de ce mets emblématique – et odorant –, elles se racontent leurs vies. Pénélope a un amoureux et essaie d'avoir un enfant. Pas facile, ça ne prend pas. Elle est touchante d'authenticité et de découragement. Mélissa constate qu'à ce niveau-là, au moins, la vie l'a gâtée. Bastien est arrivé dès les premiers essais ! Quant à Hugo, il s'est fait désirer, mais s'est installé confortablement dans le ventre de Mélissa dès que ses parents ont acheté un appartement dans lequel il aurait sa propre chambre. Non encore conçu, il tenait déjà à son indépendance et à sa tranquillité.

Au moment du dessert – meringue à la crème double de la Gruyère –, Irène offre à Mélissa un roman classé parmi les meilleures ventes du moment : *La Tresse*, de Laetitia Colombiani.

– Je sais que tu adores lire, alors j'ai pensé à toi ! Tu connais ?

– Non.

– Il paraît qu'il est super.

Mélissa est ravie à l'idée d'ajouter ce nouvel ouvrage à sa bibliothèque. Ça la changera des livres de développement personnel qui s'entassent sur sa table de chevet. En parcourant la quatrième de couverture, quel n'est pas son étonnement de découvrir que ce livre parle de cancer ! Irène ignorait que son amie était malade lorsqu'elle s'est procuré ce livre… La vie réserve parfois des surprises.

Après le départ de ses amies, Mélissa entame la lecture de l'ouvrage. Il raconte l'histoire de trois femmes, liées par des cheveux. Une histoire de solidarité, de résilience, de courage et de force féminine. Les trois héroïnes, sans se connaître, vont trouver une force intérieure pour refuser leur destin et se battre pour le changer, notamment l'une d'elles touchée par le cancer du sein, mais qui décide de lutter vaillamment. Mélissa vibre tout au long de la lecture. Si Irène avait su, probablement qu'elle n'aurait jamais choisi ce thème, et pourtant ce récit lui fait un bien fou. Mélissa voit cela comme un signe. Cette histoire est une ode à la vie.

Chapitre 55

En cette belle journée d'octobre, Mélissa jubile. Cette fois, c'est sa dernière chimio ! Elle se présente à l'hôpital comme si elle venait retirer un diplôme. Diplôme de la plus vaillante « chimiothérapiste ». Ce mot n'existe pas, mais il faudrait l'inventer.

À son habitude, elle envoie une photo d'elle sur le fauteuil de soin à ses amies et collègues proches. Cette fois, elle a griffonné sur la photo, à l'aide des outils informatiques disponibles sur son téléphone portable, un joyeux « *Last one !* ».

Solange s'occupe toujours aussi bien d'elle.

Mélissa parle à son produit.

Elle peste contre les gants réfrigérés.

Elle se régale d'un plat de *fettuccine* aux brocolis et sauce crémeuse.

Elle feuillette le dernier *Paris Match.*

Life as usual.

Puis c'est la fin. La fin d'un cycle. Elle pense à ces hôpitaux français ou américains, où l'on peut actionner une cloche pour sonner l'hallali des traitements. Rien de tout cela ici. Quel dommage ! Certes, il lui reste la radiothérapie, puis l'hormonothérapie, mais elle aurait bien célébré bruyamment cette étape. Elle a envie de le crier sur tous les toits :

c'est fini ! Elle aurait dû apporter une bouteille de champagne. Un coup d'œil à ses voisins lui indique qu'ils n'ont pas la tête à la fête, eux.

Elle repart le cœur léger. Elle a fait plus de la moitié du chemin. Elle se sent en vacances. Même s'il y aura les habituels effets secondaires et la fatigue de la deuxième semaine, elle connaît. Elle ne recevra plus de nouveau traitement avant un certain temps. Elle a mérité ce temps de pause.

De retour chez elle, c'est avec joie qu'elle assiste à l'incinération – menée avec brio par Bastien – d'une des pattes du crabe familial.

*

Elle déchante lorsque le docteur Henri lui annonce que la radiothérapie commencera un mois plus tard. Déjà ? On ne peut pas la laisser un peu tranquille, lui permettre de reprendre son souffle ? L'oublier ? Perdre son dossier ?

Novembre 2018

Chapitre 56

Jusque-là, les traitements ont eu lieu à l'hôpital de Saint-Valex, à douze minutes montre en main de chez Mélissa. Elle aime cette proximité et les chemins de campagne qui relient le centre hospitalier à son domicile. Pour la radiothérapie, c'est une autre paire de manches. Les radiations ont lieu au CHU de Lausanne. Trente-cinq minutes en voiture de chez elle. Elle soupire. Elle n'aime pas conduire dans cette ville. À Lausanne, les rues montent, descendent et s'entrecroisent sans crier gare. Il n'est pas rare de tomber sur un sens interdit qui se joue du GPS, ou encore de se retrouver dans les contrebas, au quartier du Flon, quand on visait la gare. Un détour de dix minutes est alors nécessaire pour retomber sur ses pieds.

Pour ajouter à son malheur, le parking du CHU est trop serré pour Mélissa. Elle a pu le constater lors de sa participation à l'atelier beauté du mois de septembre. Il est souvent rempli, ce qui l'oblige à descendre au cinquième sous-sol, et augmente la probabilité de rayer sa voiture à chaque tournant. Non, elle n'aime pas aller au CHU.

Aujourd'hui, elle a rendez-vous pour un repérage, en vue de ses séances de radiothérapie prochaines. Après une concentration extrême dans le parking pour garder sa voiture sans une égratignure, Mélissa se retrouve au service radiologie. C'est en sous-sol, aucune fenêtre. C'est glauque.

On l'installe dans une salle où on lui explique que l'on va prendre les mesures pour que l'appareil détecte où diriger les rayons.

– Nous allons tracer les repères au feutre, sur votre abdomen et sur les côtés, décrit la technicienne en montrant les emplacements à Mélissa. Nous mettrons un scotch spécial pour que le feutre tienne pendant toute la durée de la radiothérapie. Ne vous inquiétez pas, cela résiste à l'eau.

Super, se dit Mélissa, des autocollants corporels à conserver pendant un mois…

– Nous allons également faire des repères permanents. Trois petits points.

– Hum, acquiesce Mélissa.

À peine est-elle placée sur le banc de soin que la technicienne se rapproche d'elle et lui tatoue l'entre-sein avec une mitrailleuse à tatouage. Un coup bref, mais ô combien douloureux !

– Aïe ! s'écrie Mélissa. Mais ça fait mal !

– Ah bah oui, c'est un tatouage, madame…

Comment ça, un tatouage ? Mais on ne lui avait pas dit, ou elle n'avait pas compris… Elle n'a pas intégré les conséquences de ce qu'on vient de lui dire.

– Ça va rester longtemps ?

– Oui, c'est permanent.

Les larmes lui montent. Elle n'a jamais voulu se faire tatouer. Ce n'est clairement pas son truc. Le fait de subir cette attaque à l'encre noire et au caractère désormais obligatoire et permanent la révolte. Mais a-t-elle le choix ? La technicienne reprend son œuvre pointilliste de plus belle en tatouant d'un minuscule point noir un endroit stratégique sous l'aisselle, à gauche, puis à droite, de chaque côté de l'abdomen.

La même douleur aiguë transperce Mélissa.

Avant de se rhabiller, elle ausculte ces nouvelles marques. Pourquoi ne pas tatouer en brun ? Au moins, ça ressemblerait à des grains de beauté. Elle ose la question à la technicienne.

– Ah bah non, madame, on risquerait de les confondre avec vos vrais grains de beauté. Les techniciens en radiologie ne s'y retrouveraient plus, rétorque celle-ci sans s'émouvoir du dépit de Mélissa.

Chapitre 57

Irma lui a donné rendez-vous devant le grand magasin de Saint-Valex, tout en restant évasive sur l'objectif de cette rencontre.

– On se retrouve à 14 heures et on va faire des emplettes !

– On va acheter quoi ?

– Tu verras.

Réglée comme une horloge suisse, Mélissa se présente à l'heure au rendez-vous.

– Coucou ! Je t'emmène au rayon fringues, lui annonce la belle rousse, vêtue d'un sarouel multicolore et d'un manteau criard jaune moutarde, qui laissent supposer qu'elle sort d'une méditation *colorful is beautiful.*

– J'ai pas besoin de vêtements. Et puis, j'ai pas trop la tête à ça, en ce moment…

– Bichette, il va te falloir des hauts orange. Plusieurs.

– Pourquoi ?

Et c'est ainsi que Mélissa apprend, par la bouche d'une chromatothérapeute chevronnée, que l'orange est la couleur de prédilection pour atténuer les effets des brûlures. Cette couleur est tout indiquée en période de radiothérapie. Il faut en porter le plus souvent possible sur la zone irradiée. Mélissa doit se procurer des vêtements orange, si possible en coton ou en soie, pour le confort, qu'elle portera tous les jours. Elle se dit qu'une brassière orange ferait tout aussi bien l'affaire, mais le souvenir de sa dernière expérience dans une boutique de sous-vêtements la refroidit immédiatement.

C'est l'automne, l'orange est à la mode. Mélissa se prend au jeu et déambule entre les rayons, à la recherche de sa future garde-robe. Les vestiges d'Halloween sont en promo et elle manque de craquer pour une chemise orange recouverte de chauves-souris noires, mais Irma la remet sur le droit chemin.

– Bichette, c'est super moche, en plus on approche de Noël. Tu ne vas pas porter des trucs d'Halloween…

Après plusieurs essayages, elle constate avec soulagement que l'orange lui va bien au teint. Ça doit faire partie de la palette Automne Intense, il faudra qu'elle demande à Ludivine. Elle opte finalement pour un crop top orange, une chemise en soie et un pull en coton orange avec des petits motifs dorés. C'est joli ! Un cardigan en cachemire lui faisait de l'œil, mais il est trop cher pour sa bourse. Mélissa quitte le magasin guillerette, fière de ses achats, et prête à passer le prochain mois en mode mandarine.

– Il te reste de l'encens de sauge blanche ? demande Irma.

– Non.

– Alors, suis-moi, il me semble qu'il y a un magasin tibétain dans le coin.

Les deux femmes déambulent dans les rues pavées, à la recherche d'une vitrine aussi bariolée que la tenue d'Irma. Enfin, elles repèrent la minuscule devanture où sont exposés pêle-mêle des étoffes multicolores, des bols dorés, des sculptures en bois et des bâtons d'encens.

– Ah chouette, des bols tibétains, depuis le temps que je veux essayer ! s'exclame Irma.

– Comment ça, « essayer » ?

– Ce sont des bols chantants. On peut faire des massages sonores avec. Tu frappes le bol avec un maillet, et cela provoque une vibration sonore. Ça dégage une énergie qui te fait te sentir tellement bien !

Mélissa reste coite. Elle a reçu son lot de concepts farfelus pour la journée, mais note quand même d'ajouter cela à sa liste de méthodes alternatives, section « approches surprenantes ». Résignée, elle suit docilement son amie dans la boutique, curieuse de découvrir cet antre du bien-être.

Une vendeuse à l'air particulièrement hostile les accueille.

– Bonjour, vous avez de l'encens ?

– Oui, c'est là, grogne la commerçante en pointant une étagère au mur.

– Merci, et pour les bols chantants, on peut essayer ? demande Irma, pleine d'entrain.

– Ah ben non, vous croyez quoi ? Qu'on entre comme ça et qu'on essaie ? Faut prendre rendez-vous. Puis faut avoir du temps, on fait pas ça comme ça, à la va-vite. Vous avez combien de temps ?

Muettes de surprise, Mélissa et Irma se regardent en écarquillant les yeux. Sans se parler, elles se comprennent : comment peut-on être aussi désagréable quand on tient une boutique axée sur le développement personnel et la plénitude ?

– Bon, de toute façon, c'est que sur rendez-vous. Et puis, attention c'est cher, il faut prévoir un budget. On vient pas essayer juste pour le plaisir, déclare la vendeuse.

Un malaise s'installe dans la boutique où flottent pourtant des effluves d'ylang-ylang, aux propriétés calmantes et relaxantes. Irma se trémousse, regarde sa montre, lance un « Oh mince ! » avant d'ajouter :

– J'ai dépassé mon temps de parking, il faut vite que je retourne à ma voiture. Désolée madame, on reviendra une autre fois !

Soulagées, les deux comparses se précipitent à l'extérieur du magasin, espiègles telles des gamines après un mauvais coup. Mélissa glousse : Irma ne possède pas de voiture.

Chapitre 58

Casque sur les oreilles, Mélissa écoute sa première leçon de portugais. Il y a peu de monde dans le train en ce milieu de matinée, et elle se réjouit d'avoir choisi l'option train + métro pour se rendre au CHU de Lausanne. La voiture reste au garage. On l'a prévenue : la radiothérapie, c'est un peu comme un job à mi-temps. Ça fatigue et ça prend du temps. Quitte à devoir utiliser les transports en commun tous les jours pendant cinq semaines, autant rentabiliser ce moment. En conséquence, elle a décidé de parfaire ses connaissances lusophones, dans l'optique des vacances de Noël qui se profilent ; ils partent à Lisbonne en famille. Son crédo du moment : « Autant joindre l'utile à l'obligatoire. »

Mélissa déambule à l'étage radiothérapie ; un étage aveugle et lugubre, en sous-sol, auquel on accède par ascenseur en appuyant sur la touche 7. Aucune logique. De longs couloirs aux néons malades promettent un avenir incertain. Des panneaux « danger » représentant le signe radioactif sont dessinés sur les portes. Voilà une atmosphère charmante qui laisse présager de joyeuses séances…

La salle de soins est immense, murs blancs, lumière blafarde, et le banc sur lequel on installe Mélissa est gelé. L'énorme machine, pièce centrale de cet abri, semble parée pour entamer une révolution solaire. Trois techniciennes en blouse blanche s'affairent autour de Mélissa pour la placer comme il faut. Elles suivent les fameux repères tatoués autour de sa poitrine. Allongée sur ce lit dur, simplement recouvert d'un drap blanc, Mélissa déplore que le confort réputé des hôtels de luxe suisses n'ait pas réussi à franchir la porte blindée qui sépare la salle de soins de celle des commandes.

Une fois le placement terminé, les techniciennes partent loin, très loin, trop loin… Elles voient Mélissa à l'aide d'une caméra et peuvent lui parler par le biais d'un micro, mais la novice n'est pas rassurée pour autant. Elle imagine sans peine ce qu'on ressent, enfermé dans un bunker. Folle ambiance ! se dit-elle pour se dérider.

Les bras placés dans des supports au-dessus de sa tête, afin que son buste soit bien dégagé, Mélissa doit rester immobile, sans quoi elle risque de voir son cœur ou ses poumons irradiés par la machine. Elle cesse de respirer, c'est probablement trop dangereux ! L'engin se met à tourner autour d'elle. Avec ses trois scanners et son bras muni d'un œil qui diffuse les rayons, le robot oscille d'un côté de Mélissa, puis de l'autre, dans un léger bruit de tramway électrique. Elle ne parvient pas à déterminer si les rayons sont actifs ou pas. Comme promis, elle ne sent rien du tout. C'est sournois ! Comment être certain que cet instrument digne de RoboCop éradiquera bien les potentielles micro-cellules cancéreuses restantes ? Après cinq minutes qui semblent une éternité, une technicienne pénètre dans la salle et annonce nonchalamment : « C'est bon, vous pouvez baisser les bras. »

Ouf, sauvée !

Cette première séance lui a fait froid dans le dos. « Totalement flippant », c'est ainsi qu'elle décrira l'expérience à Estéban le soir même.

*

Les jours passent et se ressemblent, à la différence près que le sein droit de Mélissa devient de plus en plus bronzé. Elle découvre les effets secondaires de la radiothérapie : rougeurs, qui deviendront brûlures, et fatigue. Elle crème, elle crème, elle crème[3]. Ludivine lui a conseillé un produit de chez Schönheit, mais elle en a détesté la texture. C'est peut-être le meilleur de la technologie suisse, un concentré de super actifs, mais elle est bien trop grasse. Lasse de voir son sein ressembler à une tartine excessivement beurrée, Mélissa se rabat sur la crème ultra-hydratante et cicatrisante prescrite par son radiologue.

*

Comme on va au bistrot, Mélissa retrouve quotidiennement les habitués en salle d'attente, une boisson à la main. C'est offert par le service, ça les aide à atténuer leur mal, paraît-il. Ravie d'avoir la machine à café à disposition, Mélissa teste les différentes options et devient bientôt adepte du chocolat chaud. Certains jours, prise d'une fantaisie soudaine, elle prend un supplément arôme vanille. Les petits bonheurs sont faits de choses simples.

3. Attention, certains médecins déconseillent la crème. Il est important d'en discuter avec le personnel médical au préalable.

Deux camps régissent la salle d'attente : les femmes atteintes d'un cancer du sein et les papys prostate. Les mêmes qu'elle voyait lors de ses chimios. Ces vieux – car ils sont tous vieux – se promènent désespérément une bouteille d'eau à la main. Pour ajouter au désagréable de leur tournée en bunker, ils doivent en plus avoir la vessie pleine. Quel calvaire !

Mais ils sont sympas, les papys prostate. Elle tchatche bien avec eux.

– Mais vous êtes si jeune.

– Oh ça va, on me l'a déjà fait plein de fois, hein… rigole Mélissa, presque gênée d'être la benjamine du groupe.

Un matin, alors qu'elle patiente devant la salle de soins, une autre femme traitée, loquace, lance :

– On m'a dit qu'il fallait manger du miel pour atténuer les effets.

– Ah bon ?

– Oui, du coup, j'en ai toujours un petit pot dans mon sac. Et il paraît aussi qu'avec Le Secret, ça aide, chuchote-t-elle.

– Ah ben oui, moi, j'ai mon barreur de feu, répond Mélissa.

– Moi j'ai une copine qui m'a donné un nom, mais je n'ai pas encore appelé.

– Vous devriez.

– Oui, vous avez raison, il faut que je contacte ce barreur de secret.

Les oreilles de Mélissa sifflent : *barreur de secret* ? Cette contraction sauvage de *avoir Le Secret* et *barreur de feu* lui tire un sourire discret. Elle se dit que le jour où un barreur de secret croisera sa route, elle partira en courant, de peur que cela n'annule les effets !

*

Lors d'une séance, une technicienne l'interpelle :

– Vous, vous avez votre Faiseur de Secret, hein ?

– Heu, oui…

– Ah ben, ça se voit. Nous, on voit tout de suite ceux qui en ont et ceux qui n'en ont pas. La peau s'abîme bien plus vite sur les patients qui n'en ont pas.

Mélissa rougit à ce compliment. Bonne élève, elle a l'impression d'avoir coché toutes les cases du guide *Comment bien préparer sa radiothérapie*.

*

Aujourd'hui, une nouvelle patiente anime bruyamment la salle d'attente. On lui avait prédit vingt-cinq séances de radiothérapie, mais finalement elle devra en recevoir trente-six, à cause de sa forte poitrine.

– Je sais que je n'ai pas les seins de Jane Birkin, mais je ne suis pas non plus Lolo Ferrari !

Mélissa pourrait presque dire qu'on rigole, certains jours, au service radiothérapie.

*

Quinze jours avant la fin des séances, Mélissa s'affole d'une détérioration excessive de sa peau. Pourtant, elle a son barreur de feu, elle crème, elle porte ses vêtements orange tous les jours – manège chromatique que personne ne semble avoir remarqué, tant mieux – et elle consomme du miel. Que pourrait-elle faire de plus ? C'est en panique qu'elle contacte Félix pour qu'il peaufine son Secret et se porte garant d'une guérison cutanée rapide.

Décembre 2018

Chapitre 59

Le docteur Sonrisa a informé Mélissa : la radiothérapie va rendre son sein droit plus ferme. Il ne connaîtra plus d'affaissement pendant tout le reste de sa vie. En revanche, l'autre va continuer de vieillir.

– Donc il vaut mieux ne pas prendre de poids ou en perdre, c'est ça ? s'est enquise Mélissa.

– C'est ça, sinon votre poitrine va devenir trop asymétrique et vous allez me demander de la retoucher… a-t-il répondu en souriant. Et ne vous inquiétez pas pour votre cicatrice au niveau de l'aisselle : elle va disparaître avec la radiothérapie.

Que nenni… Après vingt-cinq séances corsées de rayons, la cicatrice est toujours bien présente. Superbe, profonde, rouge foncé. Elle dit : « Je suis là. » Elle s'assume.

Chapitre 60

Mélissa a dit au revoir au bunker de l'étage 7. Le radiologue l'a prévenue : les effets peuvent s'intensifier encore deux semaines après la fin des rayons, accompagnés d'une immense lassitude. Mélissa pense péniblement aux vacances de Noël prévues au Portugal. Dans quinze jours, elle sera dans l'avion. Dans quel état ? Elle n'en sait rien.

Soucieuse de mettre toutes les chances de son côté, elle crème quotidiennement et devient experte dans l'art du bandage. Il ne suffit pas d'hydrater, il faut également protéger la poitrine pour que cela ne soit pas douloureux quand on enfile un vêtement. Milla Jovovich fait son grand retour. Une infirmière spécialiste ès crémage et bandage lui montre comment faire. On applique généreusement la crème, puis on met une compresse ou un pad pour allaitement. On protège avec un bandage, que l'on recouvre d'une brassière sans bretelles improvisée dans un bandeau élastique. Le sein ne pourra pas dire qu'on ne prend pas soin de lui ! On l'aime, on le bichonne !

Dans sa salle de bains, Mélissa jette un coup d'œil satisfait sur la nouvelle pseudo-pharmacie qu'elle vient d'installer sur son étagère. Elle a libéré les lieux, viré les produits qui ne servaient à rien, et a ordonné ses crèmes sauveuses, ses pansements et ses bandelettes. Elle aime quand c'est rangé.

En préparant sa valise pour les congés, Mélissa scrute les vêtements orange qui l'ont accompagnée pendant cette période. Ce crop top avec lequel elle a toujours eu froid au nombril et ce pull orange avec ses petits dessins dorés qui la grattait. Elle peut se l'avouer maintenant : c'était tout sauf confortable ! Déterminée, elle place ces pièces dans le sac « à donner ». Une fois déposé dans un conteneur Texaid, cela fera le bonheur d'elle ne sait qui, elle ne sait où. Probablement loin. Elle garde le chemisier. C'est de la soie. Elle jette dans sa valise la robe à sequins bleue de ses quarante ans. Ce sera parfait pour le réveillon.

*

Dans l'avion pour Lisbonne, Mélissa constate que le pire n'est finalement pas arrivé. Si la peau ne guérit pas vite, son état ne se dégrade pas. Les vacances se passeront bien. On s'apprête à célébrer des retrouvailles familiales. Tous les deux ans, la famille entière d'Estéban se réunit dans un lieu spécial pour passer Noël. Tous les oncles, tantes et cousins font partie du voyage. Cette année, ils vont se retrouver à trente-cinq. Mélissa repense aux premières réjouissances de ce genre qui ont eu lieu plusieurs années plus tôt. Estéban et Mélissa, installés au Québec, avaient orchestré les festivités. Ils avaient déniché un grand chalet canadien comme on sait en faire en Amérique du Nord, avec jacuzzi, bien entendu. À l'époque, ils étaient quinze. Une famille n'avait pas pu venir, et les cousins n'étaient pas encore en couple, ni parents à leur tour. La famille a franchi une masse critique. À trente-cinq, ils ne trouvent plus de maison assez grande. Ils ont donc réservé la moitié d'un hôtel boutique au centre de Lisbonne.

Pendant le vol, Mélissa ne supporte plus sa perruque, qui la démange plus que d'habitude. Elle passe ses doigts sous le filet, sans oser trop s'y attarder. Il ne faudrait pas que les passagers repèrent son manège. Elle hésite à l'enlever. Après tout, ses cheveux repoussent ; le mode Sinéad O'Connor peut être enclenché. Mais elle se réfrène. Que penseraient ses voisins ? Instigatrice de changement de coiffure en cours de yoga ou pendant son atelier beauté, elle sait que les surprises capillaires inopinées peuvent avoir un effet déplaisant sur les spectateurs. Elle se contient.

À l'aéroport, dans la zone des bagages, Estéban et Mélissa croisent des cousins, et leur petit Colin de trois ans. Les embrassades vont bon train. « Jolie coupe », blague le cousin. « On se retrouve pour l'apéro ! »

Une fois installée dans la chambre d'hôtel, Mélissa hôte son postiche.

– Tu peux l'enlever définitivement, tu sais, lui glisse Estéban. Toute ma famille sait bien que t'as plus de cheveux !

Pour la première fois, Mélissa trouve cette proposition alléchante. Elle prend son courage à deux mains, range sa coiffe dans le placard et se familiarise avec sa nouvelle image. Face au miroir de la salle de bains, doté d'un éclairage professionnel, elle caresse son crâne d'où sortent quelques millimètres de cheveux. Un peu de maquillage, des créoles, et le tour est joué. Elle se sent belle.

Le soir, toute la famille se retrouve à l'apéro. Colin joue avec une petite voiture sur l'accoudoir en bois d'un des canapés du lounge. En voyant Mélissa arriver, il se met à pleurer : il ne l'a pas reconnue et ne comprend pas ce que son grand cousin Estéban fait avec cette nouvelle femme chauve. Il semble effrayé et court se réfugier dans les bras de son père.

Côté adultes, on salue le courage de Mélissa et cette coupe qui lui va si bien.

– C'est joli, cette coiffure !

– Ça te fait un beau visage.

– On dirait Nathalie Portman dans *V pour Vendetta*.

– Bravo, tu es forte !

Nathalie Portman ? Sympa ! Mélissa enregistre le compliment. Elle se sent soulagée. Cela ne lui coûte finalement aucun effort. La décision étant prise, elle sait que c'est la bonne. En revanche, elle a froid sur le haut du crâne. Elle devra partir en quête d'un bonnet dès le lendemain, si possible un rose clair pour aller avec sa doudoune. Toute la famille est sur le coup : « Oyez, oyez, bonnes gens, Mélissa cherche un bonnet rose ! »

Janvier 2019

Chapitre 61

Nouvelle année, nouveau rendez-vous médical. Mélissa a traversé les six derniers mois la tête dans le guidon, se rendant à peine compte de tout ce qui lui arrivait. Opération, chimiothérapie, radiothérapie… Elle est prête pour l'acte IV : l'hormonothérapie.

Ces petites pilules à l'air inoffensif cachent bien leur jeu. Plusieurs réjouissances sont à prévoir, et ce, pour cinq ans minimum. C'est le lot de nombreuses femmes en rémission. Rémission… ce mot que le docteur Henri n'a jamais prononcé devant elle. Pourquoi ? Docile, Mélissa a accepté tout le protocole et s'attendrait au moins à ce cadeau de fin de parcours : « Vous êtes en rémission. » Peut-être doit-elle passer un examen subsidiaire pour avoir droit à cette gratification orale. Elle interroge le médecin :

– Vous allez me prescrire un nouveau PET-scan ?

– Ah non, les examens de contrôle, ce sont les mammographies annuelles. Vous en aurez une dans six mois.

– Mais les micro-cellules alors…

– Ah, elles, on ne peut pas les détecter. Elles sont invisibles pour les machines.

Mélissa s'effondre sur sa chaise.

– Mais alors, on ne peut pas savoir si tout ça, ça a servi à quelque chose !

– Non.

Malgré les récriminations de sa patiente, le docteur Henri reste imperturbable. Quelle absurdité ! En plein désarroi, Mélissa a l'impression d'être dans une dimension parallèle : ni malade ni guérie, juste « probablement en bonne santé ». Quoi qu'il en soit, ce soir, Mélissa, Estéban et les enfants feront des confettis de ce qu'il reste du dessin du crabe. Elle aura sa peau !

*

Les yeux rivés sur son écran de téléphone, Mélissa déplore d'être la cible de toutes ces publicités pour des culottes menstruelles lavables. L'algorithme Facebook a bien compris qu'elle était une femme, a priori non ménopausée. Erreur. L'hormono-suppression – car c'est bien de cela qu'on parle : un cachet qui diminue les hormones – apporte son lot d'effets secondaires, dont celui de provoquer une ménopause artificielle. Elle n'aura plus ses règles avant longtemps. En fait, elles ont disparu depuis les premiers traitements de chimiothérapie ; cela fait plus de six mois qu'elle n'a pas eu d'accident de culotte. Tant mieux.

Mélissa s'empresse de sélectionner l'option « masquer la publicité », puis « hors de propos ». Elle aimerait tellement pouvoir expliquer son cas. Mais la curiosité de Facebook ne s'étend pas au-delà de ces deux niveaux de questions.

Étrange… Il y a clairement un créneau non exploité par Big Brother. Confortablement installée dans le fauteuil difforme mais moelleux de sa chambre, Mélissa perd allègrement son temps sur les réseaux sociaux, quand soudain, ça la reprend. Une vague de chaleur la submerge. Elle s'embrase comme une allumette qu'on aurait jetée dans un four à céramique positionné sur mille degrés. Les bouffées de chaleur font leur grand retour, alors qu'elle avait réussi à s'en débarrasser pendant les chimios. Dans ces moments-là, Mélissa aimerait d'une part se mettre toute nue, d'autre part retirer sa peau qui lui tient encore si chaud et se jeter dans une piscine de glaçons. C'est insupportable. Elle s'imagine en pingouin sur la banquise et repense à ce prospectus pour une croisière en Alaska, destination qui la fait maintenant rêver. En feu, elle fouille dans son vieux stock de médicaments et remet la main sur ces comprimés à base de plantes qui l'avaient tellement soulagée lors de la chimiothérapie. Traitement efficace, mais lent. Cela devrait faire effet sous trois semaines. Patience.

Ah, s'il n'y avait que cela… Mais les insomnies sont monnaie courante, de même que la mauvaise humeur et les douleurs articulaires. Que de contrariétés. Fatiguée de ne pas dormir, Mélissa s'est décidée à tester les gouttes de CBD qu'Irma lui a offertes. Deux gouttes avant de se coucher. Le goût est pour le moins désagréable, très amer ; c'est le cannabis, évidemment. À chaque prise, Mélissa se sent hors la loi, même si la réglementation suisse autorise ce produit. Elle repense aux *space cakes* que son père avait cuisinés pour la fête de ses dix-huit ans à la maison, ravi de pouvoir enfin utiliser à bon escient les deux pieds de cannabis qu'il avait camouflés au fond du jardin.

– Je pourrais vous faire des *space cakes*.

– Quoi !? Moi j'aurais plutôt vu une forêt-noire, Papa… Ou encore un framboisier…

– Mais vous êtes trop sérieux, avec tes copains, il faut vous décoincer un peu.

Fête mémorable s'il en fut. La moitié des invités avait fini déchirée, à côté du potager. Certains avaient eu la drogue philosophique et avaient disserté des heures avec la lune. Bien que ce souvenir la fasse sourire, cette soirée ne lui avait pas ressemblé. Elle était plus thé et scones à la cour d'Angleterre que rassemblement *underground* dans un squat à ciel ouvert.

Quoi qu'il en soit, les gouttes se révèlent efficaces : plus de réveils à trois heures du matin. Elle parvient même à faire des blocs complets de sept heures, concept qu'elle avait relégué aux oubliettes. Ainsi, Irma n'aura pas risqué sa liberté pour rien.

*

Le plus surprenant, parmi tous les effets secondaires, reste cette constante variation d'humeur.

– Il vous arrivera sans doute d'être un peu irritable, par moments, a prévenu le docteur Henri.

Irritable ? Doux euphémisme… Coléreuse, susceptible, irascible, belliqueuse, désespérée… Mélissa ne pensait pas un jour se retrouver affublée de ces adjectifs que l'on réservera à Donald Trump lors de sa défaite électorale. Elle s'énerve pour un rien, sans savoir pourquoi. Elle alterne entre euphorie enjouée et profonde déprime. Ses états d'âme redeviendront-ils un jour stables ?

Pour ajouter à son désarroi émotionnel, des douleurs articulaires se manifestent régulièrement aux mains. Surtout le matin au lever. Elle a l'impression d'avoir cent ans à chaque réveil. Elle imagine le quotidien des personnes âgées et un vent d'empathie l'envahit. Elle se sent rouillée, il lui faut mettre de l'huile. Elle dégourdit ses doigts et fait des exercices d'assouplissement. Le médecin lui a expliqué que ces douleurs pouvaient être éphémères ou chroniques.

– On fait le point dans trois mois, si cela ne s'est pas arrangé, je vous prescrirai des antalgiques.

Dans trois mois ? Elle aura eu le temps de mourir cent fois, de chaud, d'anémie, de découragement ou de douleur.

La seule sentence qu'elle aura réussi à entraver est celle de la prise de poids. Sitôt remise sur les rails de la vie normale, Mélissa s'est lancée dans les séances Weight Watchers. Assidue, elle note les points de tous les aliments qu'elle ingurgite au jour le jour. Ce programme avec ses aliments à zéro point tombe à pic. Mélissa se délecte de bananes et de blancs de poulet à longueur de journée. « Ça vaut zéro point ! », clame-t-elle à qui veut bien l'écouter. Mélissa fera mentir les statistiques cruelles qui affirment que l'hormonothérapie fait grossir.

Chapitre 62

Une nouvelle vie commence pour Mélissa. Les rendez-vous médicaux s'espacent. C'est la fameuse période d'après-cancer, celle où de nombreux malades se sentent soudain démunis, seuls, éloignés de leurs référents médicaux.

Mélissa se retrouve désœuvrée. Son retour au travail n'est pas encore prévu. Dieu merci ! Elle salue la vie qui lui laisse encore quelques mois de répit avant de retourner dans l'enfer de son boulot. Mais que va-t-elle bien faire de ses journées ?

Irma lui a recommandé de s'occuper les mains.

– Tu sais, Bichette, quand on a les mains prises, on ne pense plus au reste. Il faut que tu bricoles, que tu peignes, que tu jardines ! Ou reprends les cours de piano. Trouve-toi un loisir.

Ce conseil trotte dans la tête de Mélissa. Comment pourrait-elle meubler ses journées ? Jardiner, non. Elle n'a pas de jardin, et on est en janvier… Peindre, non, elle n'a ni l'envie ni le matériel, ni l'inspiration, d'ailleurs. Reprendre le dessin de décoration d'intérieur ? Trop fastidieux. Cours de piano, non… Elle qui retrouve à peine un semblant de liberté dans son emploi du temps, elle n'a pas envie d'une nouvelle contrainte horaire. Il lui reste la lecture. Elle lit depuis toujours. Elle va continuer.

Soudain, elle se souvient qu'elle n'a pas encore déballé sa toute nouvelle machine à coudre.

Mamie Marguerite lui a transmis son amour pour la couture lors de leurs vacances à la campagne. Elle lui a enseigné la confection de robes pour ses poupées, puis de déguisements de princesse, puis de vraies robes. Mélissa se révélait plutôt douée. Marguerite vivant désormais en maison de retraite, sa petite fille a hérité de sa machine à coudre. Une Singer en fer des années cinquante, probablement. La première fois qu'elle a voulu s'en servir, l'engin a refusé de collaborer, et la pédale s'est mise à fumer. L'appareil a disjoncté. Foutu. N'y voyant aucunement un signe du destin voué à lui faire abandonner ses allants de couturière, Mélissa a gardé à l'esprit de s'en racheter une neuve.

Il y a quelques mois, elle a jeté son dévolu sur un modèle Singer exposé en tête de gondole. Il est temps de l'essayer. Elle sort l'engin de son carton. Elle cherche une jupe bleue dans les magasins depuis des mois, mais sans succès. Qu'à cela ne tienne, elle va en confectionner une. Elle a dégoté un tutoriel gratuit sur internet et espère lui faire honneur. Son profil Pinterest est bientôt rempli de tableaux *Do It Yourself* : « DIY jupe », « DIY robe », « DIY manteau », « DIY divers ».

Le repérage sur Pinterest lui prend bien plus de temps que le temps de couture effectif. Elle galère avec la fermeture Éclair. De fil en aiguille, elle cherche des modèles avec un système de fermeture différent. Les modèles portefeuilles sont parfaits.

Mélissa coud une, puis deux, puis trois, puis sept jupes, de formats et de couleurs différents, mais avec les plis, qu'elle adore, en leitmotiv. Cela la ramène à la tenue de collégienne qu'elle aurait aimé porter : un uniforme avec jupe plissée. Pas de jugement, pas de *fashion faux pas*, pas de jean pour se fondre dans la masse. Avec ses nouvelles jupes, elle a de quoi tenir tout le printemps. Ces modèles sont-ils tendances ? Pas du tout. Est-ce qu'ils plaisent à Mélissa ? Énormément. Après ce qu'elle a vécu, elle se fiche du qu'en-dira-t-on.

En plein rangement de ses nombreux tissus, achetés ou subtilisés discrètement à sa mère, Mélissa se met à imaginer lancer sa marque. Des jupes, mais aussi des sacs et des trousses. Ce sera son prochain essai couture, un sac en lin avec des bandes de sequins, à la Vanessa Bruno. Sur internet, tout le monde copie allègrement le modèle mythique de cette designer.

Irma a raison, les mains dans les étoffes, Mélissa oublie ses déboires médicaux.

Chapitre 63

La couture rend Mélissa nostalgique de ses vacances d'enfant. À bonne allure sur l'autoroute, elle a décidé d'aller rendre visite à Mamie Marguerite. Celle-ci habite en France voisine, à une heure de route.

La maison de retraite porte le doux nom de « Les coquelicots fleuris ». On y trouve vingt-quatre chambres, toutes largement fenêtrées. Mamie Marguerite a vue sur les champs. Cela doit apaiser son quotidien de vieille dame.

Elle l'accueille chaleureusement.

– Ah, Virginie, comment vas-tu ?

– Moi c'est Mélissa, Mamie.

Comme à son habitude depuis qu'elle perd la mémoire, Marguerite la confond avec sa cousine.

– Comment vas-tu, Mamie ?

– Oh moi, tu sais, ça va, ça vient. La vieillesse, ma petite-fille, la vieillesse… Ben voui, j'suis née en vingt-trois, donc ça m'fait soixante-huit ans cette année, dit-elle de sa voix chevrotante. J'suis plus toute jeune !

Mamie Marguerite a quatre-vingt-quinze ans. Alzheimer oblige, elle est persuadée d'en avoir soixante-huit. Personne ne cherche plus à la contrarier sur ce sujet. Si ça lui fait passer des journées plus douces, tant mieux.

La grand-mère, pourtant prompte à commenter les coiffures de ses petites-filles, ne dit rien sur les cheveux courts de Mélissa. En temps normal, elle lui aurait glissé un : « Tiens, tu t'es coupé les cheveux ? »

Marguerite sait que Mélissa est malade, ou du moins elle l'a su, mais s'en souvient-elle ?

Mélissa pose ses affaires sur un fauteuil voltaire, récemment retapissé d'un velours gris clair orné de pois de toutes les couleurs. Elle étudie la petite bibliothèque en merisier à la recherche d'un vase pour y installer les roses qu'elle a apportées. D'habitude, elle lui offre des orangettes, mais Marguerite n'a plus le goût pour les douceurs chocolatées. Mélissa déniche un vase en cristal de Daum. Mamie Marguerite a toujours eu bon goût.

Les yeux dans le vide, sa grand-mère n'a plus son allant d'antan. Clopin-clopant, elle se dirige mécaniquement vers son armoire et en extrait un jeu de Scrabble. C'est la tradition. Bon an, mal an, venir voir Marguerite veut dire jouer au Scrabble. Elle est imbattable. Elle n'a plus toute sa tête, mais une mémoire d'éléphant en ce qui concerne les mots à points tels que juke-box, kwanzas et zyklons. Mélissa, pourtant cultivée, a l'impression d'être une demeurée quand elles se livrent à cette activité ensemble.

Sans surprise, Mélissa perd la partie à plate couture. En rangeant la boîte de jeu, la visiteuse tombe sur un grand carnet corné. Un dessin dépasse. Il s'agit d'un des nombreux dessins de princesse qu'elle faisait, plus jeune. Une princesse avec une robe bleu clair et violet. Elle se souvient de cette esquisse : Mamie Marguerite avait repéré un concours de stylisme dans le magazine *Mode & Travaux*, et avait encouragé sa petite fille à y participer. Elles étaient même allées chercher des échantillons de tissu en ville pour compléter le dossier de candidature. Finalement, elles n'ont jamais rien envoyé, mais Marguerite avait demandé à garder le dessin.

– Signe-le, Mélissa, comme cela, le jour où tu seras une styliste connue, ce dessin vaudra une petite fortune ! avait ordonné la grand-mère.

Avant de partir, Mélissa fait défiler fièrement les photos de ses dernières créations sur son téléphone, pensant attiser la curiosité de sa grand-mère. Mais Mamie Marguerite regarde poliment, distraite. On dirait que la couture ne l'intéresse plus, pas plus que le chocolat, malheureusement.

Février 2019

Chapitre 64

Les mois suivant son début de traitement hormonal, Mélissa se découvre un nouveau mal-être : une barre de stress constante au niveau du sternum. Comment peut-on être stressée alors qu'on est en rémission et qu'on n'a rien à faire de ses journées, rien à penser ? Mélissa devrait au contraire se sentir légère, guillerette ! Le plus dur est derrière elle. Le seul facteur de stress présent dans son existence actuelle, c'est la perspective de devoir retourner au travail. Elle espérait tellement que sa vie changerait à ce niveau-là… Mais comment ? Par l'opération du Saint-Esprit ?

Elle retourne voir son acupunctrice, se gave de teinture-mère de passiflore – conseillée par Anita –, s'accroche à ses gouttes de CBD et peste contre cette barre qui s'installe durablement.

Elle veut changer de boulot ? Qu'elle se bouge ! Entre deux jupes, elle refait son *curriculum vitae* et commence à postuler, partout, n'importe où. Elle sème des graines dans tous les sens, sûrement de manière trop aléatoire. C'est qu'elle veut changer de vie, mais sans faire trop d'effort non plus. Elle n'en a pas l'énergie. Elle doute. Sera-t-elle capable de reprendre un emploi à temps plein, ou quatre jours par semaine si elle rencontre un employeur conciliant ? Sa concentration redeviendra-t-elle comme avant ? Ses neurones sont-ils encore en place ? Que d'inquiétudes légitimes quand on sort d'une telle maladie. Elle craint le *chemobrain*, ce trouble cognitif causé par un traitement chimiothérapeutique, et qui concerne vingt à trente pour cent des patients, paraît-il.

Les yeux rivés sur son écran, elle déprime : aucun poste ne l'intéresse. Dix mois après le diagnostic, et malgré tout un travail sur elle, elle ne sait toujours pas ce qu'elle veut faire. Tous ces postes en marketing dans le domaine pharmaceutique, est-ce que cela la fait vraiment rêver ? Elle n'en est pas certaine… La tête entre ses mains, la bouche déformée par les paumes appuyées sur son visage, Mélissa se demande ce qu'elle va pouvoir faire de la suite de sa vie.

*

Un jour, enfin, elle repère une offre axée développement durable, qui l'enthousiasme profondément : responsable de projet communication marketing dans une organisation qui aide les multinationales à évaluer leurs actions écologiques et à communiquer dessus. Son cœur s'emballe. Ça, elle aimerait ! Méticuleuse, elle fait des recherches concernant cette entreprise et épluche ses contacts LinkedIn. Quelle aubaine, la cousine d'Estéban, Pauline, connaît la recruteuse. Elle s'empresse de contacter Pauline et la mentionne dans sa lettre de motivation. Elle appelle également d'anciennes collègues de son époque de responsable marketing, afin que celles-ci lui fournissent des brochures qu'elle avait créées. Mélissa est repartie en mode machine. Quand un projet la stimule, elle avance telle une athlète se préparant pour un marathon.

Elle s'y voit déjà : travailler dans une start-up, s'assurer que le monde tourne plus rond, contribuer à faire briller les sociétés qui mènent des actions positives en faveur de l'environnement. Voilà de quoi redonner un sens à sa vie.

Elle ne pense plus qu'à ça. Sera-t-elle contactée ? Un e-mail l'invitant à un entretien d'embauche, quelques jours plus tard, met fin à ses interrogations. Elle est tellement heureuse ! Elle se prépare comme pour un examen, un concours, un mariage : elle rassemble son portfolio d'articles et de brochures, répète son argumentaire devant Estéban et enfile une tenue élégante : chemise en soie verte, pantalon noir et escarpins assortis. Son sac à main Louis Vuitton complète le tout. Un classique. Sa coupe courte du moment lui donne un air plus dynamique que son carré d'antan. L'entreprise se situe à vingt-cinq minutes en voiture. Elle se demande si elle pourrait y aller en vélo électrique. Elle se projette déjà.

Devant l'immeuble, Mélissa déchante. Il s'agit d'un bâtiment banal en béton, hébergeant des start-ups diverses et variées, essentiellement dans le domaine de l'ingénierie. Elle peine à trouver le local de l'entreprise, et se retrouve dans la cage d'escalier avec deux employés café à la main. Elle comprend qu'ils viennent de l'étage du dessus. Il n'y a donc pas de machine à café à tous les étages ? Est-ce pareil pour les toilettes ? C'est qu'elle est sujette aux pauses pipi fréquentes.

Enfin, elle trouve l'étage. On l'accueille dans une salle d'attente meublée cent pour cent IKEA. Elle qui ne connaît que les environnements professionnels soignés, avec philosophie feng shui et tableaux d'artiste maudit, elle se retrouve loin de son univers habituel. Tous les employés de l'entreprise portent jean, T-shirt, baskets. Moyenne d'âge, même pas trente ans… Mélissa caresse sa chemise en soie et pose les yeux sur son pantalon à pinces, impeccablement repassé. Elle ne cadre pas du tout avec l'atmosphère ambiante. Elle rêverait soudain d'avoir un T-shirt froissé au fond de son sac pour pouvoir donner le change. Elle aurait dû y penser ! Il s'agit d'une start-up, pourquoi n'a-t-elle pas, comme à son habitude, créé un tableau Pinterest « Tenue de travail start-up » ? Les images glanées lui auraient certainement mis la puce à l'oreille : look jeune, décontracté, jean et besace en tissu !

Un coup d'œil aux locaux lui indique que le reste des bureaux, vitré, est lui aussi entièrement meublé par l'enseigne suédoise, et que de nombreux collaborateurs s'y entassent. En fait, les locaux semblent trop petits pour le nombre d'employés.

La recruteuse se présente. Ouf, elle porte un chemisier léger à fleurs, au-dessus de l'officiel jean, uniforme apparent de l'entreprise. L'entretien se passe bien. Les deux femmes discutent ouvertement, se comprennent. Cependant, Mélissa se rend vite compte qu'elle est surqualifiée pour le poste. Au sortir de l'entretien, elle se questionne. Aimerait-elle travailler dans cet environnement ? Certes, les missions sont louables, mais travailler en open space étriqué, et dire adieu à ses talons et chemisiers en soie ? Est-elle prête à faire ce sacrifice ? Elle n'en est pas certaine. Son ego est néanmoins revigoré par cette entrevue inattendue. Elle espère qu'on la sélectionnera pour la suite.

Les jours passent, puis les semaines, puis c'est l'habituel e-mail de déclin qu'elle reçoit.

« Nous avons le regret de vous annoncer que votre candidature au poste de Responsable de projet communication marketing n'a pas été retenue. En effet, parmi les candidats rencontrés, certains correspondent davantage à nos exigences. »

Le stress de l'excitation redevient le stress post-traumatique d'avant.

Chapitre 65

Voici plusieurs mois que la mère de Mélissa la bassine avec une association obscure. Une structure qui accompagnerait les personnes atteintes du cancer, une fois les traitements terminés.

– Ils offrent des stages d'une semaine aux femmes en rémission d'un cancer du sein. Ils prennent soin d'elles, leur font faire des activités physiques, organisent des groupes de parole. Ça a l'air super, tu devrais les contacter, ma chérie !

– Oui, oui, maman…

Mélissa n'écoute que d'une oreille, occupée à trier ses tissus par couleur.

– Mais c'est où ? demande-t-elle en tenant acrobatiquement le téléphone entre sa tête et son épaule.

Elle devrait activer le haut-parleur, parfois, elle oublie cette fonction.

– À Chamonix.

– Et ils acceptent les gens qui habitent en Suisse ?

– À Genève, oui.

– Mais je ne suis pas à Genève, tu sais bien ! s'irrite Mélissa.

– Non, mais tu peux les contacter quand même, demande des infos.

Mélissa fait la moue tout en raccrochant. Les contacter… Bien sûr… Elle qui déteste téléphoner… Elle classe le dossier.

Ils offrent des stages. L'idée d'une semaine tout inclus commence à se frayer un chemin dans ses pensées. Tout le monde aime les cadeaux, non ? Au détour d'une navigation stérile sur internet, elle se retrouve sur le site de l'association et commence à s'y intéresser. Elle a beau éplucher les partenaires, ni l'hôpital de Saint-Valex ni même le CHU de Lausanne ne font partie de la liste. Tentant le tout pour le tout, elle décide d'écrire à la responsable de l'association.

Bien que défaitiste et moyennement motivée, elle se surprend à écrire un courrier dicté par son cœur. Les émotions et l'inspiration arrivent spontanément. Ses yeux se mouillent. Pour cette battante qui a décidé de vaincre la maladie, revenir sur les grandes étapes de cette épreuve lui coûte plus qu'elle n'aurait imaginé. C'est mouchoir à la main qu'elle glisse une photo d'elle dans l'enveloppe : coupe garçonne, sourire aux lèvres. Elle espère ainsi attendrir sa lectrice, et bien montrer que oui, elle a perdu ses cheveux !

13 février 2019

Bonjour Madame Debourg,

Cette lettre va sûrement vous paraître surprenante, mais je me permets de vous contacter à propos de votre programme « Mon Everest ».

Atteinte du cancer du sein depuis le mois de juin 2018, je suis suivie au CHU de Lausanne. J'ai entendu parler avec grand intérêt du programme « Mon Everest », mais ne suis malheureusement pas suivie dans un hôpital partenaire (à quelques kilomètres près, car l'hôpital de Genève, à cinquante kilomètres de chez moi, fait partie de votre réseau). Je me demandais donc s'il vous arrivait d'accepter des candidatures de femmes qui ont traversé le cancer du sein, même si elles ne sont pas tout à fait dans votre réseau partenaire.

Mais laissez-moi me présenter plus en détail. Voici mon « pedigree » médical :

- *opération, tumorectomie du sein droit, le 4 juillet 2018 (Dr Sonrisa) ;*
- *4 séances de chimiothérapie les 7 août, 28 août, 18 septembre, 9 octobre (Dr Henri) ;*
- *25 séances de radiothérapie entre le 6 novembre et le 11 décembre ;*
- *en traitement à l'hormonothérapie depuis le 12 décembre, et ce pour cinq ans (Dr Henri).*

J'ai quarante ans, je suis mariée et mère de deux garçons de sept et dix ans. Nous habitons dans un village au-dessus de Lausanne. Nous avons traversé l'épreuve en famille, collés-serrés, plutôt optimistes quand même. Nous n'avons pas trop pleuré, mais un peu quand même, quand il a fallu annuler les vacances familiales l'été dernier. Nous avons ri, surtout quand mes garçons ont essayé ma perruque, et nous avons surtout instauré une échelle de « forme » de 1 à 5, pour qu'ils comprennent mon niveau d'énergie au jour le jour. Ils ont bien joué le jeu, ont mis la main à la pâte pour aider à la maison, ont grandi… Malgré tout, une maman reste une maman, avec ce que cela implique en termes de logistique familiale, école, devoirs, repas… même malade. Une fois les traitements lourds terminés, la vie reprend son cours, un peu trop vite… Et si, maintenant, c'était le temps de prendre une pause, rien que pour moi ?

J'ai mis en place beaucoup de choses pour traverser l'épreuve « en douceur » : thérapie, acupuncture, soins énergétiques, marche quotidienne dans mon village… Néanmoins, l'idée d'un moment en groupe avec des personnes ayant vécu des choses similaires m'enthousiasme et me donne les larmes aux yeux en même temps. Une semaine pour ne penser à rien d'autre qu'à profiter pleinement de chaque journée, bouger, s'oxygéner, se relaxer, rencontrer d'autres femmes dans la même situation, se sentir entourée et comprise. Quel bonheur ce serait !

Je me tourne donc vers vous, avec l'espoir que vous puissiez entendre et approuver ma demande. Je vous remercie grandement pour le temps que vous avez pris à lire cette lettre et vous souhaite une excellente journée.

Bien cordialement,

Mélissa Vaillant

Voilà, la lettre est postée. Advienne que pourra ! se dit Mélissa.

Mars 2019

Chapitre 66

Mélissa se rend chez son esthéticienne. Elle a aperçu deux ou trois poils disgracieux au-dessus de ses sourcils. Il faut remédier à cette invasion pilaire qui risque de déraper si on ne l'arrête pas à temps. Quel bonheur de retourner se faire épiler ! Elle ne pensait pas dire cela un jour.

Allongée sur le lit de soin, elle savoure ce moment, signe de victoire contre la maladie. Elle raconte ses déboires à l'esthéticienne. Celle-ci, tout en s'affairant avec sa pince à épiler, entretient la conversation.

– J'ai une cliente qui est venue après un cancer et qui avait de la barbe !

– Ah bon ?

– Oui, il faut faire attention.

Mélissa ne se le fait pas dire deux fois. De retour chez elle, à l'aide de son miroir grossissant, elle traque tout signe de pilosité fâcheuse. Elle extirpe sa cire au miel du fond d'un placard, et fait la chasse à ce duvet inélégant sur ses joues, qu'elle jure n'avoir jamais vu auparavant ! Ou si ?

En revanche, pour les cheveux, elle n'est pas prête.

– Tu vas bientôt prendre rendez-vous chez le coiffeur ? s'enquiert Estéban.

Quelle demande, quelle phrase, quel choc ! C'est comme si on lui plantait un poignard dans le cœur. Aller chez le coiffeur ? Ses cheveux recommencent à peine à pousser, tant bien que mal. Ce n'est pas pour les décimer tout de suite, hors de question ! Au contraire, Mélissa les bichonne. Elle les masse quotidiennement avec de l'huile de ricin. Elle prend une cuillère de collagène chaque matin. Il paraît que cela les fortifie. Régulièrement, elle passe sa main dans ses poils naissants, comme on caresserait la tête d'un bébé. C'est tout doux.

Elle est tellement heureuse qu'ils se soient remis à pousser ! D'ailleurs, ils poussent bruns. Soulagement. Elle a entendu tant de témoignages de femmes qui découvraient des cheveux gris lors de la repousse. Heureusement, ce n'est pas son cas. Elle n'a que quarante ans, après tout. Ce serait totalement injuste. Elle a même lu l'histoire de cette femme dont les cheveux n'ont jamais repoussé. Quelle horreur ! La malheureuse porte des perruques depuis cinq ans, et pour toute la vie manifestement, à moins qu'elle décide un jour d'assumer un look alopécien.

Du mode Sinéad O'Connor, totalement court, presque rien sur le coco, Mélissa est en train de passer au look Cristina Cordula. Elle aime cette étape. Afin d'être fidèle au personnage, elle s'est d'ailleurs lancée dans la recherche frénétique de boucles d'oreilles créoles. Tout a commencé par une paire bon marché en métal argenté, puis son pendant en doré, puis une paire fantaisie composée de petites perles roses, légèrement plus dispendieuse, pour finir par deux paires serties de cristaux de Swarovski. Ses oreilles jubilent. Son porte-monnaie boude.

D'après Irma, sa prochaine étape capillaire sera Alessandra Sublet. Ce nom n'évoque rien à Mélissa. Après quelques recherches, elle s'aperçoit qu'il s'agit d'une magnifique animatrice de télévision, d'origine italienne, et portant un joli carré très court. Parfait. Elle se voit bien en Alessandra. C'est le trio S-C-A, comme elle aime à l'appeler : Sinéad-Cristina-Alessandra.

Mélissa inspecte ses cheveux tous les jours. Comme si elle devait chaque matin se persuader que oui, ils sont de retour ! Elle constate qu'ils sont de plus en plus longs, même si on ne parle que de quelques centimètres. Un matin, elle découvre que des mèches bouclent légèrement. Et ce n'est pas un cas isolé… Sa coupe ne risque pas de s'allonger, tout de suite ! Pour le joli carré d'Alessandra, on repassera. Dépit. Quand elle pense qu'un mois avant son diagnostic du cancer, elle a investi dans un fer à boucler. La bonne blague ! Elle n'est pas près de s'en servir.

Par la suite, Mélissa développe une nouvelle obsession : dès qu'elle voit une femme à la coupe garçonne dans la rue, elle devient suspicieuse. Elle la regarde intensément en essayant de deviner : « Elle aussi… ? » Elle scrute les sourcils, les cernes, tout signe pouvant lui montrer que oui, elle est dans la même galère ! Même clan ! Copiiiiine ! Souvent, elle a envie de lui demander. Elle se retient, mais quand même…

Elle se dit que ce serait chouette qu'il y ait un signe distinctif, discret, juste entre elles. Elle en est ou pas ?

avril 2019

Chapitre 67

Le verdict est tombé. Un verdict différent de celui du cancer, mais tout aussi désagréable. L'oncologue se montre très satisfait de l'état de santé de Mélissa. Elle est apte à retourner travailler. Le moment tant redouté n'est plus qu'à un certificat médical attestant de sa bonne forme.

Dans ses angoisses les plus sombres, Mélissa se voit retomber malade si elle remet les pieds au bureau. Elle qui cherche depuis dix mois le message de cette maladie, le sens de sa vie, elle est certaine qu'il ne se trouve pas dans un open space, entre deux cartons de flacons en verre pour le prochain lancement de produit, ou encore devant ce grand tableau blanc mobile qui lui sert d'allié pour planifier la vie du service marketing. Mais elle n'a pas le choix.

C'est comme un renvoi à la case départ. Qui a dit que sa vie ne serait plus jamais pareille, déjà ? Qui ? Oui, elle porte une coupe de cheveux différente et a un petit bout de sein en moins, mais ça ne se voit pas ; une fossette, pourrait-on dire. Pour le reste, tout redevient comme avant. Quelle déception, quel dépit, quel ennui ! Elle va devoir recommencer à gérer des plans d'activité insipides, à dresser les indicateurs rouge, orange et vert demandés par la direction… Et la déco, devrait-elle s'y remettre ?

Mélissa reste un long moment traversée par la tristesse et la désillusion. Une fois la réalité encaissée, elle sait qu'elle va devoir composer avec, et que c'est à elle de faire en sorte que cela se passe bien, ou pas. Elle décide de remplir son verre, complètement, jusqu'en haut, et de vitamines. Elle en aura besoin.

Au moins, elle est en bonne santé.

Elle prépare sa rentrée, cherche sa tenue de nouveau premier jour, contacte ses collègues, s'enquiert des potins, des changements.

– On a une nouvelle cheffe ! lui annonce Ludivine.

– Ah bon ?

– Oui, Franck Hartmann n'a plus le temps, avec son nouveau rôle de CEO, il court partout. Il a embauché une nouvelle directrice marketing.

Mélissa encaisse la nouvelle, mi-prostrée, mi-soulagée. Elle cauchemarde depuis des mois sur ses retrouvailles avec son chef. Dire qu'elle va enfin pouvoir s'en éloigner, ça par exemple ! La perspective d'avoir une nouvelle supérieure, qui plus est une femme, rend le retour intéressant. Elle la comprendra sûrement mieux que cet énergumène.

Au sein de l'équipe marketing, les rumeurs vont bon train sur cette nouvelle recrue :

– Tu sais que c'est Constance, à la stratégie, qui a filé son CV ?

– Elle cherchait un job depuis des mois !

– Il paraît qu'elle s'est fait virer de son ancien poste…

– Là où elle bossait avant, elle a mis en burn out la moitié de son équipe !

Mélissa reconnaît bien là le caractère exagératif de certaines de ses collègues. Quoi qu'il en soit, pour elle, c'est une aubaine.

La première semaine se passe lentement. De prime abord, la nouvelle cheffe a l'air sympa, mais ne semble pas prête à impliquer Mélissa sur des projets stratégiques. Celle-ci voit les minutes tourner au ralenti. Avec le temps, elle découvre une directrice tantôt à l'écoute, tantôt totalement bornée sur certains aspects du travail. Elle en serait presque méchante. Sa spécialité : critiquer les gens de son équipe quand ils ne sont pas présents, ou passer en direct avec les subalternes de ses responsables de pôle. Mélissa se demande si elle ne serait pas un peu manipulatrice. Diviser pour mieux régner… Autre trait de caractère, son goût exagéré pour les réunions en tout genre.

La vie en entreprise suit son cours. Mélissa s'ennuie. Si ce n'est la nouvelle directrice marketing, rien n'a changé pendant son arrêt : les réunions improvisées à la cafétéria quand toutes les salles de réunions officielles sont prises, les « On va prendre un thé ? » quand on a un truc important à dire à une collègue, mais qu'on ne veut pas que tout le monde entende, les Whatsapp lancés en pleine réunion pour dire que « Vraiment, elle a pas l'air de bonne humeur, ce matin, la boss… », le vieux de service – trente-cinq ans d'ancienneté ! Il fait partie des meubles maintenant –, fidèle au poste quand il s'agit de rappeler que « On a toujours fait comme ça », et Franck Hartmann, dont la verve n'a d'égal que le venin craché par la reine de cœur dans *Alice au pays des merveilles*, et à qui la malséance n'a jamais fait peur.

Franck Hartmann sait parler aux femmes. En quelques semaines à peine, Mélissa a noté un florilège de compliments plus cinglants les uns que les autres, à faire pâlir un inspecteur du travail qui viendrait enquêter sur une sombre histoire de harcèlement psychologique. Personne n'est épargné.

« Vous allez être contente, Marta, je viens d'embaucher une camionneuse dans votre genre. »

« Mireille, secouez la tête pour voir…. Ah oui, c'est bien ce que je pensais, ça sonne creux… »

« Suzie, une fois de plus, nous ne nous sommes pas compris, le rôle d'un vrai chef de projet est de… »

« Astrid, je crois que les bébés bouffent les neurones de leur mère… »

« Il n'y en a pas un parmi vous qui m'arrive à la cheville… »

Et Mélissa d'assister, impuissante, à ce manège quotidien qui grève l'estime de soi des cent employés de la boîte.

Dans les moments de grande frustration, la poitrine de Mélissa se manifeste. Suite à une contrariété, un stress ou un désaccord, elle sent un pic dans son sein droit. C'est comme une petite décharge électrique accompagnée d'un message intérieur qui lui dit : « Ah non, ça ne me va pas du tout, à moi ! » Surprise au début, elle s'est faite à cette voix intérieure, et l'écoute maintenant attentivement. Qui peut se targuer de vivre avec un guetteur qui vous alerte quand les limites sont dépassées ?

Mai 2019

Chapitre 68

La réunionite aiguë ponctue désormais le quotidien de Mélissa, à laquelle s'ajoutent ses différents suivis médicaux. Aujourd'hui, elle passe une densitométrie osseuse. L'hormonothérapie risque d'affaiblir ses os, on doit vérifier. La clinique de référence se situe à quelques minutes du bureau. Elle s'y présente tôt un matin. Le lieu se veut moderne, lumineux, propre. En revanche, le formulaire qu'on lui demande de remplir lui semble totalement anachronique. Années trente, bonjour !

On lui demande la quantité de laitages qu'elle consomme par semaine. Combien de fromages à pâte dure par jour ? De fromages à pâte molle, demi-molle, à pâte pressée cuite, pressée non cuite, persillée, de fromage frais…

Quelle est la différence ?

Combien de beurre, de yaourt, de lait écrémé, demi-écrémé… Étourdie par cet inventaire lacté trop exhaustif, Mélissa ressent un haut-le-cœur.

Et les personnes intolérantes au lactose ? Elle retourne le questionnaire, cherchant un signe qui montrerait qu'on peut laisser les vaches tranquilles. Où sont les cases suivantes ?

- Brocoli
- Tofu
- Sardine

- Légumes secs
- Algues

Elle n'en revient pas qu'au XXIe siècle, on en soit encore à allier laitages et calcium. Pour ajouter au côté *vintage* du formulaire, on dirait la photocopie d'une photocopie. L'encre disparaît par endroit et la page semble avoir été froissée. À moins que ce ne soit une blague. Montez-lui la caméra cachée !

Elle ne peut s'empêcher d'en toucher deux mots à la technicienne. Celle-ci hausse les épaules et rétorque que « de toute façon, ça ne sert pas à grand-chose, toutes ces questions ».

En plus ! Mélissa aime quand les éléments répondent à une logique et font preuve d'une réelle utilité.

À l'issue de cet examen, il s'avère que oui, elle présente une carence en calcium. Pourtant, elle a bien spécifié en bas du formulaire qu'elle mangeait du brocoli deux fois par semaine.

On lui prescrit un complément alimentaire.

*

– Le mieux serait de vous procurer un pilulier, annonce un jour le docteur Henri. Avec les différents cachets que vous devez prendre, ce serait plus pratique.

Un pilulier ? Ce truc moche en plastique pour les veilles mémés ? Et c'est parti pour une séance internet à la recherche d'un pilulier moderne, coloré, et assez grand pour contenir une semaine de traitement. Mélissa ne s'attendait pas à découvrir autant de choix. Il en existe de toutes les tailles, de toutes les couleurs, de toutes les formes. Pour la plupart fabriqués en Chine. Elle s'intéresse aux modèles en métal. Une fois éliminés les modèles ronds « un jour » (à quoi ça sert, juste un jour ?), arborant une reproduction grossière de Klimt ou de Van Gogh, Mélissa jette son dévolu sur un modèle « sept jours », en métal rouge, avec des petites pilules multicolores dessinées dessus. Le modèle s'appelle « Mes petites pilules magiques ». Joli nom.

Chapitre 69

Mélissa a chaud. Ses mains tremblent légèrement. Installée dans le bureau, elle attend que la connexion Skype se mette en marche. Cette pièce sous pente, avec un Velux pour toute source de lumière et d'entrée d'air, est étouffante. Le soleil tape fort aujourd'hui. Les rayons lui brûlent la peau et l'obligent à plisser les yeux. Ça ne va pas être pratique pour regarder son interlocutrice… Déjà qu'en appel vidéo via un iPad, on ne sait jamais où regarder… Si vous regardez en face, votre binôme ne voit pas vos yeux, et si vous regardez la caméra, c'est vous qui ne voyez plus la personne en face. Apple devrait peut-être réviser la conception de cet appareil, pense Mélissa en pivotant son buste et sa tête légèrement de côté pour trouver l'angle visuel adéquat.

« Je t'ai pris un rendez-vous en mai, pile le mois de ta naissance, c'est parfait ! Elle pourra te faire ton thème astral pour l'année à venir », a clamé Irma quelques semaines plus tôt.

C'est son amie qui a organisé ce rendez-vous virtuel. Mélissa n'a personnellement jamais consulté d'astrologue. Pourquoi pas, après tout, il y a une première fois à tout… En tout cas, cela ne peut pas être dangereux. Mélissa a toujours aimé lire son horoscope.

Enfin, la connexion s'établit avec cette prénommée Anne-Sophie, et Mélissa découvre une femme au sourire avenant, à la coupe grisonnante et joyeusement bouclée, avec en arrière-plan une multitude de dessins colorés. Elle doit avoir de nombreux petits-enfants. La savoir d'un certain âge rassure Mélissa. Au moins, elle ne tombe pas sur la stagiaire de service ravie de faire ses armes sur une novice de quarante ans, presque quarante et un… Mélissa divague. Avec cette séance, elle souhaite y voir un peu plus clair quant à son avenir, obtenir un semblant de direction, un chemin à emprunter. Non pas qu'elle veuille s'en remettre entièrement à cette inconnue, mais elle espère qu'il y aura matière à réflexion.

Anne-Sophie prend rapidement les rênes de la discussion. Elle a préparé le thème astral en amont. Elle déroule les sujets, pose des questions, sollicite Mélissa sur son enfance, lance des pistes, étonnamment sans trop se référer à l'alignement des planètes.

– Vous êtes l'aînée, n'est-ce pas ? C'est vous qui avez récupéré tous les traumatismes des vies antérieures de vos ancêtres. C'est ça qui se passe avec l'aîné. Le deuxième en prend beaucoup moins.

Ça commence bien…

– Pour vous cette année, il va y avoir du changement. Vous êtes à la fin d'un cycle.

– Justement, j'ai quarante ans, et je ne sais pas quoi faire de ma vie pour la suite. Je sors d'un cancer et je suis un peu paumée, ose Mélissa.

– Vous êtes créative, très créative. Vous possédez un talent artistique. Vous ne l'assumez pas encore, mais vous êtes une personne originale.

Mélissa baisse les yeux vers son chemisier blanc et son jean bleu. Côté originalité, on repassera… Mais peut-être a-t-elle un potentiel encore non exploité.

– Est-ce que vous prenez des cours ? Vous suivez une formation ?

– Heu, non.

– Ce serait bien. Vous avez soif d'apprentissage.

Ça, c'est bien vrai. Mélissa passerait son temps sur les bancs de l'université si elle le pouvait.

– Je vois des conférences, des prises de paroles en public. Vous êtes douée pour vous exprimer.

À part les présentations de produits lors des réunions de vente annuelles, on ne peut pas dire que Mélissa ait eu de nombreuses occasions de briller en public.

– Vous êtes faites pour avoir des responsabilités.

Ça, Mélissa le sait ! Et dire qu'on la cantonne à de pauvres rétroplannings…

Anne-Sophie lui parle également de ses vies antérieures et l'encourage à faire un ménage akashique.

– Comment ?

– En travaillant sur vos mémoires cellulaires, pardi !

Ah, encore un truc qu'elle ne connaît pas. Elle qui se pensait plutôt à la page côté pratiques ésotériques… On trouve toujours plus calé que soi !

Mélissa est emmenée loin de chez elle. Anne-Sophie la fait voyager. Dans le passé, dans les vies de ses ancêtres.

– Je vois un exil, un changement de nom. Est-ce que votre famille a dû fuir ?

Comment sait-elle ? Mélissa en est estomaquée. On n'en est pas certain, mais dans la famille de son père, on lui a toujours dit qu'elle descendait d'Espagnols juifs qui avaient dû quitter leur pays sous l'Inquisition, et s'étaient réfugiés dans l'est de la France, en empruntant un faux nom pour simuler une quelconque origine catholique. D'où son nom de jeune fille : Chrétien. Mélissa Chrétien. Pour une femme qui n'a jamais été baptisée, quelle ironie…

La conversation s'achève sur le dévoilement de ses deux anges gardiens, à qui elle peut faire appel aussi souvent qu'elle le souhaite : Aladiah et Haziel. Justice et réconciliation. Soit.

L'analyse de son thème astral a-t-il répondu aux interrogations de Mélissa ? Ce qu'elle retient, c'est qu'il va y avoir du changement, et de ça, elle a grandement besoin. Pour le côté formation, conférence, créativité… tout est à explorer, à inventer.

Qu'est-ce que Mélissa pourrait bien faire de sa vie future ?

Elle se saisit d'un crayon et ouvre son cahier à une page blanche. Elle laisse divaguer son esprit, tentant de lui mettre le moins de barrières possible. *Brainstorm* en cours, ne pas déranger, et surtout ne pas juger !

Ce que je pourrais faire de ma vie

- Relooker des meubles anciens
- Retenter la déco en mieux
- Ouvrir une boutique dédiée 100 % artisanat *made in Switzerland*
- Me lancer dans la couture et vendre mes créations sur internet (le site Etsy a le vent en poupe)
- Devenir couturière
- Postuler dans un cabinet d'architecture
- Devenir consultante en marketing

Si elle avait une baguette magique, que ferait-elle ? Si seulement elle savait…

Chapitre 70

À l'approche des beaux jours, Mélissa déplore que la radiothérapie impose une double sentence. Non seulement elle a dû se rendre tous les jours à l'hôpital pendant un mois pour se faire cramer, mais en plus, on lui a interdit le soleil : « Pas de soleil sur la zone traitée pendant un an, d'accord ? », a prononcé le radiologue lors d'un contrôle. Mélissa a cru défaillir. Calcul rapide… Les rayons ont cessé en décembre, donc pas de soleil avant décembre suivant. L'été va y passer. Elle doit encore sacrifier ses vacances ? Hors de question. On lui a déjà pris de longs mois, on ne va pas en plus lui retirer la mer, le sable, les vagues…

En ce mois de mai, elle cherche une idée, une solution, une échappatoire, une inspiration divine pour pouvoir jouer les starlettes sur la plage. Elle pourrait opter pour un T-shirt de plage anti-UV, mais a-t-elle vraiment envie de sacrifier le style au côté pratique ? Le look surfeuse exhibant sa combinaison acrylique noir et bleu siglée Olaian, non merci. Elle épluche frénétiquement les sites internet, se crée un tableau Pinterest, et découvre avec enthousiasme les maillots de bain *one shoulder*, exactement ce qu'il lui faut ! Un maillot qui couvrira juste le côté irradié. Cette épaule dénudée, c'est chic comme tout. Un défi s'ajoute à l'investigation : l'épaule couverte doit être celle de droite. C'est primordial.

Dire que son dernier projet shopping s'était cantonné à trouver trois vêtements orange pour sa période de radiothérapie – shopping ennuyeux s'il en est, quand on y repense… –, quelle aventure excitante que de chercher un modèle de maillot de bain inédit ! Après de nombreuses heures sur son écran, elle place dans son panier une panoplie de maillots, une-pièce et deux-pièces, dont la coupe, la couleur et le côté recouvert cochent toutes les cases du maillot idéal. Elle en commande quatre différents, en deux tailles. Elle peut renvoyer ce qu'elle ne gardera pas.

Le colis arrive, attendu comme le 1er décembre qui signe le coup d'envoi des calendriers de l'avent. Les huit modèles sont empaquetés dans des pochettes en plastique. Mélissa prend grand soin de les ouvrir sans endommager le film protecteur, afin de pouvoir retourner les candidats recalés. Les modèles deux-pièces s'avèrent décevants. Pourtant, Mélissa joue habituellement dans la *team* bikini. En revanche, un modèle une-pièce remporte tous les suffrages ; celui de son miroir comme celui d'Irma, à qui elle envoie des photos en disant « Lequel ? ». Il s'agit d'un magnifique modèle noir une-pièce, légèrement gaufré, dénudé à gauche, avec un anneau argenté sur l'épaule droite. Élégant à souhait, il ne manque plus qu'une capeline et un éventail à Mélissa pour arborer une allure de star. Elle est conquise.

Elle rassemble les pièces évincées et bricole un semblant de paquet retour.

– Tu vas les renvoyer ? demande Bastien en se campant devant sa mère, les mains sur les hanches et le regard accusateur.

– Bah oui.

– Tu sais qu'ils vont les jeter ?

– Mais non ! Voyons Bastien, on peut retourner ceux qui n'ont pas été portés. Ils les remettent en vente.

– Non, en classe on a parlé de la chaîne logistique des entreprises, et on nous a dit que les vêtements commandés sur internet, et ensuite renvoyés, étaient jetés. À cause des microbes. C'est du gaspillage, maman !

Et Mélissa de maudire temporairement son fils, qui soit dit des sottises, soit souligne à juste titre les dérives du consumérisme déjanté. Il connaît Greta Thunberg ?

*

Un jour, le docteur Henri remet cette histoire de soleil sur le tapis. Mélissa réplique *illico presto* :

– Pas de souci, docteur, j'ai un maillot de bain qui recouvre tout le côté droit. J'ai cherché exprès, vous savez.

Mélissa surprend la blouse blanche à marmonner dans sa barbe :

– Elles ont toujours une solution…

Est-ce un sourire en coin qu'elle vient de deviner, là ?

Le docteur fait évidemment référence à toutes ses autres patientes à l'ingéniosité débordante, qui refusent qu'on leur impose des contraintes inacceptables et décuplent de créativité pour mener la vie dont elles rêvent.

Chapitre 71

20 mai 2019

Chère Mélissa,

Nous vous remercions vivement pour l'intérêt que vous portez à l'association Mon Everest. Nous avons été vraiment très touchés par votre belle lettre.

Effectivement, vous n'avez pas été suivie dans un hôpital partenaire, mais Andrée Dubourg est prête à faire une exception et vous propose de nous rejoindre pour une semaine à Chamonix.

Nos séjours s'adressent à des femmes de moins de cinquante-cinq ans en rémission d'un cancer du sein, six mois minimum après l'arrêt des traitements lourds (radiothérapie). Ils se déroulent sur une semaine, à la Maison Edelweiss, et ont pour objectif d'aider les femmes à se reconstruire dans la phase délicate de l'après-cancer.

Compte tenu de la date de fin de votre radiothérapie, vous pouvez nous rejoindre dès la fin du printemps ou à l'automne selon vos disponibilités.

Voici les dates pour le mois de juin :

- *du 9 au 15 juin ;*
- *du 16 au 22 juin.*

Si vous n'étiez pas libre, aucune inquiétude, nous vous accueillerions en septembre, octobre ou novembre…

Les dates seront envoyées par mail au début de l'été.

Dans l'attente de vos nouvelles,

Bien cordialement,

Annie, Mon Everest

Mélissa lit et relit cet e-mail qu'elle vient de recevoir : elle est acceptée dans le programme « Mon Everest ». Quelle joie ! Elle ne s'y attendait pas. Pour elle, c'était perdu d'avance. Son démon intérieur, de mèche avec la première de classe qu'elle était à dix ans, avait plié l'affaire en un rien de temps « Tu n'es pas dans un hôpital partenaire, tu ne rentres pas dans les cases, ton dossier ne passera pas… »

Et si ! Trop heureuse ! La Maison Edelweiss offre cent vingt places par an, et combien de femmes qui sont touchées chaque année par le cancer du sein… ? Au moins trente mille… C'est pour le moins inespéré ! Une semaine à la montagne, rien que pour elle, avec d'autres femmes qui ont traversé la même épreuve. Elles seront douze pour une semaine « rando, psycho et bien-être ». Douze femmes en rémission. Mais… a-t-elle envie de passer tout ce temps avec d'autres cancéreuses ?

Juin 2019

Chapitre 72

Un dimanche de juin, à 17 heures, Mélissa pose ses valises devant une immense maison de maître savoyarde. Grâce à ce séjour, elle espère tourner la page et laisser ici les lourds sacs qui encombrent son existence. Depuis plus de vingt-cinq ans, l'association Mon Everest propose des séjours aux enfants cancéreux et aux femmes en rémission. Tout est offert : le trajet, l'hébergement, les repas, les activités. L'équipement est prêté. Mélissa n'en revient toujours pas d'avoir été choisie.

La porte s'ouvre. Une masse rousse et poilue entame une danse de la joie autour de Mélissa, qui s'immobilise de surprise. Ça sautille, ça court, ça remue la queue : un gros chien !

– Bingo, viens ici !

Une femme bouclée d'une trentaine d'années, solaire et gaie, suit le canidé de quelques mètres. Elle l'attrape par le collier et lui intime l'ordre de s'asseoir.

– Bonjour, je suis Marie-Soleil, c'est moi qui accompagne le groupe toute cette semaine ! claironne la jeune femme. Entre, mets des chaussons et installe-toi dans la salle à manger, c'est sur la gauche en entrant.

Le moins qu'on puisse dire, c'est que l'arrivée est animée. Mélissa se demande ce qu'elle fait là. Elle éprouve une curiosité mêlée d'appréhension. Et si elle ne se sentait pas du tout en phase avec les autres ? Le fait qu'elle ait été acceptée malgré sa non-appartenance à la liste officielle des établissements partenaires décuple sa culpabilité. Et si elle ne méritait pas ce séjour ? Pourtant, elle a viscéralement besoin de ce temps pour elle, de cette semaine de randonnées et de moments juste entre femmes en rémission.

Quelques participantes sont assises autour de la longue table de salle à manger. Après un « bonjour » timide, Mélissa prend une chaise en bois et se place un peu à l'écart. Les arrivées s'échelonnent. Un groupe de trois vient de prendre place. Elles arrivent de Chambéry. Elles semblent se connaître. Mélissa est redevenue la petite fille de dix ans qui avait peur des gens. Elle n'ose pas les aborder. Les mains croisées devant sa poitrine, elle contemple les montagnes au loin par la grande baie vitrée, évitant ainsi le regard des autres participantes. Le soleil se couche. De beaux reflets roses rendent les cieux tout doux. Pourtant les mains de Mélissa s'agitent devant elle. Elle compte huit femmes. Il en manque quatre. L'attente semble interminable. Les participantes déjà présentes affichent globalement une bonne humeur légère.

Jasmine, l'infirmière bénévole de la semaine, propose un thé à l'assemblée. Mélissa se lève pour aider.

– Non ! Cette semaine, vous êtes des princesses, vous ne faites rien. Nous sommes là pour vous servir. Restez assises, on s'occupe de tout.

Un sourire se dessine sur les visages. Des princesses ! Alors ça, c'est inattendu.

Dehors, une berline fait son entrée sur le terrain. Deux femmes en descendent, dont une qui ne souhaite manifestement pas entrer. On voit les silhouettes s'animer, une grande blonde gesticuler, et une femme aux cheveux courts la prendre dans ses bras. Enfin, elles pénètrent dans la salle à manger. La femme aux cheveux d'or est en pleurs.

– Je ne voulais pas venir. Je ne voulais pas voir la détresse des autres… Je savais que ce n'était pas une bonne idée…

Mélissa se braque sur sa chaise. Elle se doutait bien qu'il y en aurait une plus émotive dans le tas.

Enfin, le groupe est au complet. Marie-Soleil se lève. Bingo se couche à ses pieds.

– Bonjour à toutes, je m'appelle Marie-Soleil. Je suis votre Gentille Organisatrice pour toute la semaine. C'est moi qui vais vous accompagner à toutes les activités. Lui, c'est Bingo, il est gros, mais il ne mord pas. Il adore remuer la queue. Si vous êtes allergique aux chiens, vous me dites !

Marie-Soleil rayonne. Elle porte bien son prénom.

– Est-ce qu'on peut avoir le planning de la semaine ? Moi je n'ai rien reçu, lance une tête frisée.

– Moi non plus… marmonne la grande blonde.

Marie-Soleil annonce, désinvolte :

– Ah non, ici, on veut que vous profitiez de chaque instant, alors on vous donne le programme le matin même, pour la journée. Pas plus en avance. Vous verrez, cela vous fera des vacances ! Et comme cela, vous n'aurez pas à vous inquiéter pour le programme du lendemain.

Sourire énigmatique.

Y a-t-il lieu de stresser ? Mélissa se questionne.

– Chaque matin, j'inscrirai le programme sur ce *paper board*.

Marie-Soleil montre un tableau dressé à l'entrée de la salle à manger. Elle reprend :

– Cette semaine, il y a toute une équipe pour prendre soin de vous ! Comme Jasmine vous l'a déjà dit, vous êtes des princesses, faites-vous servir ! Jasmine, c'est notre infirmière pour la semaine. Demain, vous ferez la connaissance d'Andrée Dubourg, qui a créé l'association et qui est notre randonneuse en chef. En cuisine, René vous concoctera des bons petits plats, sains et bios. Enfin, Damien sera votre photographe attitré. Il prendra des photos toute la semaine.

Des murmures de contentement parcourent l'assemblée. Toutes les participantes sont impressionnées, quelle équipe !

– Demain matin, Andrée vous équipera pour la randonnée. Rendez-vous au sous-sol de la maison à 9 heures précise ! Vous pouvez déjà prendre une polaire et une paire de Crocs pour vous mettre à l'aise.

De fait, une multitude de polaires épaisses et orange sont accrochées sur les porte-manteaux de l'entrée, dans l'espoir de trouver preneuse pour la semaine. Au sol, des paires de Crocs multicolores attendent sagement des pieds pour entamer une valse. Mélissa repense à cette paire de chaussons fourrés qu'elle vient d'acheter en catastrophe avant de se présenter à la Maison Edelweiss. Inutile, donc.

– Pour l'heure, on va vous conduire à vos chambres. Ce sont des chambres de deux personnes. Vous pouvez faire des binômes, sinon on choisira pour vous.

Mélissa, de peur de se retrouver avec cette femme arrivée en pleurs, s'empresse de demander à la jolie frimousse en face d'elle si elle accepte de partager sa chambre. La jeune femme, qui se prénomme Solenne, acquiesce. Ouf. La poitrine de Mélissa se desserre.

Solenne a trente et un ans. Maman de jeunes jumeaux, elle est tombée malade quelques mois après son accouchement. Elle est institutrice. Malgré cette tuile qui lui est tombée sur la tête, elle respire l'optimisme. Mélissa se félicite de l'avoir choisie. Une fois dans la chambre, elles font plus ample connaissance. Une belle connivence s'installe entre ces deux inconnues de la veille.

– Tu crois que les autres sont sympas… ?

Mélissa montre son inquiétude.

– Mais oui, bien sûr ! J'en connais déjà deux, Catherine et Britta. On est suivies dans le même hôpital, elles sont très gentilles, tu vas les adorer.

– Un groupe de femmes pendant une semaine complète, quand même, on ne sait pas comment ça peut tourner…

Chapitre 73

Lundi

La semaine commence fort, avec une balade prévue dès le premier jour.

– Mais il pleut !

Les participantes font la moue.

– Ah bah, ça n'empêche pas de mettre un pied devant l'autre, taquine Marie-Soleil, insensible à la bronca collective.

Agglutinées au sous-sol de la maison, les participantes passent entre les mains expertes d'Andrée, qui les équipe de la tête aux pieds pour la semaine. Pantalon de trek léger, polaire fine, polaire chaude, veste de pluie en Gore-Tex, chaussures de montagne lourdes et étanches, sac à dos, gourde, gants, bâtons de randonnée… Le sous-sol de la Maison Edelweiss regorge de trésors.

Andrée, la fondatrice de l'association, est la première femme française à avoir gravi l'Everest, à trente-trois ans. Aujourd'hui, elle en affiche soixante-deux. Frêle mais tonique, on la devine sportive et dynamique comme un bâton de TNT. Elle parle vite, avec les mains, et a toujours une anecdote à raconter.

Le nez dans l'armoire à vêtements, Mélissa repère sa taille et les couleurs offertes pour sa panoplie de parfaite alpiniste.

C'est qu'elle ne compte pas hériter de morceaux disparates et bigarrés. Elle a vu les photos des groupes précédents : les filles portent toutes le T-shirt officiel de l'association, rose. Cette unité de couleurs est bienvenue. À deux doigts de repartir avec une veste mauve et un pantalon rouge, sélection douteuse de la part d'Andrée, Mélissa parvient à extraire un pantalon couleur pétrole du lot et convainc l'experte ès randonnées de la laisser repartir avec.

– C'est que j'aime bien quand ça va ensemble, moi…

Andrée sourit, elle en a vu d'autres.

La tête penchée sur un grand bac en plastique, les filles cherchent LE bonnet, celui qui les accompagnera toute la semaine, et qui leur sera offert à leur départ.

– Qu'est-ce qu'ils sont moches… souffle Mélissa à sa colocataire.

Après une fouille digne d'un atelier archéologique, Mélissa met la main sur un bonnet violet. Cela devrait se marier correctement avec sa veste mauve et son pantalon bleu. Solenne déniche une casquette gavroche brune tout droit sortie de *Germinal* et, contre toute attente, l'adopte sur-le-champ.

Le départ est annoncé. Une troupe multicolore se met en marche, parapluie jaune à la main. L'air de la montagne les ravigote. Cette promenade à faible dénivelé – après tout, ce n'est que le début de la semaine, il faut se mettre en jambes – offre l'occasion parfaite de faire plus ample connaissance avec les autres femmes de l'aventure. Des petits groupes se forment et viennent animer les bois silencieux. La pluie les accompagne fidèlement.

Elles s'appellent Emma, Amandine, Britta, Catherine, Maria… Elles ont trente ans, quarante et un ans, quarante-huit ans, cinquante-cinq ans. Elles sont institutrice, secrétaire médicale, ingénieure, infirmière, sage-femme… Elles ont perdu un bout de sein, voire un sein complet, voire les deux. Elles ont parfois une métastase qui s'accroche… Certaines en ont pris pour dix ans d'hormonothérapie. Les profils sont variés, mais chacune se retrouve dans les histoires des autres. Elles viennent toutes de la région Rhône-Alpes, sauf Mélissa qui vient de Suisse, et Emma, une Parisienne. Dans l'ensemble, elles ont toutes l'air sportives. Mélissa l'est probablement moins que les autres, mais elle a savamment préparé sa valise, faisant les fonds de tiroirs pour remettre la main sur ses quelques effets de sport, denrée rare s'il en est dans sa garde-robe.

*

Parvenue aux chutes de l'Arveyron, point culminant de la balade, Amandine entame un joyeux *Singin' in the Rain*, repris en chœur par ses comparses. Damien, le photographe, immortalise les parapluies jaunes chantants.

Le retour accueille le silence. La fatigue se fait ressentir. Les gouttes tombent de plus en plus lourdement. L'humidité se fraie un passage vers les os.

– On arrive bientôt ?

Les marcheuses sont lasses. Le tonnerre gronde maintenant dans le ciel. Le groupe accélère le pas. Le ruisseau sur le bord du chemin menace de déborder. Marie-Soleil, derrière son éternel sourire, affiche une mine inquiète.

– On y est presque, les filles, on y est presque…

Enfin, c'est l'arrivée à la Maison Edelweiss, le séchage en bonne et due forme et le chocolat chaud de réconfort.

– Trois heures, on a marché trois heures !

– Oui, et sous la pluie en plus…

– On est fortes, les filles, on est fortes !

Fières de ce qu'elles viennent d'accomplir, les stagiaires sont en train de prendre conscience qu'en mettant un pied devant l'autre, malgré les obstacles, on arrive toujours à destination.

La veillée du jour est consacrée à l'estime de soi. Ça leur parle, aujourd'hui.

Chapitre 74

Mardi

Face au miroir de la salle de bains, Mélissa se tient droite, les pieds bien ancrés dans le sol, et entonne, telle une comédienne en pleine représentation :

– Je suis importante ! Je suis unique ! Je suis belle ! Je m'accepte et je m'aime !

Brandi en l'air, un poing serré accompagne chaque phrase.

– Tu fais quoi ? s'enquiert Solenne.

– Je répète le mantra sur l'estime de soi.

– Waouh, t'as l'air d'y croire à fond. Je ne sais pas si j'arriverais à être aussi convaincante, moi…

– Viens le faire avec moi !

L'animatrice de la veille leur a donné des devoirs : répéter ce mantra à voix haute tous les matins, pour que cela s'inscrive dans le corps. Pragmatique, Mélissa se dit que c'est un conseil facile à suivre.

Cet après-midi, un rendez-vous énigmatique a été donné dans le jardin de la Maison, en tenue de sport. Et c'est vers la tyrolienne aérienne que se dirige le groupe. Panique à bord ! On ne va quand même pas devoir se lancer dans le vide au-dessus du parc, si… ?

– Les enfants adorent ça ! lance Andrée.

– Ah ben moi, je flippe ! J'ai jamais fait ça… râle Mélissa.

Toutes les autres participantes semblent séduites par l'activité.

Baudrier, harnais, casque… le groupe est vite équipé. On remet à chacune un fanion avec le nom de l'association. Ce sera pour les photos souvenirs. Damien est en place, perché sur un arbre. Les descentes s'enchaînent, plus sonores les unes que les autres. Chacune se laisse aller avec allégresse. Une fois lancée dans les airs, ça crie, ça hurle, ça rigole, ça s'époumone, ça chante, même. Mélissa, bien qu'anxieuse, éprouve finalement un certain contentement à se laisser glisser le long du câble. Elle qui déteste les manèges, ce n'est pas si mal.

– On peut faire un deuxième tour ?

– Ben tu vois, t'es pas mouru, l'âne ! se moque Solenne.

Après ces émotions fortes, un groupe se dirige vers les bols d'air.

– Il paraît qu'après quinze minutes, ça te fait la même voix que quand tu respires de l'hélium.

– Mais n'importe quoi…

– On va bien voir.

Dans un petit salon confortable à l'entrée de la maison, on trouve trois bols d'air Jacquier. Ces machines, munies d'un tube en plastique, diffusent de l'oxygène à même le nez.

Andrée a conseillé au groupe d'utiliser ces bols tous les jours, afin d'augmenter leur amplitude respiratoire.

– Ça oxygène vos cellules, ça calme, ça booste la santé. Vous allez voir, vous allez adorer. En plus, c'est senteur pin. Ça sent les vacances ! Moi je fais dix minutes par jour. Emma, toi qui habites à Paris, n'hésite pas…

– En gros, c'est comme respirer du bon air frais ? s'enquiert Amandine.

– Oui ! *Exit* le stress et la pollution, répond Andrée.

– Ben on est déjà en plein bon air frais, là, non ?

Il est vrai qu'il semble étrange de respirer l'air d'une machine alors qu'on est à la montagne… Quoi qu'il en soit, les bols sont pris d'assaut depuis le début de la semaine et, quand une participante peine à attendre son tour, elle ouvre la porte d'entrée, inspire un grand coup et clame :

– Oh, le bon air frais de la montagne !

Ça fait toujours rire les stagiaires en cours d'oxygénation.

*

Ce soir, c'est leur moment avec Andrée. Lovées dans les canapés moelleux du salon, les filles choisissent un carré de chocolat parmi un vaste choix étalé sur la table basse, tout en se réchauffant avec leur mazagran de tisane fumante.

Andrée, quelle femme fascinante ! Dire qu'à vingt-quatre ans, elle gravissait son premier sommet de 8 000 mètres ! Elle n'était même pas alpiniste professionnelle. Elle accompagnait des alpinistes en tant que médecin. Elle venait tout juste de terminer son internat.

Andrée se place devant le *paper board*, dessine une montagne, se racle la gorge et commence.

– Oser venir faire un séjour à la maison Edelweiss, c'est accepter de reconnaître qu'on a besoin d'aide. C'est un grand pas que vous avez franchi en vous rendant ici.

Murmures dans l'assemblée, yeux qui mouillent. Il est vrai qu'il faut être courageuse pour affronter les démons de sa maladie face aux autres.

– Depuis que je reçois des groupes de femmes, je sais… L'après-cancer n'est pas évident. Face au vide, on perd pied, on se sent seule, incomprise, différente. Ça me fait penser aux difficultés pour conquérir un sommet. Le diagnostic du cancer, c'est comme l'avalanche ; l'itinéraire, c'est comme la voie vers la guérison ; l'après-cancer, c'est comme la descente de l'Everest. Il faut la préparer. L'âme en sort aussi meurtrie que le corps. Même lorsque la maladie est vaincue, le traumatisme est là.

Un silence religieux s'est installé dans la pièce. Les participantes sont tout ouïe.

– J'ai compris que c'était comme un Everest personnel, et c'est pour cela que j'ai monté cette association. Ici, on vous apprend à redescendre, par palier.

Elle leur raconte son ascension de l'Everest, leur montre un film, leur lit des textes. D'une certaine manière, elle les entretient de leur propre vie. Avec des mots qui sonnent juste.

– Parfois, le regard de l'autre change, alors que moi, je n'ai pas changé. Vous n'avez pas changé, et vous ne voulez pas être définie par une pathologie.

Les stagiaires acquiescent. Le regard des autres représente tout un défi. Dans cette bulle de paix à Chamonix, elles peuvent enfin baisser la garde. Elles sont entourées de personnes positives, gentilles, attentionnées. On les aide à trouver leur nouveau chemin. On les accompagne au-delà des crevasses invisibles que la maladie a creusées dans leurs âmes. Cette semaine, elles vont pouvoir reprendre confiance.

Andrée finit sur un poème de sa composition :

L'Everest, c'était mon obsession, mon idée fixe.

Lorsque je l'ai enfin atteint,

J'ai été soulagée et pour ainsi dire guérie.

Ton Everest, c'est ta maladie,

Et je sais que l'ascension est difficile.

C'est loin, c'est haut.

Il y a des jours de soleil et tu vas bien,

Il y a des tempêtes et du brouillard, et tu as froid.

Et puis un jour, le sommet est là, devant nous…

Suis-moi, je te montre le chemin.

En fait, ici, c'est le Club Med de la bienveillance, pense Mélissa en s'essuyant le coin de l'œil.

Chapitre 75

Mercredi

Sur le *paper board*, le programme du jour laisse pensif :

Marathon détente

RDV 9h en salle de relaxation

– Marathon détente ? Trop bien, du coup on peut retourner se coucher ? demande Britta, la doyenne du groupe, dans un grand bâillement.

Son pantalon en molleton rose et ses pantoufles lapin laissent supposer qu'elle est plus près de se remettre au lit que de participer aux activités.

Le groupe émerge devant une tasse de café ou de thé. Les pronostics vont bon train.

– Je suis sûre qu'on va faire du yoga.

– Ou du Pilates !

– On va peut-être se faire masser…

– Moi, je connais une fille qui a déjà fait le stage. Elles avaient été aux bains thermaux !

– Cool !

– Ah non, va falloir se mettre en maillot de bain ?

– *Marathon détente* ? C'est quand même deux mots qui ne vont vraiment pas ensemble…

Ça, c'est l'intervention de Mélissa, prosaïque. L'arrivée de Marie-Soleil, tout aussi endormie que le reste de la troupe, provoque l'arrêt prématuré des conjectures.

– Alors, Marie-Soleil, raconte ! Qu'est-ce qu'on fait aujourd'hui ?

– Ah, aujourd'hui… Ben, c'est détente… On fait tout comme d'habitude, mais en plus lent, dit-elle en étirant mollement ses bras au-dessus de sa tête.

– Hein ?!

– Mais non… je rigole. Vous verrez bien. En tout cas, accrochez-vous, on va enchaîner !

À 9 heures pile, c'est une équipe orange fluo qui prend place dans la salle de détente. À croire que les polaires de la maison ont gagné le cœur de toutes les stagiaires. Dans l'espace relaxation, de larges vitres donnent sur le parc, dont une partie a été aménagée en jardin japonais. Chaque matin, les participantes se ressourcent ici lors de la méditation collective. Dans un coin se trouve un gong imposant, de la taille d'un homme. Sur le bord des fenêtres, on retrouve des bouddhas, des *koshis* et des bols tibétains de différentes tailles. Mélissa secoue la tête, dubitative. Tous ces trucs de relaxation, ça n'a jamais été sa tasse de thé. Quand on lui demande de se détendre, elle n'y arrive pas. Alors, elle culpabilise et elle se met à stresser. Cercle vicieux.

Marie-Soleil, soucieuse du bien-être de ses protégées, énonce la règle du jeu :

– Aujourd'hui, vous allez découvrir plusieurs approches qui favorisent la relaxation. Si lors d'une séance vous vous sentez mal à l'aise, n'hésitez pas à quitter la salle. Il y a certaines techniques qui vous correspondront moins que d'autres. C'est normal.

Le coup d'envoi est lancé par une intervenante externe qui vient leur enseigner le Qi Gong. Mélissa ne connaît pas cette approche. C'est une gymnastique traditionnelle chinoise. Elle se laisse bercer par les grands mouvements amples de cette pratique. La chorégraphie lente, vouée à faire circuler son énergie intérieure, réussit à l'apaiser. Ses gestes se délient. Elle perçoit l'harmonie avec son corps. Elle aime bouger ainsi, et se sent bien ancrée dans le sol. L'intervenante invite les participantes à pardonner et à se pardonner. Des larmes se mettent à couler sur plus d'un visage. Cela a touché une corde sensible. Cette technique calme Mélissa, qui se promet de chercher un cours dès son retour en Suisse. C'est un peu comme une danse consolante.

Vient le tour du yoga. Qui dit détente dit yoga, forcément… Mélissa redoute cette séance. Bien sûr, elle n'a plus à se soucier d'une perruque qui glisserait malencontreusement sur le sol, mais elle n'a pas gagné en souplesse depuis sa première tentative, quelques mois plus tôt. Cette séance s'avère aussi désagréable que son cours d'essai. En pleine salutation au soleil, elle est à deux doigts de quitter la salle. Elle pourrait. Pourquoi ne le fait-elle pas ? Elle n'ose pas, mais accueille avec soulagement la fin de ce cours.

– Pause pipi ! Je vous attends dans dix minutes ! annonce Marie-Soleil aux participantes.

– Je déteste le yoga… glisse Mélissa à Solenne en se relevant lourdement.

– Ah moi, j'adore, ça me détend *tellement*, intervient Amandine, encore penchée en avant, les jambes tendues et les mains posées à plat sur le sol devant elle, telle une gymnaste en plein échauffement.

Ah, mais celle-là… La chimio a dû décupler ses facultés de première de la classe. Mélissa voit son hégémonie péricliter avec inquiétude. Fille parfaite, sors de ce corps !

Dans un registre cousin, les filles découvrent la sophrologie. Encore un truc du genre yoga… se dit Mélissa. Marie-Soleil, spécialiste de cette pratique, demande au groupe de s'allonger sur un tapis de sol, de fermer les yeux et de respirer profondément. Elle commence à parler de sa voix grave.

– Relâchez tout votre corps, vos jambes sont lourdes, vos bras sont lourds…

Mélissa tente de relaxer. Au moins, pas de tribulations musculaires avec cette approche. Ravie d'être en position horizontale, elle suit les directives consciencieusement, puis sent son esprit s'égarer. Sa respiration ralentit. Elle se détend. Elle se sent sur un nuage, libre, sereine. Un gong résonne. C'est la fin de la séance. Déjà ? Mélissa n'en revient pas ! Elle a réussi à déconnecter, ce qui ne lui arrive jamais. Est-ce la voix envoûtante de Marie-Soleil ? En tout cas, elle se sent ressourcée.

– Allez les filles, pause lunch ! On reprend cet après-midi.

*

Après le déjeuner, Marie-Soleil les invite à un concert.

– Allongez-vous sur le sol, je vais vous jouer une tempête sonore.

Un coup de gong résonne, profond, mystérieux, puis deux, puis trois, de plus en plus fort, de plus en plus présents dans l'espace. Les vibrations pénètrent dans les corps et provoquent des tremblements. Marie-Soleil s'en donne à cœur joie avec le gong de la salle. Étendues les yeux fermés, les filles se retrouvent soudain en plein milieu d'un cataclysme. Les graves de l'instrument prennent aux tripes. Orage, bourrasques, éclairs : les sons évoquent des vagues déchaînées qui s'abîment brutalement sur les rochers, puis retournent à l'océan sous un ciel déchiré ; c'est comme une onde de choc qui atteint un sommet, avant de s'éloigner et de s'assagir. Mélissa frisonne de la tête aux pieds, d'exaltation. C'est jouissif.

Puis le printemps s'installe avec ses sons légers et cristallins : Marie-Soleil s'est saisie des *koshis*. Ces carillons invitent à admirer la nature rayonnante et enchantée, à s'emplir des notes du vent dans les arbres et à s'émerveiller au chant du pinson. Avec ses tintements doux et cliquetis joyeux, la mélodie annonce l'éclaircie, entraînant relaxation, calme et apaisement.

Les *koshis* se taisent. Le silence permet à chacune de reprendre ses esprits. Puis la tempête revient dans un bruit sourd et mouvementé. Le gong chante à nouveau. Le cœur de Mélissa s'emballe. À côté d'elle, ça bouge. Britta ne supporte plus ce vacarme. Elle quitte la pièce, les mains enfoncées sur ses oreilles. Mélissa, elle, se sent bien, comme si elle avait survécu à un séisme. Elle constate que ces sons intenses provoquent une plénitude totale dans son corps.

Pour finir le marathon, Marie-Soleil initie le groupe aux massages sonores. Ah ! Une pensée émue pour Irma traverse Mélissa. Son amie se réjouirait de participer à cette séance. Les nombreux bols tibétains sont placés au centre de la salle. Marie-Soleil enseigne au groupe comment jouer du maillet, puis, par groupe de deux, les filles s'installent dans différents coins de la pièce pour le massage : l'une allongée, l'autre autour d'elle, qui doit placer le bol sur différents endroits du corps, frapper le bol à l'aide du maillet et laisser les vibrations faire effet dans le corps. C'est puissant, et intrigant. Mélissa constate que le corps vibre de tout l'intérieur. Il paraît que les sons produits permettent de dénouer les blocages et autres tensions quotidiennes afin de favoriser un état de lâcher-prise. On appelle aussi cela les bols chantants. Quelle belle image.

Malgré cette journée censée favoriser le lâcher-prise complet, Mélissa ne se sent pas tout à fait là. Elle goûte, elle profite, mais elle a toujours ce petit quelque chose en elle qui la laisse sur la réserve. Elle n'arrive pas à créer un lien tout à fait authentique avec les participantes. Elle se sent différente et pas complètement alignée. Insatisfaite par sa « nouvelle » vie, qui n'a pas apporté les changements escomptés, elle ne sait toujours pas quelle direction prendre et se surprend à ressentir de la colère, malgré tout le bien qu'on lui veut cette semaine.

Oui, elle est en colère. C'est caché, c'est enfoui, mais c'est présent. Cette révélation intérieure la déstabilise. Elle quitte mentalement Chamonix un instant et repense à ces derniers mois. Bien sûr, elle a noirci des cahiers entiers, déversant toute sa hargne et son désarroi. Bien sûr, elle a souvent ressenti de l'irritation en pensant à son emploi, mais c'est comme si une politesse extrême avait pris le contrôle de ses actes. Jamais agressive, jamais irrévérencieuse... Que se passerait-il si elle permettait à cette émotion de s'exprimer, au lieu de laisser un dépit fataliste prendre le dessus ? Cette pensée l'effraie. Elle serait capable de péter un câble et d'en faire pâtir son entourage. Mais ne serait-ce pas un bon exutoire ? Mélissa réalise qu'il y a au plus profond d'elle des ressentiments qui doivent s'exprimer. Qu'aurait-elle envie de dire à ses « détracteurs » ?

D'abord à sa gynéco :

– Vous êtes complètement pourrie en diseuse de mauvaise nouvelle, vous le savez, ça ? POURRIE ! Allez prendre un cours d'empathie ! Ou changez de métier ! Et renseignez-vous sur les statistiques, bon sang ! Apprenez à donner un peu d'espoir à vos patients !

Puis à son oncologue :

– Vous rigolez jamais, vous ? Ça va, c'est bon, détendez-vous derrière votre blouse blanche austère et votre bureau en chêne. On va pas tous mourir ! Pas moi en tout cas. JE NE VEUX PAS MOURIR. C'est compris ?

Et enfin au travail, à ses supérieurs :

– Pas un pour rattraper l'autre, toujours en train d'humilier, de rabaisser, de critiquer vos équipes ! Jamais un message d'encouragement. C'est du management, ça ? Allez vous acheter un cœur ! Et suivre un cours de *leadership*, tant qu'à y être ! Moi j'aspire au respect, nom de bleu !

Fébrile, mais satisfaite, Mélissa sourit en s'imaginant dire leurs quatre vérités à ces personnes. Jamais elle n'oserait, dans la réalité, mais ce serait tellement intéressant, une vie où on dirait tout ce qu'on pense…

Chapitre 76

– C'est qui, ta cacahuète ? Je te dis la mienne et tu me dis la tienne, O.K. ? Mais on dit rien aux autres, hein !

Espiègle, Solenne est assise en tailleur sur son lit, en pyjama, et rédige une carte.

La veille, Andrée a lancé le jeu du gorille et de sa cacahuète. Pendant toute la semaine, chaque habitant de la Maison, incluant le personnel, devient le gorille de quelqu'un et la cacahuète de quelqu'un d'autre. L'objectif du gorille est d'être aussi gentil que possible avec sa cacahuète sans se faire démasquer, et le but de la cacahuète est d'identifier son gorille. Pendant toute la journée, compliments anonymes, bouquets de fleurs des champs et autres petits cadeaux déposés nonchalamment à la salle à manger se sont multipliés, créant une ambiance pleine de surprises et de joies.

– Ben moi, j'ai tiré Emma, répond Mélissa.

– Ah bah, ça va être facile ! Moi j'ai tiré René, ça va pas être simple… Il passe sa vie en cuisine. Je me vois mal aller lui masser les épaules entre deux touillages de tambouille !

En effet, être le gorille de l'une des participantes, c'est assez aisé, mais quand on tombe sur l'équipe encadrante, le niveau de difficulté monte d'un cran.

– C'est pour lui, cette carte ?

– Oui, je vais la laisser dans la cuisine tout à l'heure quand tout le monde sera couché. C'est pour le remercier de tous ses bons petits plats.

– Tu pourrais lui chercher de l'ail des ours, y en a plein dans les champs.

– C'est dingue comme tu es créative ! T'as trop raison, lors de la prochaine rando, je regarde si j'en trouve !

– Moi, pour Emma, je pensais faire un origami cocotte en papier avec des phrases *feel good* dedans.

– Bonne idée ! Et sinon, tu as des pistes pour ton gorille ?

– Il y avait une citation pour moi sur le *paper board* ce matin, du coup, je me demande si ce n'est pas Marie-Soleil, vu qu'il n'y a qu'elle qui s'en sert, normalement…

Chère Mélissa,

Écoute le vent, il chante,

Écoute le silence, il parle,

Écoute ton cœur, il sait.

Voici ce qui attendait Mélissa dans la salle à manger ce matin-là. À la lecture de ces lignes, Mélissa a senti les larmes monter. En y repensant, elle se sent comprise.

Chapitre 77

Jeudi

Confortablement assises dans les fauteuils du salon, les filles s'apprêtent à accueillir une psychologue spécialisée en oncologie. Thème de la matinée : la résilience après la maladie. Ah, elles auront de quoi dire ! Déjà, on s'échange des idées. La pièce offre de nombreuses places moelleuses disposées en U, une grande table basse carrée en bois et une vue dégagée sur les montagnes. Une cheminée crépite et vous endort. Dès le premier jour, Mélissa a apprécié la recherche décorative de cet endroit, de style chalet chic : rouge, gris et bois clair. Ce lieu respire l'harmonie. Il paraît qu'Andrée a démarché les magasins de meubles de la région pour aménager cet espace, et qu'elle a eu tellement de succès auprès des enseignes qu'elle a dû choisir ! Comme quoi, la solidarité existe.

Installée en face de Mélissa, Amandine se tient les bras croisés sur sa poitrine, ou plutôt sa non-poitrine… Il semble à Mélissa qu'hier elle avait plus de volume.

– J'ai fait péter la prothèse ! lance Amandine.

C'est ainsi qu'elle s'affiche plate comme une planche à repasser, mais heureuse de se montrer elle-même ce matin-là. Elle arbore d'ailleurs un T-shirt décalé portant en plein milieu l'inscription « Les Seins Français ». Cette preuve d'autodérision laisse Mélissa pantoise.

– Mais alors, tu n'as plus du tout de seins ? s'enquiert-elle.

– Non, on m'a tout retiré, les deux ! D'habitude, je mets une prothèse spéciale pour faire illusion, mais là… on est entre nous. Je vais subir une reconstruction dans quelques mois.

Par réflexe, Mélissa pose ses mains sur ses seins et prend conscience de la chance qu'elle a. On ne lui a enlevé qu'un tout petit bout. Ne plus avoir de cheveux l'avait traumatisée, mais ne plus avoir de seins doit provoquer un séisme psychologique titanesque…

Amandine discute maintenant avec Britta, qui, elle, hésite entre un tatouage pour recouvrir son buste devenu lisse, ou une reconstruction.

– Il paraît que c'est très douloureux…

– Oui, mais maintenant ils font des miracles ! Il paraît même qu'une équipe de chercheurs travaille sur de faux mamelons qui capteraient les sensations.

Un frisson traverse le dos de Mélissa. Quand elle y pense, son cas est loin d'être le pire. Elle découvre ici des parcours ô combien plus accidentés que le sien : deux à qui on a retiré les deux seins, une qui en a pris pour dix ans d'hormonothérapie, une qui a une métastase, une dont le fils s'est suicidé deux mois plus tôt, et une qui est en récidive…

Elle se met à feuilleter nerveusement le *Chamonix Mag* : « Découvrez la Compagnie des ânes à l'alpage de Charousse. » Voilà un sujet qui semble passionnant, autrement plus passionnant que la reconstruction mammaire.

Ce matin, devant son bol de thé, elle a trouvé une jolie carte noir et or portant la mention : « Crois en toi… et tu auras parcouru la moitié du chemin. » Au dos, un message de son gorille : « La femme, quand elle a compris et accepté ce qu'elle est au plus profond d'elle-même, sait d'où vient sa force intérieure et comment l'exploiter. Elle n'est pas l'image de ce que l'on attend d'elle-même, mais ce qu'elle a décidé d'être ! »

L'écriture liée au stylo à bille ne ressemblait en rien à l'écriture de Marie-Soleil. Mauvaise piste… Ce message philosophique l'a laissée perplexe, mais la séance de ce matin pourrait l'aider à trouver ce qu'elle veut être.

La psychologue se présente et s'enquiert des attentes de chaque participante par rapport à l'atelier du matin.

– Moi, ce matin, j'espère pleurer tout ce que je n'ai pas pleuré pendant ma maladie, et depuis le début de la semaine. Je trouve qu'on est toutes sur la réserve et qu'on ne se livre pas entièrement…

Voilà, c'est dit. Pour Mélissa, l'objectif est limpide, elle veut s'ouvrir, quitte à devoir se montrer vulnérable. Une dizaine de paires d'yeux approbatifs se tourne vers elle. Elle ne s'est pas trop épanchée depuis le début du séjour, et sent aujourd'hui qu'on va lui laisser la place.

De fait, Mélissa passe les trois heures de l'atelier en pleurs. À l'issue de la séance, les participantes ont identifié les peurs qui les empêchent d'avancer – elles sont nombreuses ! – et les outils pour aller de l'avant. Vide de larmes, Mélissa se sent plus légère. Un mot ressort de cette matinée : la colère. Une sensation qu'elle a déjà commencé à explorer ces derniers jours. Prochain sujet à creuser avec ma psy, se dit-elle pour conclure cette matinée.

*

Mélissa jette un coup d'œil à sa montre. 13 h 55. Vite, le cours d'escalade commence dans cinq minutes. Sortant de son demi-sommeil – c'est qu'on n'a pas le temps de faire des siestes, ici ! –, elle quitte son lit, enfile sa polaire orange, sa paire de Crocs violets, et se dirige vers la salle de sport. Elle n'a jamais fait d'escalade. Elle est anxieuse.

Dans la salle, une immensité bleue et moelleuse se présente sous ses pieds, entourée de majestueuses parois jaunes aux prises multicolores et à l'inclinaison variée. Elle lève la tête, manquant de se faire une entorse cervicale. C'est haut. Marie-Soleil s'informe du niveau des participantes.

– Ah bah, zéro…

– Jamais fait, moi non plus.

– Moi, j'en fais tous les week-ends.

Les yeux se tournent vers Amandine. Elle a déjà tout fait, celle-là…

Maintenant, Mélissa se souvient : en primaire, il y avait un mur dans le préau… Elle a bien dû le grimper une ou deux fois. Montrant une assurance surprenante, elle évite de justesse le groupe des débutantes et vient compléter un groupe de « déjà fait quelques fois ».

Au loin, elle voit Emma, la tête dans les mains, les yeux rougis, traumatisée à l'idée de devoir enfiler un baudrier. La pauvre… Peu habituée des montagnes, Emma se retrouve cette semaine dans une zone d'inconfort extrême. Ce matin, au petit déjeuner, Mélissa lui a découpé un cœur dans une serviette en papier rose et a écrit dessus : « Belle Emma, aujourd'hui, tu es capable, tu respires et tu prends du plaisir ! Ton Gorille » Manifestement, ces encouragements ne suffisent pas. Solenne est en train de lui masser les épaules. Elle brouille les pistes…

Andrée s'active pour motiver les troupes.

– Aujourd'hui, vous allez gravir votre Everest. Comme en haute montagne, vous irez par palier. Vous monterez à deux mètres, puis redescendrez, ensuite vous monterez à quatre mètres et ainsi de suite. On ne cherche pas la performance, mais le lâcher-prise. Pensez à bien respirer. Allez, bonne grimpe, les filles !

Facile à dire… Mélissa forme un duo avec Catherine. Elle s'entend bien avec cette femme au tempérament volontaire, mais qui affiche toujours une grande tristesse au fond des yeux. Catherine l'assure. Mélissa monte à deux mètres. Facile. Elle se laisse redescendre en sautillant, comme on leur a montré. C'est agréable comme sensation. Excitée, elle monte à quatre mètres. La vue d'en haut commence à l'impressionner. Galvanisée, elle tente le huit mètres. Une oppression mêlée d'une peur inexpliquée se fait sentir sur les derniers mètres. Elle se concentre et inspire profondément. Elle se surprend à ne plus penser qu'à sa respiration. Cela tempère ses battements de cœur. Elle oublie tout pendant un instant, simplement focalisée sur l'air qui circule dans ses poumons et la recherche de la prochaine prise pour ses pieds. Une fois redescendue, c'est une grande satisfaction qui l'habite, mêlée d'une sensation de bien-être. Elle voit le haut de la paroi, quatorze mètres. Elle va le tenter.

Encordé lui aussi, Damien joue les paparazzis à dix mètres du sol, demandant aux demoiselles de sourire entre deux mouvements ou de prendre des positions acrobatiques. Encore de belles photos en perspective.

À l'issue de deux heures de montées, de descentes et d'assurage, les filles sentent naître en elles la fierté du dépassement de soi. Allongées sur le sol, les grimpeuses d'un jour s'esclaffent.

– J'aurais jamais pensé que je monterais si haut !

– Moi non plus.

– C'était trop cool !

Andrée les rejoint.

– Prêtes pour la descente en rappel ?

– Quoi ?

Plusieurs voix paniquées résonnent dans un écho commun. Andrée leur monte la *via ferrata* qui fait le tour de la salle, et un couloir métallique, tout en haut, avec une ouverture. Mélissa croit défaillir. Elle qui pensait avoir assez donné de sa personne, elle se retrouve à nouveau devant la peur de l'inconnu et des sensations fortes. Solenne lui sourit et lui fait un signe de tête.

– Allez, tu viens ?

L'invitation de sa compagne de chambre la rassure. Elle prend sur elle, inspire – décidément, elle n'aura jamais autant respiré – et monte les premiers barreaux de l'échelle en métal. La *via ferrata* en elle-même se révèle agréable. Une fois en haut, une passerelle munie d'une ouverture permet la descente en rappel. Marie-Soleil gère la sécurité. Solenne descend la première, dans un cri de surprise mêlé d'enthousiasme. Arrivée sur le tapis de sol épais qui fait office de réception, Solenne lance :

– C'était trop bien !

Entraînée, Mélissa la suit. Qu'est-ce qu'elle risque, à part une chute d'environ dix mètres sur une grosse épaisseur de mousse… ? Les jambes dans le vide, elle attend que Marie-Soleil donne du lest à sa corde. Et c'est parti ! La chute se révèle plus lente que Mélissa ne s'y attendait, mais pleine de sensations qui attisent l'adrénaline.

– Encore ! crie Mélissa.

Et les deux colocataires de repartir pour un second tour.

*

S'il y a un avantage notoire à la chimiothérapie, c'est qu'elle coupe les menstruations. Pouvoir relever un effet positif à ce traitement de choc anti-cancer, c'est inespéré ! Mélissa s'est habituée à ce nouveau confort de vie. Pas d'accident de sous-vêtement, pas besoin de vérifier le stock de tampons et de serviettes hygiéniques dans son sac à main… Elle s'est affranchie avec désinvolture et satisfaction de cette ancienne contrainte et savoure cette liberté bienvenue.

Après la chimiothérapie, l'hormonothérapie a pris la relève, assurant une pérennité à ce nouveau paradigme. Ce traitement, qui diminue les hormones, supprime les règles par la même occasion. On lui a assez rabâché les oreilles :

– Vous allez vous retrouver en préménopause artificielle. Avec tous les effets secondaires que cela implique, incluant la disparition du cycle menstruel.

Tant mieux. Mélissa et ses compagnes de stage discutent allègrement de ce cadeau, dommage collatéral, certes, mais cadeau quand même, que la vie leur fait le temps de quelques mois.

Alors comment se fait-il qu'en cette journée de juin, soit six mois après le début de l'hormonothérapie, en pleine séance de méditation, Mélissa ressente la désagréable impression que quelque chose se trame dans sa culotte ? Un détour aux toilettes et la sentence est sans appel : les Anglais sont de retour ! Traîtres, ils débarquent au moment où Mélissa s'y attend le moins, et dans un cadre où elle peut difficilement courir les pharmacies pour s'équiper convenablement. Quelle déconvenue !

– Oups, je crois que j'ai mes règles.

– Tes règles ?!

Regards surpris et méfiants du côté de ses comparses. Comment peut-on avoir ses règles après une chimio et sous hormonothérapie ? Elles en discutaient hier, justement… C'est tout à fait improbable. Mélissa devine les pensées alentour : « Est-ce que c'est une fausse cancéreuse qui aurait menti juste pour pouvoir profiter de ce séjour offert aux femmes en rémission ? » Ou encore : « Oh, quelle chance, retour à la vie normale. »

Après l'étonnement vient la recherche de stock.

– Vous auriez pas un tampon ou une serviette pour moi ?

– J'en n'utilise plus depuis des mois.

– Moi non plus…

– Pareil…

Regards gênés qui pointent vers le sol… Gêne de ne pouvoir créer un élan de solidarité féminine pourtant attendu.

Mélissa ne se laisse pas abattre et fait le tour des locataires de la maison, incluant le personnel encadrant. C'est ainsi qu'elle se retrouve avec un inventaire anti-fuite totalement disparate : une mini-serviette, une maxi-serviette et deux tampons sans applicateur. Elle n'a jamais utilisé ces modèles-là. Voilà une nouvelle expérience dont elle se serait bien passée.

Chapitre 78

Vendredi

Mélissa tient fermement son fer à lisser dans sa main droite. Les frisettes disgracieuses qui peuplent son crâne n'auront pas le dernier mot. Debout dans la salle de bains, fenêtre ouverte sur le Mont-Blanc, elle dompte sa courte crinière : trois centimètres de cheveux lui recouvrent le caillou.

– Ah oui, c'est lisse, dis donc !

Solenne, étendue sur son lit, zieute de loin et approuve le travail d'un hochement de tête. La jolie jeune femme à la chevelure châtain affiche de généreuses boucles souples et soyeuses. Cela lui donne l'air noble. Rien à voir avec la coupe de Mélissa qui évoque plutôt le pelage d'un bichon frisé.

D'ailleurs, elles sont nombreuses à être frisées cette semaine. Six participantes sur douze, quand même. Une sur deux. Cela ne semble pas correspondre pas aux statistiques nationales. Ça boucle, ça frise, ça frisouille sur plusieurs têtes, et ça grisonne.

– C'est dingue le nombre de cheveux blancs que j'ai depuis la chimio !

Emma, bichon frisé de quarante-deux ans, contemple sa teinte dans un miroir. Elle a montré une photo d'elle avant : cheveux bruns, longs et raides. Avec sa tonalité poivre et sel, on ne la reconnaît plus ; on dirait qu'elle a pris dix ans. En bon gorille, Mélissa se demande si elle devrait lui offrir une teinture naturelle et lui prêter son fer à lisser… Catherine, elle, a les mêmes cheveux qu'Emma, mais en plus long. Amandine a adopté une coupe courte permanente, parvenant ainsi à dissimuler les bouclettes. Elle se teint en blonde.

– J'ai que trente-six ans, je ne vais quand même pas me laisser enquiquiner par des cheveux blancs ! clame-t-elle.

Britta se dit contente de ses mèches blanches et rebelles. Solenne porte la coupe gracieuse que l'on sait. Mélissa, quant à elle, incarne le déni de chimio. Non, il n'est rien arrivé à sa chevelure !

*

Ce matin, Marie-Soleil les emmène découvrir la Mer de Glace. Installées bruyamment dans un coin du train qui mène aux montagnes, les filles dissertent en groupe sur la repousse capillaire.

– Il faut couper le duvet dès qu'il apparaît ! tonne Amandine.

Mélissa songe qu'avec son aversion non dissimulée pour les salons de coiffure, elle n'est pas près de repasser sous les ciseaux. Elle a décidé de laisser pousser tel quel.

– Moi, je masse tous les jours mon crâne avec de l'huile de ricin. Ça fortifie.

– Ah oui, tiens, j'ai entendu parler de ça.

– Moi, j'ai trouvé des compléments alimentaires à la spiruline.

Quand on voit les tiges ternes de Britta, pas sûr que cela fonctionne…

– Moi, j'ai trouvé une teinture cent pour cent naturelle qui vient d'Italie, je vous la recommande !

– Moi, je me fais des masques à l'huile de coco, enchaîne Solenne. Ça sent tellement bon !

Mélissa acquiesce, une agréable odeur de vacances sous les tropiques imprègne d'ailleurs leur chambre depuis le début du séjour.

À l'avant du wagon, quelques stagiaires restent silencieuses, probablement gênées d'avoir conservé leur chevelure intacte, et de ne pouvoir témoigner de leur soutien devant cette adversité.

Chapitre 79

Samedi

Ce soir, c'est la fête. Pour l'occasion, une séance maquillage est prévue. Marie-Soleil a transformé le salon en institut de beauté. Des mascaras et fards à paupières de toutes les couleurs trônent royalement sur une table, offerts par des marques partenaires. Dans le groupe, des maquilleuses en herbe jouent des coudes pour trouver des clientes. Les expertes du khôl sont plus nombreuses que les novices. Ensuite, on s'équipe de chapeaux à paillettes et de boas en plumes, puis on passe sous l'objectif de Damien, qui immortalise cette séance. On se sent belle.

Puis, c'est la boum. Les tables sont poussées le long du mur pour laisser place à une piste de danse improvisée. La playlist d'Andrée est cent pour cent optimisme : *I Will Survive*, *Happy*, *What a Wonderful World*, *Stayin' Alive*…

Un livre d'or attend les mots. Mais l'inspiration ne se commande pas. Mélissa cogite. Que pourrait-elle écrire ? Quel message a-t-elle envie de laisser ? Comment résumer cette semaine si spéciale ? Dans un sillon de plumes roses, Solenne s'installe à la table d'écriture, tout sourire, et se lance. Manifestement, elle n'a pas de panne, elle !

Mélissa repense à la dernière randonnée de ce matin aux chalets de Chailloux. Cinq heures de marche, six cents mètres de dénivelé. Une vue dégagée sur l'immensité des montagnes, et une méditation en musique au sommet avant de redescendre. Le groupe faisait corps avec la nature. Andrée, fière d'avoir mené chaque participante en haut de son Everest, jubilait :

– Bravo, les filles, vous l'avez fait ! Vous avez gravi votre Everest ! Vous êtes capables, plus que capables ! Prenez conscience de ce que vous venez d'accomplir !

Et soudain, Mélissa sait ce qu'elle va écrire dans le livre d'or.

La soirée s'achève sur le dévoilement des gorilles. Jamais autant de mots d'encouragement n'ont été rédigés en une semaine. Jamais autant de massages des épaules, des pieds… n'ont été offerts. Sans compter les cœurs en papier et les bouquets de fleurs. Solenne a ramassé de l'ail des ours, que René à cuisiné en soupe. Emma a adoré sa cocotte en papier et a passé sa semaine à faire jouer ses compagnes.

– Dis un chiffre entre un et vingt.

– Trois.

– Un-deux-trois. Quelle couleur ?

– Bleu.

– Tu es… rayonnante !

Cet intermède *feel good* semble avoir conquis le cœur de toute la maisonnée.

Ce matin, une pochette en organza était glissée sur le set de table de Mélissa. Il contenait un bracelet vert en agate mousse accompagné d'un petit mot : « Que ces pierres te guident sur le chemin de la nature, de la communication et de la positivité. Signé J. » Jasmine ! C'est la seule personne dont le prénom commence par J cette semaine.

Jasmine l'infirmière bénévole retraitée, la maman de tous, celle qui prend soin de vous du matin au soir. Normal que Mélissa ne l'ait pas démasquée… Elle passe son temps à chouchouter tout le monde !

Avant le coucher, Andrée invite chaque participante à écrire une phrase pour résumer ce qu'elle retire de ce séjour. Dans un medley de douze affirmations, les apprentissages de chacune s'affichent sur le *paper board* :

Il est important de respirer.

Il est important de s'écouter.

Je peux faire confiance à la vie et me fixer des objectifs, pour me réaliser.

J'ai le droit de prendre du temps pour moi, d'écouter mes besoins.

J'ai le droit d'être en colère.

J'ai le droit d'être moi, sans me soucier du regard des autres.

J'ai le droit de dire comment je me sens à mon entourage.

Je peux passer à autre chose, aller à l'essentiel.

Je reste une femme, même sans sein et sans cheveux.

Je suis capable de bien plus que je ne crois, je peux atteindre des sommets !

Je peux demander de l'aide.

J'ai le droit de m'aimer.

JE SUIS FORTE ET RÉSILIENTE.

Chapitre 80

Un grand merci à toute l'équipe pour ce séjour incroyable… Du rire aux larmes, des balades sous la pluie aux sommets, des voyages intérieurs aux dépassements de soi, quelles expériences !
Six jours dans les nuages, entourée d'anges bienveillants, six jours pour mieux se comprendre, s'accepter, s'aimer, s'écouter, voir la lueur au bout du tunnel, commencer à se comprendre. Se rendre compte que le chemin sera long, mais que l'important, c'est d'entamer le voyage vers soi.
De ce séjour, je ressors plus forte, plus déterminée, pleine de gratitude et aussi de fierté.
Merci, Andrée d'avoir su t'écouter si jeune et d'avoir créé cet espace incroyable.
Merci également de m'avoir accompagnée vers mon premier sommet (quatorze mètres sur un mur d'escalade…), puis vers tous les autres, gravis ou à venir.
Merci, Marie-Soleil pour ta joie de vivre et ton écoute.
Merci, Jasmine, mon gorille si attentionné.
Merci, René d'avoir éveillé mes papilles et d'avoir mis tant d'amour dans tes plats. Miam !
Merci, Damien pour ta délicatesse et ton talent pour nous rendre belles en photos !
Je repars joyeuse, plus légère, et surtout sur le chemin du cœur ! Vaste balade que celle-ci, mais qui vaut le coup de partir en expédition.
Merci de tout mon cœur,
Mélissa

Chapitre 81

Depuis cette semaine à Chamonix, Mélissa se sent plus forte. Elle a repris confiance en la vie et en ses capacités personnelles. Pleine de gratitude, elle sourit, rit, s'extasie d'un rien, et à ses collègues qui râlent le matin en arrivant au bureau, elle glisse régulièrement :

– Oui, mais au moins, on est en vie ! Il est important de se rappeler tous les jours de la chance qu'on a de respirer et d'être en santé !

Ce positivisme assumé a le don d'en agacer certains. Si on peut même plus se plaindre…

Vous avez le droit de vous affirmer. Cette phrase tourne en boucle dans sa tête depuis son retour. Ce qu'elle veut, c'est travailler et être reconnue pour son apport.

Consciente que son destin est entre ses propres mains, elle ose une demande pour le moins inattendue auprès de sa nouvelle cheffe :

– Tu sais, j'aimerais travailler plus, avoir une équipe, des responsabilités… J'ai été responsable marketing par le passé. J'ai une belle expérience. Tiens, je te donne mon CV. En fait, on ne se connaît pas vraiment… Je ne suis pas pressée, mais si une opportunité se présente, n'hésite pas à penser à moi !

Voilà, c'est dit. Elle n'en revient pas d'avoir franchi le pas. La cheffe la regarde, incrédule, mais Mélissa ne se démonte pas, reste bien droite sur sa chaise et sourit. Que la vie fasse le reste.

Il est temps pour elle de retrouver un emploi à temps plein, ou presque. Fini la déco. C'est le cœur un peu lourd, mais déterminé qu'elle a pris cette décision. Elle continue à avoir des petits mandats de temps en temps, ce qui suffit à alimenter ses besoins créatifs. Et puis, elle a un projet… Avoir un emploi stable lui permettra d'acheter une maison de campagne ; de réaliser son rêve.

Un an plus tard

Chapitre 82

Les mains de Mélissa sont posées sur ses seins, comme cela lui arrive de temps en temps. Rien à voir avec une recherche de plaisir charnel. C'est qu'elle pratique maintenant l'autopalpation régulière. Cela fait quelques jours qu'elle sent un nouveau kyste dans son sein droit. Un peu plus haut que le précédent. Ce n'est pas possible… pas un nouveau kyste ! Elle est sous hormonothérapie, elle ne peut théoriquement pas faire de récidive. Son sein, suite à la reconstruction immédiate, a mis du temps à retrouver une texture normale et rassurante, mais l'apparition de cette petite boule se révèle alarmante. Paniquée, elle imagine le pire.

Voilà, se dit-elle, c'est l'effet Schönheit… Elle le savait. Retourner dans cet environnement – que dit-elle, cet enfer – ne pouvait que lui faire du mal. Mélissa éclate en sanglots. À quoi est-ce que tout cela a servi ? Ses traitements l'ont usée jusqu'à la corde, même si elle le cache bien. Toujours un sourire, toujours enthousiaste en public, mais au fond d'elle, la détresse, la lassitude… Elle ne veut pas subir à nouveau toutes ces contraintes médicales. Elle a tenu le coup une fois, s'est battue, s'est démenée même, mais pas deux. Et si elle finissait par mourir, bientôt… ? Non, elle fera une cure de raisin ou de jus détox, voire les deux. Si la médecine traditionnelle n'a pas réussi à éradiquer sa maladie, elle l'aura par un biais détourné !

Et c'est ainsi que Mélissa, minée, ressasse son angoisse nuit et jour jusqu'à son prochain rendez-vous médical.

*

Jour J. C'est une journée grise de janvier. Grise comme les pensées de Mélissa. Elle s'empresse de raconter ses peurs au docteur Henri, qui se montre tout à coup inquiet. Les traits de l'oncologue, déjà tendus, se crispent de plus belle. Sa respiration devient plus sonore. Ses doigts tremblent lorsqu'il l'ausculte. Ce n'est pourtant pas le genre de cette blouse blanche stoïque, experte et professionnelle, de perdre son sang-froid.

Effectivement, il sent une petite boule. Mélissa revit son cauchemar du début. Le docteur se précipite sur son téléphone. Il reprend ses esprits et demande de sa voix la plus convaincante possible :

– Bonjour, docteur Henri à l'appareil, auriez-vous par hasard de la place ce matin pour une mammographie d'urgence ? Ou plutôt de contrôle ? Mais urgent.

Mélissa va donc passer une mammographie là, maintenant, tout de suite. À la fois soulagée et effrayée, elle se rend au service radiologie le cœur serré. Elle refait la danseuse devant la machine. Elle repasse entre les mains du radiologue et de son écran échographique flou. Son pouls s'accélère, son cœur palpite. On lui demande de se rhabiller. Elle retourne au service d'oncologie et patiente avant le verdict.

Ce matin, son fils lui a fait un long câlin. Ils se tenaient debout tous les deux dans la chambre de Mélissa, et Bastien se serrait fort contre sa maman. Avait-il ressenti sa préoccupation ?

L'oncologue sourit. Elle ne s'y méprend pas, on lui a déjà fait le coup.

– Tout va bien, madame, ce n'est qu'un amas graisseux suite à la reconstruction. Ça arrive régulièrement.

Mélissa se relâche sur la chaise de consultation. Son cœur bat la chamade. Elle fait répéter le docteur, qui s'exécute :

– Rien de grave, juste un amas graisseux dû à la reconstruction.

Chapitre 83

En cette matinée d'avril, Mélissa achève sa lettre de démission. Après avoir tout fait pour concilier les demandes, continuellement contradictoires, de sa cheffe et de Franck Hartmann, elle jette l'éponge. Pourtant, elle l'a eue, cette promotion, et cette équipe, et ces responsabilités qu'elle avait demandées. Puis on lui a retiré une personne de l'équipe, puis deux, puis trois… Sans pour autant lui retirer des projets. Après avoir traversé le cancer, Mélissa a cru s'enfoncer dans le burn out.

C'est que le duo de tête chez Schönheit prend un malin plaisir à chanter des partitions distinctes. Il rend la vie impossible aux équipes, qui ne savent plus sur quel pied danser. Mélissa se demande parfois si elle ne joue pas malgré elle dans un mauvais remake de *Hunger Games*, version thriller psychologique : combien de temps les employés tiendront-ils ?

Cette lourde décision digérée, elle se sent soulagée. Si un chapitre professionnel prend fin, il lui aura néanmoins permis de se rassurer : elle est toujours compétente, rapide, efficace et appréciée de la plupart des collaborateurs. Ses capacités de concentration n'ont pas subi le *chemobrain* tant redouté. Son aptitude au travail se révèle entière. C'est le cœur léger qu'elle quitte cet univers. Elle trouvera un autre emploi, si possible dans un domaine totalement opposé. Elle a besoin de changer d'air. Si elle remet les choses en perspective, elle n'a jamais rêvé de contribuer à la non-ridabilité de ses comparses femmes. Effacer « les signes visibles du temps », quelle belle expression creuse.

Chapitre 84

Irma rassemble ses cheveux en chignon, enfile une blouse rose poudré et ajuste ses lunettes sur son nez. Elle a l'air tellement sérieuse, accoutrée ainsi ! C'est sa tenue de travail officielle.

Mélissa a pris rendez-vous. Un vrai rendez-vous. Malgré son amitié pour Irma, elle n'avait jamais osé s'aventurer dans cet univers inconnu. Le cabinet de son amie est à l'image de sa locataire : lumineux, coloré, hétéroclite et désordonné. Un cercle chromatique est affiché en grand sur un mur, à côté d'une horloge noire et blanche bon marché qui fait résonner son tic-tac dans la pièce. Sous la fenêtre, des lampes étranges, de dimensions variées, sont alignées. Des petits bouddhas multicolores cohabitent sur une étagère en bois. Un bureau vert, manifestement repeint par sa propriétaire, accueille un ordinateur et son grand écran.

– Tu veux une infusion « respiration profonde » ? crie Irma depuis le coin cuisine.

– Oui, je veux bien.

– Assieds-toi sur le fauteuil relaxant, Bichette, j'arrive.

Irma fait tinter le *koshi* qui sépare la cuisine de la salle de traitement.

– Alors, raconte…

Avachie sur son siège, Mélissa ne sait pas par où commencer.

– Depuis que j'ai démissionné, je dors hyper mal. Et j'ai cette barre de stress qui ne part pas… Et puis, je ne sais pas ce que je veux faire de ma vie, j'suis paumée. Franchement, ça ne va pas fort…

Mélissa a pris conscience que l'après-cancer était tout aussi difficile que la maladie elle-même. On doit changer, on veut changer, la vie oblige à changer, mais pour prendre quelle direction ? Aujourd'hui, elle essaie la chromatothérapie. Elle n'en est plus à une bizarrerie près.

Irma attrape son iPad et le tend à son amie. Sur l'écran, un damier multicolore évoque le jeu Tetris.

– On va commencer par un test. Dans chaque ligne, sélectionne les quatre couleurs qui te font le plus de bien.

– C'est le turquoise, c'est certain ! s'exclame Mélissa. Et sûrement le rouge…

– On verra, fais le test.

Les couleurs retenues indiquent les besoins psychologiques et physiques de Mélissa. Irma analyse le diagramme qui résulte de ses choix.

– Tu as des problèmes de concentration ?

– Bof…

Irma saisit une petite lampe et la place vers le visage de Mélissa.

– Je vais te faire un bain de couleur bleue. Ça t'aidera pour les nuits. Puis je te ferai dix minutes de violet, pour la concentration.

Les bains de lumière achevés, Irma sélectionne un stylet parmi une collection de cinq et se dirige vers les pieds de Mélissa.

– Enlève tes chaussettes.

– C'est quoi ?

– De la chromopuncture. C'est un stylo qui envoie de la lumière. Cela stimule les méridiens. Ce sera parfait pour réduire ton stress.

Tout en pressant l'outil sur le pied nu de Mélissa, qui gigote sous les chatouilles que cela engendre, Irma l'interroge :

– Alors, concrètement, c'est quoi, tes plans ? Tu as contacté des entreprises qui bossent pour le cancer ?

Mélissa aimerait s'investir pour cette cause. Elle a postulé à la Ligue genevoise contre le cancer, puis à la Ligue vaudoise. Elle a écrémé le répertoire des entreprises suisses, à la recherche des compagnies qui œuvrent contre ce fléau. Il y en a beaucoup en Suisse, tout un consortium d'entreprises pharmaceutiques ou paramédicales dans le domaine : machines à rayon X, traitements adjuvants et néoadjuvants… Mélissa a postulé la rage au corps. Sans résultats pour le moment.

Irma change l'angle du crayon, provoquant un sursaut incontrôlable chez son amie qui manque de lui mettre un coup de pied dans le nez. Esquivant l'attaque, Irma continue :

– Tu devrais créer une page Instagram spéciale cancer. Tu découvrirais la communauté, tu verrais bien ce dont ces femmes ont besoin.

– Ah oui, tiens, c'est une idée…

Mélissa aime écrire, et partager. Malade, elle a fui la case « cancéreuse », mais maintenant qu'elle est en rémission, c'est différent. Elle pourrait créer une page et donner des conseils tirés de son expérience. Là, elle serait utile. En bonne communicante et marketeuse qu'elle est, elle imagine déjà le look cent pour cent rose de ses publications. Des images traitées avec un filtre tout doux.

Elle revoit le titre de son tout premier cahier de malade : le Dragibus rose. Ce serait parfait comme nom de page. Pudique, elle ne souhaite pas s'afficher sous son vrai nom. Le Dragibus rose, c'est joli, c'est poétique, et ça a un sens très précis pour elle. Elle se doute bien que la compagnie Haribo ne serait pas ravie de cette association de mots et de cause, mais jusqu'à preuve du contraire, on peut encore se donner le nom que l'on veut sur Instagram.

Vérifiant que son pied n'est pas devenu arc-en-ciel suite au soin, Mélissa rassemble ses affaires. Ragaillardie, elle quitte le cabinet, non sans avoir touché la tête de chaque bouddha. Il paraît que cela porte bonheur.

Chapitre 85

Cent quarante-quatre. C'est le nombre de lignes de son fichier Excel une fois que Mélissa a recensé tous les sujets qu'elle souhaite aborder sur sa page Instagram. C'est à lui donner le tournis. Elle n'aurait jamais pensé avoir autant de choses à dire. Elle se lance. Si ses premières publications restent sans réaction, elle parvient à avoir une vingtaine d'abonnés, puis cinquante, puis cent, puis quatre cents… Les échanges sont riches. Elle découvre la Kommunauté, les Kfighteuses, et remarque le courage exceptionnel de toutes ces femmes qui traversent ce qu'elle a vécu. Elle plonge dans un univers peuplé de guerrières qui affrontent le mal en se relevant, constamment. Une véritable communauté, engagée et supportrice, lui ouvre les bras :

Il y a celle qui veut détendre l'atmosphère et partage des vidéos comiques destinées à faire rire.

Il y a celle qui veut connaître les chiffres, les vrais ! Combien de femmes touchées par le cancer du sein chaque année ?

Il y a celle qui écrit, joliment, sa douleur et ses doutes.

Il y a celle qui fait le tour d'Europe et qui dévoile ses photos de voyage.

Il y a celles, et elles sont plusieurs, qui partent faire le chemin de Compostelle, étape initiatique qui amène naturellement à tourner la page. Comme un rite de passage.

Il y a celle qui flippe, car demain elle reçoit sa première chimio.

Il y a celle qui pleure, car elle vient d'apprendre que sa mère a le cancer.

Il y a l'accompagnant, qui a écrit un livre très touchant, à la suite du décès de sa conjointe.

Il y a celle qui décide de rédiger un guide illustré et humoristique.

Il y a cette potentielle Miss Guadeloupe, magnifique, qui pose seins nus, mais délicatement ornés de fleurs peintes en rose, pour la cause, et qui se fait évincer du concours. Stupeur et fureur au sein de la communauté : comment peut-on disqualifier une femme dont l'intention était si pure !?

Il y a celle qui expose les photos de son évolution capillaire : cheveux longs, plus de cheveux, turbans et perruque, coupe garçonne, cheveux irrémédiablement frisés et gris, carré court, cheveux longs.

Il y a celle qui lance une pétition pour que les femmes atteintes du cancer triple négatif puissent recevoir l'immunothérapie en France. Plus de 70 000 signatures récoltées en quelques mois.

Il y a celle qui montre les photos de son petit bout de chou, qu'elle a réussi à avoir malgré le cancer.

Tout un monde d'affres et d'espoir. La communauté se tient collée-serrée. Mélissa constate que la Kfighteuse, la vraie, trouve toujours à s'impliquer pour la cause. Qui par le biais d'une course dédiée, qui en faisant des levées de fonds, qui en réalisant un exploit d'alpiniste, qui en cousant des *lovely bags*, destinés à cacher les perfusions lors des injections, qui en offrant des séances photos aux autres cancéreuses, qui en réalisant des tatouages là où jadis trônait un sein.

Mélissa prend grand plaisir à publier quotidiennement sur cette plateforme d'échanges. Elle est fière de pouvoir aider, d'ajouter sa pierre à l'édifice. Les jours passent, les interactions foisonnent. Elle reçoit quelques témoignages qui lui vont droit au cœur.

J'aime beaucoup ce que vous écrivez. Cela me fait beaucoup de bien.

Je me reconnais dans ce que vous partagez.

Je voulais vous dire que j'adore votre page, vos publications, votre sourire !

Bravo pour votre initiative, dans laquelle je sens un élan de vitalité sincère et contagieux.

Sur sa page, elle expose peu sa vie actuelle. Elle offre un retour en image sur ce qu'elle a vécu. La plupart du temps, elle pioche des photos sur un site d'images libres de droits pour illustrer ses propos. Parfois, elle ose une photo d'elle. Les réactions de ses abonnées en sont décuplées. La communauté aime l'authenticité.

Elle vit cela comme une thérapie, voire comme une catharsis. Elle pourrait devenir blogueuse ! Instagrameuse ! Comment gagne-t-on sa vie sur Instagram ? Elle pourrait promouvoir des produits reliés au cancer. Sauf qu'elle n'en a plus vraiment besoin. Elle imagine mal sa crédibilité avec une perruque sur la tête, recouvrant maladroitement sa masse capillaire ressuscitée, ou du vernis au silicium, alors que ses ongles sont en parfait état.

*

Alors qu'ils roulent en direction du parc, Mélissa s'exclame : « Regardez, j'ai postulé là ! » Elle montre alors à ses fils le bâtiment flambant neuf d'une compagnie pharmaceutique.

– Tu veux travailler là, Maman ? demande Hugo.

– Oh oui ! Tu vois, j'aimerais bien, car c'est une entreprise qui fabrique des médicaments contre le cancer. Elle aide des gens qui en ont besoin.

– Ah, mais ce serait super, Maman ! Tu pourrais faire des concours sur ta page Instagram et faire gagner des médicaments !

Mélissa écarquille les yeux de surprise. Au-delà de l'impossibilité légale de la chose, elle ignorait que son fils cadet connaissait les ficelles du marketing sur Instagram.

– T'as combien de followers ? reprend Hugo.

Mélissa sourit en imaginant son message Instagram le jour de son embauche « open-bar médocs pour toutes ! »

Chapitre 86

Entre deux publications Instagram, Mélissa se réfugie dans la couture. Elle ressent un besoin pressant de créer, comme si sa vie en dépendait. Calée sur sa nouvelle chaise en velours jaune moutarde, dernière lubie décorative, elle épluche les forums de cousettes, ces passionnées de la petite aiguille. Elle se familiarise ainsi avec « le matériel de base de la couturière ». C'est gai, chamarré, tranchant ou piquant. Elle contemple son vieux coffret rouge acheté un dollar lors d'une brocante d'automne à Montréal, et qui fait office de boîte à couture depuis des années. Un bazar hétéroclite en dépasse de toutes parts. Elle doit s'équiper, mieux.

Galvanisée par les jolis sites colorés qui listent les accessoires incontournables, elle décide de puiser dans ses épargnes pour s'outiller comme il se doit. Certes, elle possède une machine à coudre classique, mais ne serait-elle pas plus performante avec une machine électronique ? Et des pinces, et des poids, et un tapis de découpe, et un feutre auto-effaçable ? Et une nouvelle boîte à couture, évidemment. Séduite par une offre de carte de fidélité sur une mercerie en ligne, elle passe commande.

Certaine de devenir bientôt la reine du point droit grâce à ses emplettes, elle ne compte plus ses tableaux Pinterest de *Do It Yourself* : « DIY sac en tissu », « DIY sac de plage », « DIY petite trousse »… Heureusement que cette appli est gratuite.

Sa période jupes passe aux oubliettes. Aujourd'hui, ses tripes l'incitent à fabriquer un sac. L'été arrivant, il lui manque un grand sac de plage. Qu'à cela ne tienne, elle se lance dans ce nouveau projet. Prolifique, elle se met à créer des cabas de grande taille, puis de taille moyenne, de petite taille, et des trousses, et des troussinettes. Ces contenants représentent des petits bouts d'elle, pour l'instant vides, mais qui ne demandent qu'à être remplis. L'enveloppe extérieure se pare toujours de gaieté : jaune et blanche, à fleurs, à sequins, rose, avec des dessins… Elle y ajoute allègrement des pompons et des pampilles. L'intérieur est béant. Comme elle. Vacuité, quand tu nous tiens… Les philosophes aiment à dire l'importance d'accepter le vide, avant de vouloir le combler, et qu'alors s'ouvrent une multitude de possibilités. À méditer, se dit Mélissa.

N'oubliant jamais le côté pratique, elle peaufine sa technique, trouve les dimensions parfaites d'un sac de plage XXL, celui qui pourra contenir quatre grandes serviettes, des lunettes de soleil, de la crème, un bouquin et un portefeuille dans la pochette intérieure. La mère de famille qu'elle est se félicite de ce format familial. Elle s'affiche sur sa page Facebook personnelle avec son bébé : « Vous avez remarqué que votre sac de plage est toujours trop petit ? Surtout si vous avez des enfants ! » Son sac plaît : il est coloré, grand, réversible et lavable en machine à quarante degrés. Elle en coud un, puis deux, puis trois, puis se met à fournir ses copines mères de famille, inévitablement dans le besoin. Et si elle se lançait dans le *made in Switzerland* des sacs de plage ? Pour le storytelling, on repassera… En Suisse, la mer est difficile à trouver. Quoique, il y a le lac… Un bref coup d'œil en ligne la désarçonne. Elle ne pourra jamais rivaliser avec le *made in China* : les prix sont cassés, pour des produits qui ont l'air relativement qualitatifs… Son rêve de styliste-couturière part en fumée en quelques secondes à cause des réseaux sociaux. Monde cruel.

Parfois, elle culpabilise. Ne devrait-elle pas coudre des *lovely bags* à la place, pour aider les malades qui subissent aujourd'hui des injections, ou encore des masques, au cas où un nouveau virus attaquait l'humanité ? Les femmes généreuses, elles, donnent vie à de magnifiques créations destinées à soulager le quotidien des personnes dans le besoin. Pas elle. Elle n'a jamais prétendu être empathique. « Charité bien ordonnée commence par soi-même », disait l'autre… Voilà, elle est à fond charité quand on y regarde de près.

En cousant, elle oublie un instant ses soucis, sa rémission, sa nouvelle étiquette sociale de « sans emploi », mais le mal est coriace et se réinstalle dans ses pensées. Jusqu'à quel point le cancer est-il responsable de sa démission ? Est-ce un effet collatéral ? Est-ce qu'elle aurait conservé son poste si elle n'avait pas été sous hormonothérapie ? Son oncologue l'avait prévenue, cela rend irritable… Est-ce que cela la suivra toute sa vie ? Elle vogue dans les méandres du ruban rose. L'étiquette de cancéreuse lui colle à la peau. Elle se la colle elle-même. Elle se console en se disant qu'au moins elle aime le rose, cette couleur qu'on attribue constamment au cancer du sein.

Elle devrait confectionner un sac rose, avec un petit ruban, ou même deux, ou trois… Quitte à vivre avec la mémoire du crabe toute sa vie, autant l'accueillir comme il se doit dans son existence. Un sac « ode à la vie après le cancer ». Un emblème de sa lutte.

Mélissa se redresse sur sa chaise. Elle vient d'avoir l'inspiration ! À sa connaissance, les marques rivalisent d'actions édulcorées pendant Octobre Rose, mais le reste de l'année, tout le monde s'en fiche. Elle n'a qu'à lancer le sac dédié au cancer du sein, toute l'année. Elle élude le fait que les pays d'Asie représentent des concurrents farouches en matière de textile.

Elle se jette à corps perdu dans cette nouvelle aventure. Elle y met une énergie qui dépasse l'entendement. Elle recherche la taille idéale : partir sur un format XL, ou normal ? Elle recherche le tissu : coton épais ? Lin doublé ? Rose uni, ou à motifs, à fleurs, à rayures ? Et le ruban ? Dessiné, cousu à plat, ou en relief ? Elle esquisse les variantes possibles de sa prochaine création. Elle arpente les magasins de tissus, consulte les sites internet. Elle attend d'avoir le coup de cœur, de flasher sur *le* tissu. Puis, un jour, elle l'aperçoit, un motif bayadère en toile épaisse, en camaïeu de roses. Des rayures tantôt fines, tantôt larges, claires, foncées. Une alternance de bandes aux couleurs vives et contrastées, et de largeurs différentes qui donne du caractère.

Ah, elle sent qu'elle va l'aimer ce sac ! Ce sera son sac d'été. Elle a hâte de la présenter à sa communauté Instagram. Et pour l'automne, elle fera une version qui tire sur le bordeaux.

Chapitre 87

Mélissa est sonnée. Elle vient d'hériter de sa grand-mère. Mamie Marguerite est décédée à quatre-vingt-seize ans. De vieillesse, comme on laisse la place aux suivants une fois notre tour passé. Mélissa a failli partir avant, mais la vie en a décidé autrement.

Elle épluche le courrier de l'office notarial. C'est bien son nom, c'est bien celui de sa grand-mère, et elle fait clairement partie de la succession. Bien sûr, elle a entendu le notaire lorsqu'il a lu le testament aux bénéficiaires – ses parents et sa sœur ne sont d'ailleurs pas en reste –, mais ce document atteste de la réalité du legs. Il y a encore quelques jours, elle ne savait même pas qu'on pouvait hériter de sa grand-mère.

Cette disparition l'attriste et la soulage à la fois. La vie manquait de saveur pour cette aïeule qui perdait la tête, se mouvait avec difficulté et n'appréciait même plus les délices chocolatés. C'est moche de vieillir.

Mélissa lit et relit la lettre.

Je soussignée, Marguerite, Geneviève, Marcelle Dubuis, née Parfait, institue pour mon légataire ma petite-fille Mélissa Vaillant, née Chrétien. Par la présente, je lui lègue ma propriété sise Chemin de Merlatua à Ahetze (Pyrénées-Orientales, 64), en l'état, incluant tous les meubles et objets qui s'y trouvent.

Mélissa ne s'en remet pas. Cette maison, c'est la maison de ses rêves. Mamie Marguerite l'a achetée il y a plusieurs années, déjà. Issue d'une famille de riches canuts lyonnais, elle a hérité d'une somme coquette à la retraite et a acquis plusieurs biens immobiliers. Sa cousine Virginie, qui s'occupait des placements de l'aînée, a fait appel à Mélissa pour remettre la propriété basque au goût du jour. Marguerite souhaitait la louer pendant les vacances. L'intérieur de cette maison, Mélissa l'a composé comme elle aurait décoré sa propre résidence secondaire. Marguerite a ordonné qu'on ne lésine sur aucun détail. À son plus grand plaisir, Mélissa a eu tout le loisir de chiner dans les brocantes et de se laisser séduire par des meubles singuliers ne provenant pas de chez IKEA. À côté de certains clients habituels, ça la changeait.

Dans ce petit village des Pyrénées-Atlantiques qu'est Ahetze, à quelques kilomètres de l'océan, les habitations classiques du Pays basque, ou *etxe*, comme disent les gens du coin, parsèment la verte campagne. Ces bâtisses de facture solide affichent un toit pentu, des murs blanchis à la chaux et des colombages qui rivalisent de couleurs. Si la teinte traditionnelle est le rouge cœur de bœuf, certaines boiseries osent le vert, le gris ou le noir. Marguerite a préféré un bleu pétrole. Mélissa adore le bleu. Cela adoucit la façade.

L'intérieur invite à la détente et à la rêverie. Une large pièce de vie vous ouvre les bras en lieu et place des anciens espaces distincts, cuisine, salon et salle à manger. Du chêne brut verni mat remplace le carrelage brun des années soixante-dix.

C'est plus chaleureux pour l'œil et pour les pieds. Le sol ainsi unifié donne l'illusion d'une surface plus grande. Depuis le séjour, de grandes baies vitrées guident le regard vers les trois hectares de jardin verdoyants, ainsi que sur la piscine, en contrebas. On trouve deux chambres au rez-de-chaussée, ainsi qu'une salle de bains, et deux chambres plus grandes à l'étage.

Mélissa a opté pour une ambiance marine, rehaussée de touches locales. Elle voulait rendre cet intérieur unique, s'éloignant volontairement d'un style bord de mer trop convenu. Dans chaque pièce, un bleu différent de la gamme Farrow & Ball orne un mur accent. Ce camaïeu de bleus dynamise l'ensemble de la demeure. Les autres murs portent du blanc. Mélissa a choisi des meubles en bois brut, dont certains arborent un détail de métal noir, gage de modernisme. En bois ou en rotin, les luminaires appellent la nature à l'intérieur. En touche finale, Mélissa a pris beaucoup de plaisir à parcourir les boutiques de linge basque, ce tissu robuste et coloré sur lequel des rayures intimidantes s'imposent. Les coussins du salon proviennent d'une grande maison de tissage de la région, de même que les couvre-lits des chambres. Au détour de ses recherches, Mélissa a déniché un trésor : des affiches *vintage* de Biarritz, Saint-Jean-de-Luz, Guéthary et Ciboure. Quelle aubaine ! Ces œuvres encadrées régissent maintenant chacune une chambre. On dit d'ailleurs « la chambre Biarritz », « la chambre Saint-Jean… ».

Au dernier moment, elle a fait peindre les portes du couloir en bleu aqua. Cela ajoute une touche élégante et insolite.

– Mais ça se fait ? s'était enquise Virginie, dubitative.

– Bien sûr, je te montrerai mon tableau Pinterest spécial « Couloirs colorés », tu verras. Fais-moi confiance !

Virginie n'a pas cherché plus loin la querelle.

Enfin, Mélissa, lors d'une virée chez Emmaüs, est revenue les bras chargés de vieux chapeaux de paille, et s'est décidée à les installer sur le mur de la montée d'escalier. L'exercice était périlleux, le mur était haut, mais le résultat en vaut la peine ! Et puis, on ne sait jamais… Lors d'une journée fortement ensoleillée, ces couvre-chefs trouveront probablement client.

Le résultat a dépassé les espérances de Mélissa. Dire qu'elle en est désormais propriétaire… Finalement, pas besoin de gagner au loto pour s'acheter une maison de campagne ! Elle en possède une, clé en main. Le seul hic, c'est la distance. Le Pays basque se trouve à plus de deux heures de chez elle. S'y rendre le week-end semble utopique, d'autant que les liaisons Genève-Biarritz font partie des vols saisonniers non continus. Ou alors, elle pourrait la vendre, cela lui laisserait du temps pour trouver sa nouvelle voie. Mais ce serait tellement dommage.

– Et si on s'installait là-bas ? lance soudain Estéban, désinvolte.

Chapitre 88

Mélissa hésite entre une bande de sequins dorés ou argentés pour agrémenter la trousse de Noël qu'elle est en train de confectionner. Elle place alternativement les rubans brillants sur son tissu rouge afin de définir lequel est du plus bel effet. Elle a déjà sélectionné le pompon lie de vin qui complétera le tout. Soudain, la porte d'entrée claque. Ah, Estéban ! Heureusement que son amoureux fait partie de sa vie. Il représente une stabilité financière qu'elle ne possède plus. Elle se sent comme une girouette mal en point à côté de lui. Mais que fait-il là en ce début d'après-midi ? Le beau fait grise mine. À peine son manteau enlevé, il se rend à la cuisine, attrape une bouteille de Glenlivet et se sert un whisky bien tassé. Cela ne lui ressemble guère.

– J'ai été viré.

– Quoi ?

– J'ai été viré.

Mélissa n'a pas connu telle douche froide depuis l'annonce de son cancer. Comment est-ce possible ? Son homme semblait bien installé dans son poste, et apprécié de ses pairs et de ses supérieurs. Rien ne laissait présager ce sort soudain et fâcheux.

Estéban descend son verre à grandes gorgées.

– La banque va si mal ?

– Non, même pas, mais la direction anticipe une baisse de revenus pour l'année prochaine, du coup, tous les services doivent dégraisser… Maintenant que j'ai migré quatre-vingt-dix pour cent des activités de mon équipe aux Philippines, ils n'ont plus besoin de moi.

La course aux profits a eu raison de son emploi. Ils sont maintenant deux chômeurs… Un de quarante-quatre ans, presque senior, et une en rémission. Duo boiteux. Ah, elle est belle, la quarantaine…

Chapitre 89

Assis sur un banc, Mélissa et Estéban contemplent le lac et la régate au loin. C'est la régate de Saint-Nicolas, dernière compétition de l'année. Les grandes toiles colorées, ornées de numéros géants et de marques de sponsors brillent sous le soleil de décembre. Une embarcation a quitté la course. Elle a dévié sur le côté. Elle tente de manipuler ses voiles pour bénéficier du vent qui souffle légèrement, mais semble pourtant entraînée sur une voie différente de celle de ses concurrents.

– Et si on s'installait à Édimbourg ? propose Estéban. Je pourrais contacter mes anciens collègues là-bas. Je crois que c'est une zone en pleine croissance économique.

La moue de Mélissa ne laisse aucun doute sur l'enthousiasme modéré que provoque cette proposition.

– Édimbourg ? C'est loin, c'est gris, il fait neuf degrés toute l'année… bof.

– Oui, mais les magasins sont ouverts le dimanche, ils ont un marché de Noël géant, et ils ont le Loch Ness. Pour les enfants, c'est top.

– Ouais, autant y passer une semaine de vacances, quoi…

– Et Luxembourg ? Là-bas aussi, j'ai d'anciens collègues.

Même grimace de la part de Mélissa.

– Trop encaissé… C'est loin de tout et ils ne parlent même pas anglais… Au moins, à Édimbourg, les enfants pourraient se mettre à l'anglais.

– Ben, faudrait savoir, ma chérie…

Le voilier semble faire demi-tour.

– Moi, je veux bien bouger, déclare Mélissa, mais alors, il faut trouver une destination fun. Le Mexique, l'Espagne, ou alors une vieille maison en pierres dorées vers Lyon. Depuis le temps que je rêve d'une maison ! Et puis, on pourrait faire maison d'hôte ! Sinon, on vend tout et on s'achète un camping-car. On part faire le tour de l'Amérique latine.

– Oui et après… ? À supposer qu'on revienne vivants…

Estéban a toujours eu un goût du risque mesuré.

– Et Singapour ? relance Mélissa. Au moins, on connaît Daphnée, là-bas. Elle pourrait nous aiguiller. Elle m'a dit que c'était hyper facile de trouver un job. À Singapour, au moins, il fait beau.

Le voilier se rapproche d'eux.

– Sinon, il y a toujours l'option Canada. On pourrait retourner s'y installer.

Manifestement, Estéban imagine la suite de sa vie dans une contrée lointaine.

– Ah non ! On avait dit qu'on n'y retournerait pas. Les Québécois sont super, mais rappelle-toi les hivers, Estéban !

– Quoi qu'il en soit, plus rien ne nous retient ici. On peut repartir d'une feuille blanche…

Le voilier n'est plus qu'à une dizaine de mètres. Soit les skippers ne savent plus manœuvrer, soit ils ont sciemment décidé de se rapprocher du bord. Mélissa et Estéban distinguent maintenant nettement les inscriptions sur les voiles :

Vis au soleil

Nage dans la mer

Enivre-toi d'air pur

Épilogue

Mélissa contemple l'océan avec béatitude. Au loin, Bastien dompte les vagues sur sa planche de surf. À côté d'elle, Hugo construit un château de sable sophistiqué avec son père. Cette fois, ils ont prévu le matos. Ils sont équipés de seaux, pelles, râteaux, et d'une petite planche en bois pour pouvoir lisser les bords de leur forteresse. La semaine précédente, ils n'avaient que leurs mains en guise d'outils et ont passé l'après-midi à pester, malgré la grandeur et le calme de la nature environnante.

Mélissa savoure ce moment en famille au bord de l'Atlantique. Assise les pieds dans le sable, elle laisse filer les grains dorés entre ses doigts. Un vent vivifiant agite son carré mi-long (ses cheveux ont repris le dessus !). Les goélands crient en se battant contre les courants aériens. L'habituelle balade dominicale dans la forêt jurassienne s'est transformée en virée à la mer. Guéthary est à dix minutes de chez eux.

Comme un signe du destin, un certain Martin a remarqué les créations de Mélissa sur Instagram et l'a contactée il y a quelques semaines. Il dirige le service des ressources humaines pour une maison de linge basque. Après avoir épluché le profil de la couturière amatrice, il a constaté que Mélissa avait à la fois un passé marketing, des compétences en décoration d'intérieur et un talent pour la couture. Cela cadrait parfaitement avec les besoins de l'entreprise, en pleine expansion. Le savoir-faire français a le vent en poupe. Suite à des entretiens en règle, il a proposé à Mélissa de devenir responsable de la section « art de vivre », et de la prochaine collection de sac Rose & Me, dont une partie des bénéfices serait reversée à la cause pour le cancer du sein. Supervision du *design*, de la confection et de la mise en marché. C'était une opportunité professionnelle inespérée !

Mais le poste se trouvait à Biarritz…

Et le poste se trouvait à Biarritz…

Et ils ont déménagé à Ahetze.

Remerciements

Un livre, c'est un projet que l'on mène essentiellement seul, mais pour l'aboutissement duquel l'entourage est primordial ! Et j'ai eu la chance d'être accompagnée par des personnes fantastiques.

Tout a commencé par la survenue d'un cancer, et par l'envie de coucher sur le papier cette période vraiment spéciale. Au début, je pensais écrire un guide. J'imaginais déjà un ouvrage illustré, de manière humoristique, et que j'aurais pu intituler *Comment traverser le cancer avec optimisme ?* Mais une petite voix intérieure me disait : « Et pourquoi pas un roman ? »

Un soir que je dissertais du sujet avec mes parents, ma mère m'a dit cette petite phrase, qui, même si elle peut paraître anodine, a conditionné toute la suite : « Tu es beaucoup plus enthousiaste quand tu parles de ta version roman ! »

C'est ainsi qu'est né ce livre.

Donc…

Un immense merci à ma mère, sans qui ce roman n'existerait pas.

Merci à mon père, sans qui ce roman manquerait de piquant (car tout ce qui est dit sur lui, est vrai…).

Merci à Stéphane, mon mari et lecteur de la première heure, pour son humour (nécessaire !) lors des traitements, pour son appui constant et bienveillant pendant toute l'écriture de ce roman, et dont l'œil de lynx m'a évité de vous écrire qu'un Cuba libre contenait du whisky, ou de vous vanter ma coupe courte alors que j'écrivais deux pages plus tôt que j'avais enfin les cheveux longs !

Merci à Déborah et Évelyne d'avoir accepté d'être mes bêta-lectrices.

Merci à Hélène et Bruno, mes amis de toujours, d'avoir eux aussi fait partie de mes premiers lecteurs, alors que ce n'était pas prévu initialement. Les bons amis se retrouvent toujours sur votre chemin !

Merci à Laetitia, Christian, Magalie, Alexandra et Jean-Marie qui – sans le savoir – ont donné naissance au personnage d'Irma.

Merci à Faïza et Alexandra pour leur apport créatif et littéraire.

Merci à ma communauté Instagram de m'avoir inspirée, et de m'avoir soutenue tout au long de ce projet (eh oui, @Le_Dragibus_Rose est un véritable compte Instagram !).

Merci à Christine Janin et à toute l'équipe de « À chacun son Everest » pour le merveilleux moment qu'elles m'ont fait passer ; il m'a permis de vous raconter un peu de cette expérience extraordinaire offerte aux femmes en rémission d'un cancer du sein.

Merci au Dr Sonrisa et à mon oncologue actuelle (ils se reconnaîtront) pour leur bonne humeur constante malgré les moments difficiles que nous traversons pendant le traitement du cancer, et après.

Merci à mes anciennes collègues pour leur soutien sans faille pendant mes traitements, pour les magnifiques cadeaux et attentions, et pour leur phrase préférée depuis un certain temps : « Alors, il sort quand ton bouquin ? Qu'on le lise ! »

Merci à l'équipe des Éditions Kiwi, de me donner cette chance d'être publiée, et de répondre à mes nombreuses questions ! Katia, Alix, Elya, Axelle, Anne… c'est un plaisir de travailler avec vous.

Enfin, chers lecteurs, merci de m'avoir donné la chance d'être lue !

Vous voulez garder contact ?

Le_Dragibus_Rose

ledragibusrose

nataelle_delacroix@hotmail.com

Dépôt légal : octobre 2022
Achevé d'imprimer par Dupliprint en septembre 2022
N° d'impression : 2022092940

Imprimé en France